V&R

Traugott Roser

¡Hola! bei Kilometer 410

Mit allen Sinnen auf dem Jakobsweg

Mit 17 Abbildungen

Vandenhoeck & Ruprecht

Bibliografische Information der Deutschen Nationalbibliothek:
Die Deutsche Nationalbibliothek verzeichnet diese Publikation in der Deutschen Nationalbibliografie; detaillierte bibliografische Daten sind im Internet über https://dnb.de abrufbar.

Umschlagabbildung vorn: © Gerhard Reus/Adobe Stock;
Umschlagabbildungen hinten: © Traugott Roser
Innenabbildungen: © Traugott Roser; S. 238–239: © Lora Sutyagina/Adobe Stock

Satz: SchwabScantechnik, Göttingen
Druck und Bindung: ⊕ Hubert & Co. BuchPartner, Göttingen
Printed in the EU

Vandenhoeck & Ruprecht Verlage | www.vandenhoeck-ruprecht-verlage.com

ISBN 978-3-525-63061-7

Inhalt

Ein langer Weg zum Weg ... 9
Nicht mehr als ein Zehntel – angstfrei packen ... 14
Los geht's ... 17
No More Champagne ... 18
Ein Sonntag in Bayonne ... 18

Teil 1 – Der physische Camino ... 21
Völkerwallfahrt ... 22
Ein überwältigender Auftakt – Tag 1 ... 25
Im Regenwald – Tag 2 ... 31
Camino-Original – der Kirchenrestaurator ... 34
Die Herbergen und ihr Preis – Nacht 3 und noch viele weitere Nächte ... 36
Wunder in Pamplona oder Wie ich vom Kult zum Kulinarischen finde – Tag 4 ... 40
Camino-Original Diégo – dem Hunger entflohen, um andere zu nähren ... 44
Der Camino sorgt für dich – Tag 4 und 5 (von Pamplona nach Puente la Reina und weiter) ... 45
Pilgerbruder Nathen, der Musiker ... 49

Teil 2 – Der psychische Camino ... 55
Nadeln – Tag 6 (von Azqueta nach Torres del Rio) ... 55
Camino-Original – der Techno-Pilger ... 59
Der Tag der Sieben Schmerzen – Tag 7 (auf dem Weg nach Logroño) ... 60
Pilgerbruder Eugen oder Von einem, der auszog, das Leben zu finden ... 63
38 Kilometer und die dunklen Seiten der Seele – Tag 8 ... 66
Camino-Original – der Pro-Rollstuhl-Pilger ... 72

Begegnung am Brunnen – Tag 9 73
Brüder oder Die Kunst der Balance (auf innerer Wanderschaft) 76
Augenschmaus – leibseelisches Lustempfinden in Santo Domingo de la Calzada 80
Ein Blick in die Kirche der Zukunft – Tag 10 (auf dem Weg von Santo Domingo de la Calzada nach Tosantos) ... 97
Wege sind dazu da, gegangen zu werden – Tag 11 und 12 104
Radfahren in Burgos – Tag 13 107
Reha-Tage in der Meseta und der Gott von Hontanas – Tag 14 110
Wo Tauben hausen oder Von Tafelbergen und geheimnisvollen Lehmbauten – Tag 15 und 16 115

Teil 3 – Der spirituelle Camino 120
Pilgeralltag in der Meseta: Buße tun – Tag 17 (bis Ledigos) 120
Kilometer 410 – Tag 18 (auf dem Weg nach Sahagún) 128
Pilgerbruder Jörg oder Einer wie Christophorus 135
Ich bin kein Schotte. Aber ich gehe trotzdem im Kilt – Tag 19 139
Pausentag – Fleischeslust und der Heilige Gral (eineinhalb Tage in León) 143
Endlich im Flow – Tag 20 (auf dem Weg nach Hospital de Óbrigo) 150
Alle Sinne weit offen – Tag 21 (auf dem Weg nach Astorga) 152
Camino-Originale – der Diogenes von Santo Tobio 156
Kreuzweg oder Loslassen können – Tag 22 (am Cruz de Ferro) 158
Lektionen in Gastfreundschaft – Tag 23 und 24 (auf dem Weg von Foncebadón nach Ponferrada) 165
Höhe machen! – Tag 25 174
Camino-Original Leche – gestrandet auf dem Weg 175
Camino-Original Bademantel-Bob 177
Der Pilger lebt nicht vom Brot allein 179
Mystischer Spaziergang mit Pfannkuchen – Tag 26 184
Camino-Original Pfannkuchen-Carmen 185

Brotbeutel-Pilger oder Die letzten hundert Kilometer! – Tag 27 und 28 (über Sarria und Portomarin) 187
Pilgerschwester Judith 190
Iroschottischer Tag – Tag 29 (Umweg über Vilar de Donas) 194
Ein Hauch von Wanne-Eickel – Tag 30 (und eine unangenehme Mittagspause) 198
Ist die Bibel ein Pilgertagebuch? – Tag 31 (kurz vor Santiago) 202
Pilgerschwester Belle – die handfeste Schöne aus Kanada ... 211
Das Himmelreich ist nahe herbeigekommen! – Tag 32 (ankommen in Santiago de Compostela) 214
Zwei Tage im Rausch 220
Pilgerbruder Stefan, der Ritter 223

Heimweg – Zeit, ein doppeltes Fazit zu ziehen 227
Bilanz Teil 1 – Irrweg Jakobsweg 229
Bilanz Teil 2 – wenig gesucht, viel gefunden 231

Anmerkungen 236

Danke 236

Landkarte – der Camino Francés 238

Ein langer Weg zum Weg

Wann genau ich zum ersten Mal daran gedacht habe, mich selbst auf den Jakobsweg zu machen, weiß ich gar nicht mehr. Hape Kerkelings Buch habe ich schon kurz nach dem Erscheinen verschlungen; auch Paulo Coelhos Buch habe ich gelesen, aber daran kann ich mich nicht mehr gut erinnern (außer dass da irgendwas mit wilden Hunden und allerlei mystischem Gewaber war). Um Shirley MacLaines Bestseller habe ich einen weiten Bogen gemacht. Schließlich bin ich evangelischer Theologe und wollte mit esoterischen Ratgebern nicht meine Zeit verbringen.

So, liebe Leserin, lieber Leser, jetzt wissen Sie, mit wem Sie es hier zu tun haben. Mit einem durchaus voreingenommenen, um nicht zu sagen naserümpfenden Akademiker, der das Phänomen »Jakobsweg« zunächst als Bücherfresser zur Kenntnis nahm und nicht dachte, sich tatsächlich einmal selbst auf diesen Weg zu begeben. Obwohl mir das Wandern eigentlich naheliegt, als gebürtigem Franken, der seit Schulzeiten gern im Gebirge unterwegs ist. Als im November 2006 nach zweijähriger Krebserkrankung mein Ehemann Jürgen starb und beerdigt war, schnappte ich mir schon am ersten Wochenende nach der Trauerfeier unseren kleinen Hund und rannte mit ihm von Lenggries auf das Brauneck und wieder zurück, um meinen Kopf freizukriegen. Im darauffolgenden März verbrachte ich zweieinhalb Wochen auf Capri, um auf der für Wanderer sehr reizvollen kleinen Insel abseits aller Touristenströme jeden Tag drei bis vier Stunden einsame Küstenwege zu gehen und auf den Gipfel des Monte Solaro – immerhin über fünfhundert Meter über dem azurblauen Meer – zu steigen. Wandern tut der Seele gut, vor allem der verwundeten, so habe ich damals gelernt.

Aber Pilgern? Nein, auf diesen Gedanken brachte mich erst viel später ein Freund, der nach seiner Scheidung den berühmten Jakobsweg gepilgert war und dessen Augen jedes Mal, wenn er davon erzählte, zu strahlen begannen und sich zugleich mit Wasser füllten.

Den letzten Anstoß gab mein neuer Ehemann Daniel, den ich nach Jürgens Tod kennen- und lieben gelernt habe. Weihnachten 2018 schenkte er mir eine Jakobsmuschel, einen Pilgerausweis – »Credencial del Peregrino« genannt – und einen Reiseführer »Camino Francés«. »Mach den Jakobsweg in deinem Freisemester!«, sagte er und schob gleich nach: »Aber mach ihn allein!«

In der Tat: Im neuen Jahr hatte mir mein Arbeitgeber, die Universität Münster, ein Freisemester zu Forschungszwecken bewilligt. Ein Forschungsfreisemester, geisterte es wochenlang durch meinen Kopf. Kann, darf ich das überhaupt mit einer Pilgertour verbringen? Müsste ich nicht entsagungsreich in einer Bibliothek am Schreibtisch sitzen, Literatur wälzen und ein lohnendes Forschungsprojekt aussuchen? Oder wenn schon Reisen: dann doch zu einer anderen Universität irgendwo im Ausland, um ein paar Vorträge zu halten. Irgendetwas, wofür man in der feinen, aber doch überschaubar kleinen »scientific community« evangelischer Theologen und Theologinnen respektiert würde. Pilgern wäre da durchaus ein Thema, aber dann eher in historischer Perspektive: »Martin Luthers Kritik am mittelalterlichen Pilgerwesen« wäre ein Thema, wenn ich Professor für Kirchengeschichte wäre. »Pilgern in den Weltreligionen« würde sich für einen Religionswissenschaftler anbieten. Aber auch das ist nicht mein Fach. »Spirituelle, kirchliche und touristische Perspektiven des Pilgerns in Deutschland« würde sich schon eher eignen, aber unter diesem Titel ist bereits ein Sammelband erschienen.

Allerdings, mein Gebiet im normalen Forschungsleben ist ja sogar das weite Feld der Spiritualität, aber vor allem im Zusammenhang mit Krankheit, Sterben und Trauer. Die erste Professur, die ich mir mit einem katholischen Kollegen teilte, war an einer medizinischen Fakultät und trug Spiritualität im Titel. Unsere Forschung befasste sich mit Fragen, wie Glaube, Religion und Spiritualität dabei helfen, mit Krankheit und Leid umzugehen. Wir haben sogar eine Zeitschrift unter dem Titel »Spiritual Care« (so hieß auch die Professur) auf den Markt der Fachjournale gebracht. Wer also, wenn nicht ich, sollte sich Zeit nehmen dürfen zur Erforschung von Spiritualität? Vielleicht ist es ja gar nicht verkehrt mit der eigenen Spiritualität zu beginnen? So zumindest versuchte ich mich meinen Kollegen und Kolleginnen gegenüber zu rechtfertigen, auch wenn sie mich gar nicht danach fragten. Aber schließlich bin ich Protestant, und da verlangt das mit der Muttermilch aufgesogene und gleich danach durch Erziehung eingetrichterte Arbeitsethos, dass man auch Auszeiten zur Pflichterfüllung nutzt. Das Pilgern während des Forschungsfreisemesters also war geklärt.

Jetzt nur noch die Frage: Welchen Pilgerweg sollte ich gehen? Das Pilgermagazin, das mir mein fürsorglicher Mann besorgt hatte, zählte viele Routen auf, die meisten natürlich auf der iberischen Halbinsel. Musste es überhaupt der Jakobsweg sein, der zum Grab des Apostels Jakobus in Santiago de Compostela führt? Ein katholischeres Land als Spanien und ein katholischeres Ziel wäre wohl kaum denkbar. Sollte ich es nicht eher mit Jerusalem versuchen? Aber dort war ich schon ein Dutzend Mal gewesen. Und wenn ich nochmal dorthin reise, zu welchem der vielen Ziele in Jerusalem – Grabeskirche, Erlöserkirche, Klagemauer – würde ich dann pilgern wollen, wenn es überhaupt ein Ziel geben musste? In der ZEIT hatte ich vor Jahren einmal von einem spannenden Dorf in den italienischen Abruzzen gelesen, Manoppello, in dessen Kirche das »Volto santo« ausgestellt ist: Ein geheimnisvolles Tuch aus Muschelseide, gewoben aus Byssusfäden (ein Sekret aus den Fußdrüsen unterschiedlicher Muschelarten), trägt das Abbild des Gesichts eines jungen Mannes mit offenen Augen, das man für das Antlitz Jesu hält. Wandern in den italienischen Bergen verspräche einige Tage großartige italienische Küche, Panoramen aus dem Land, in dem die Zitronen blühen, und am Ende die Begegnung mit einem geheimnisvollen Bild, das Jahrhunderte lang großen Künstlern wie Hieronymus Bosch oder Rembrandt die Vorlage für ihre Christusbilder lieferte. Dieser

Pilgerweg ist nicht allzu vielen Menschen bekannt. Würde ich ihn gehen, könnte ich wenigstens auf ein etwas exklusiveres Unterfangen verweisen. Der Jakobsweg in Spanien gilt vielen als überlaufen. Um nicht zu sagen: Manche halten ihn für banal. Massentourismus oder exklusive Studienreise.

Genau das war am Ende das ausschlaggebende Argument: Wenn ich etwas über das Pilgern wissen wollte, dann musste es gerade der ausgelatschte Weg sein, auf dem Krethi und Plethi unterwegs sind und Erfahrungen machen, für die sie kaum Worte finden, auf dem – angeblich – Unterschiede in Herkunft und Bildungsgrad keine Rolle spielen und mit einem Ziel, das ich noch nicht kannte. Schlicht: Ich hatte trotz aller Lektüre keine Ahnung vom Jakobsweg – und genau das reizte mich. Ausgelatschte Pfade haben außerdem den Vorteil, dass sie Infrastruktur bieten, Pensionen, Gasthäuser und Apotheken. Und wenn es mir nicht gefallen würde, könnte ich ja jederzeit abbrechen.

Im Spätsommer wollte ich losgehen, in Zeiten des Klimawandels am besten mit dem Zug, den ich problemlos und – weil frühzeitig – günstig bis Biarritz buchen konnte. Eine Übernachtung in Bayonne, dem Ort, von dem aus man mit einer Regionalbahn direkt zum Startpunkt des Camino Francés aufbrechen kann, konnte ich per Internet reservieren. Alles andere würde sich ergeben. Am Sonntag, den 8. September, wollte ich in Saint-Jean-Pied-de-Port ankommen und mich auf den Weg machen.

Wenn mir der Jakobsweg nicht gefiele, so sagte ich bis zum Abend vorher meinem Mann, würde ich einfach abbrechen und mir ein paar schöne Wochen in Spanien machen: Biarritz hätte ich dann ja schon gesehen und bestimmt auch ein paar Austern gegessen. Bilbao wäre nicht weit weg, da könnte ich das Guggenheim-Museum besichtigen. Mir würde schon nicht langweilig. Mein Mann nickte und sagte klärend: »Du kommst mir jedenfalls nicht vor der Zeit nach Hause!« – Er fand es an der Zeit, dass ich mal etwas für mich allein tue, ohne ihn, ohne eine Bibliothek in der Nähe und vor allem ohne meinen Computer und, am entscheidendsten, ohne E-Mail-Postfach. »Willst du nicht doch mitkommen?«, fragte ich zögerlich noch eine Woche vor der Abreise. Fünf Wochen getrennt, nur durch einen Nachrichtendienst verbunden, wenn es WLAN oder Mobilfunk gibt. »Auf keinen Fall!«, lautete seine Antwort: »Jeder geht seinen Jakobsweg allein. Wenn wir da zusammen gehen, dann reichen wir am Ende wahrscheinlich die Scheidung ein. Du gehst deinen und ich gehe meinen.« Punkt. Diskussion beendet.

Er wusste, was er sagte. Im Jahr zuvor hatte er seinen Weg begonnen mit einer Wanderung von Bremen in zwei Wochen bis nach Dortmund. Wir hatten uns zwischendrin gesehen, als er Station in Münster machte und der Einfachheit halber zu Hause übernachtete. Das hatte ihn beinahe aus dem Tritt gebracht, in den er sich auf den Waldwegen allmählich eingelaufen hatte und bei dem er seinen eigenen Schritt gefunden hatte. Wir waren schon einmal drei Tage zusammen auf dem Jakobsweg zwischen Hamburg und Bremen gewandert – das war sehr schön, aber wir merkten: Wenn wir gemeinsam gehen, achtet jeder mehr auf die Schrittfrequenz des anderen als auf das eigene Tempo. Man nimmt Rücksicht, ob der andere mitkommt oder ob er schneller voranschreiten will. Da vergisst man am Ende das eigene Tempo und bekommt möglicherweise schlechte Laune. Es ergab also Sinn: Ich gehe meinen Weg und ich gehe ihn allein. Die Tage vor der Abreise waren gut gefüllt. Mein Büro habe ich aufgeräumt, den Schreibtisch geleert (vielleicht das erste Mal in vier Jahren). Das war an der Zeit – und wer weiß, ob ich wieder komme? Jetzt muss ich nur noch mein inneres Chaos aufräumen, und dafür habe ich fünf Wochen Zeit. Dank der Hilfe Istváns, eines technisch versierten Studenten, gelang es mir, in meinem beruflichen E-Mail-Postfach eine Abwesenheitsnotiz einzurichten:

*Sehr geehrte Damen und Herren, liebe Kolleg*innen und Freund*innen! Bis Ende Oktober bin ich beruflich im Ausland und habe keinen Zugriff auf meine E-Mails. In dringenden Fällen wenden Sie sich bitte an meine Mitarbeiterin Frau Rüdiger.*

Natürlich habe ich ein wenig geschwindelt und einen beruflich bedingten Auslandsaufenthalt vorgeschoben. Ich wollte nicht jeder und jedem auf die Nase binden, dass ich jetzt den Jakobsweg gehe. Hape Kerkeling hat schließlich auch einfach gesagt: »Ich bin dann mal weg.« Mit Frau Rüdiger im Sekretariat meines Seminars hatte ich vereinbart, dass sie alle Anfragen und E-Mails abwehren sollte und mich nur in dringenden Notfällen per SMS anfunken würde. Wir könnten dann zu einem bestimmten Zeitpunkt telefonieren und alles regeln (was übrigens weniger oft geschah als ich Zehen an meinen Füßen habe). Das Mobiltelefon nahm ich also mit, trotz der Askeseempfehlungen der Pilgerratgeber. Ich sollte es nicht bereuen.

Nicht mehr als ein Zehntel – angstfrei packen

Vor dem Aufbruch in die Ferne steht das Packen. Und davor die Anschaffung eines geeigneten Rucksacks. Ist der einmal ausgewählt und dem Rücken des Trägers angepasst, darf in seine Tiefen hineingestopft werden, worauf der Pilger oder die Pilgerin in den kommenden Wochen nicht verzichten mag. Je nach Volumen des guten Stücks ist der Raum begrenzt. Was muss mit, was darf mit? Und worauf sollte man beim Packen tunlichst verzichten?

Die Ratgeberliteratur zum Pilgern füllt längst mehrere Regalmeter. Was da nicht alles empfohlen und wovor nicht alles gewarnt wird! Mir reichte als Leitfaden am Ende ein minimalistisches DIN-A4-Blatt, das einem Pilgermagazin aus dem Pilgerbüro in Münster beigelegt war. Eine Liste von Gegenständen, die man im Rucksack dabei haben sollte. Eigentlich war es eine Tabelle, in deren rechte – freigehaltene – Spalte ich das jeweilige Gewicht des vorgeschlagenen Gegenstands eintragen konnte. Der Lernerfolg stellte sich schnell ein: Nicht mein Wunsch, was ich gern dabei hätte, war Richtschnur. Oberstes Gebot war und ist das Einsparen von Gewicht. Jedes Gramm weniger erleichtert den Gang, jedes Gramm mehr macht die Wanderschaft beschwerlicher. Am Ende sind es gar nicht die Wünsche, die durch das Zusatzgewicht bewertet und schließlich verworfen werden, sondern es sind die Ängste und Befürchtungen der Pilgernden. Je mehr ich mir Sorgen mache, was mir auf dem Weg alles passieren könnte, umso mehr packe ich ein. Wenn ich Angst vor verdreckten Herbergen habe, nehme ich neben meinem Schlafsack noch ein extra Bettlaken mit, das Parasiten abschrecken soll, von einer versifften Matratze in meinen sauberen Schlafsack einzudringen. Dazu noch ein Desinfektionsspray oder Mottenpulver. Wenn ich Angst habe, in Spanien zu verhungern, nehme ich mir einen Ring deutscher Hartwurst mit sowie Ess- und Kochgeschirr, das Outdoorläden zu horrenden Preisen anbieten.

> Noch bevor ich den ersten Schritt getan habe, kommt mir schon eine wunderbare Stelle aus dem 12. Kapitel des Lukasevangeliums in den Sinn. Jesus spricht zu seinen immer wieder ängstlichen Jüngern: »Sorgt euch nicht um das Leben, was ihr essen sollt, auch nicht um den Leib, was ihr anziehen sollt. Denn das Leben ist mehr als die Nahrung und der Leib ist mehr als die Kleidung.« Dann erzählt er von Raben, die genug zu fressen haben und von Lilien, die ohne eigene Arbeit in schönster Blütenpracht zu sehen sind. Er empfiehlt schließlich Gottvertrauen: »fragt nicht danach, was ihr essen oder was ihr trinken sollt, und macht euch keine Unruhe […] euer Vater weiß, dass ihr dessen bedürft. Trachtet vielmehr nach seinem Reich, so wird euch dies zufallen.« Ich sollte einem Menschen begegnen, der sich das so zu Herzen genommen hatte, dass er gar keinen Rucksack schulterte, sondern nur einen Bademantel auf dem Leib trug und einen Plastikbeutel am Pilgerstock befestigte. Alles andere fiel ihm zu. Dieser Pilgerfreund kam auch an. Ob er sein Vertrauen freilich ganz auf den himmlischen Vater setzte oder seine eigenen Jünger geschickt als Versorgungsnetz einzusetzen wusste, ist nicht an mir zu entscheiden oder zu beurteilen.

Meine Ängste hielten sich an eine Faustregel für die Obergrenze: Zehn Prozent des Körpergewichts sind machbar, wobei der Rucksack mit eingerechnet ist. Das macht bei mir etwas mehr als neun Kilogramm, denn ich wog vor Antritt der Pilgerreise um die 93 Kilo – ganz sicher zu viel Gewicht für meine Körpergröße von 1,77 Meter. Der Bauchumfang war entsprechend. Zu meiner Entschuldigung sei gesagt: Ich bin Franke (das bedeutet Wurst, Lebkuchen und süffiges Bier). Und ich bin der Viertgeborene von vier Brüdern! Da musste ich schon in der Kindheit sehen, wo ich bleibe. Zu Hause wurde um jede Scheibe Gelbwurst gekämpft. Mein Übergewicht ist also sowohl genetisch als auch psychologisch zu begründen. Berufsbedingtes Sitzen hilft auch nicht eben dabei, ein gesundes Gewicht zu erreichen. Jetzt hatte das Übergewicht ja etwas Gutes: Ich durfte etwas mehr als neun Kilo mitnehmen – was, wenn ich Idealgewicht gehabt hätte?

Ich durfte also packen – außer den Dingen, die ich am Leib trug: zwei Paar dicke Socken (eines konnte ich bald verschenken, weil es überflüssig war), zwei T-Shirts und zwei Unterhosen, eine lange Unterhose zum Schlafen und für kalte Tage – alles federleichte Funktionswäsche, ein Fleecepulli, eine Zip-Off-Hose, ein Mikrofaserhandtuch, eine neongelbe Windjacke, ein Regenponcho und ein faltbarer Mini-Regenschirm. Als Schreibgerät, mit dem ich Tagebuch führen wollte, würde das Mobiltelefon dienen. Dazu der Kleinkram, den ich nicht im Detail aufzählen muss. Weil ich einen extra leichten Daunenschlafsack hatte, konnte ich neben dem Reiseführer noch ein dickes Taschenbuch mitnehmen. Immerhin wartete eine lange Zugfahrt auf mich. Am Ende, das sei schon verraten, habe ich den Roman »Machandel«, obwohl er sich spannend las, nicht geschafft. Es gab einfach zu viel zu erleben, als dass ich mich in Fremdes hätte hineinlesen können. Die Angst vor Langeweile war unbegründet. Hatte Jesus nicht auch gesagt: »Sorgt euch nicht, was ihr lesen werdet?!«

Nur 7,9 Kilo wog mein Rucksack, ohne Wasser und Wanderschuhe. Letztere würde ich ja vom Moment der Abreise schon an den Füßen tragen. Im Rucksack dazu ein paar grüne Flip-Flops, wenn ich die Wanderschuhe ablegen würde, gegen die Angst vor Fußpilz in Herbergsduschen oder Glasscherben auf Straßenpflaster am

Abend. Meine Flip-Flops zierte ein Papageienmotiv. Ich hatte sie vor 15 Jahren von einer Brasilienreise mitgebracht und hing an ihnen. Ein wenig sentimental bin ich halt schon. Mit vielen Gegenständen, die ich mitnahm, verbindet sich eine Erinnerung – zumindest macht es meine Ängste nicht gar so offensichtlich … Zu den 7,9 Kilo kam noch das Essen für die lange Zufahrt von Münster bis Bayonne. Aber das würde dann noch vor der ersten Pilgeretappe ins Körperinnere gewandert sein und also auch nicht ins zu schulternde Gewicht fallen. Man merkt, ich bin geübt darin, mit einer Gewichtswaage um jedes Gramm zu feilschen.

Eines habe ich aber noch zu erwähnen vergessen: In den Rucksack steckte ich einen Stein, den ich am Cruz de Ferro ablegen wollte, einem hoch aufgerichteten Kreuz irgendwo auf dem Weg nach Santiago. Ich hatte gelesen, dass es eine alte Pilgertradition sei, dort einen Stein als Symbol für eine seelische Last abzulegen. Eine Sorge sollte ich loswerden können, auch wenn ich noch gar nicht wusste, welche das war. Zumindest den Stein hätte ich schon mal dabei.

Los geht's

Es ist ein früher Samstagmorgen. 6:27 Uhr. Daniel, mein Mann, bringt mich zum Bahnhof und verabschiedet mich. Vorher schärft er mir noch einmal ein: »Ich will dich vor Ablauf der fünf Wochen nicht wiedersehen.« Offensichtlich hat er etwas vor. Aber ich ja auch.

Für die Zugfahrt über Köln und Paris habe ich mich bewusst entschieden, nachdem Raimund Joos in seinem Pilgerbuch verschiedene Formen der Anreise beschrieben hatte. Von Bayonne, unweit vom Badeort Biarritz entfernt, gäbe es eine gute Zugverbindung zum Ausgangsort Saint-Jean-Pied-de-Port. Man könnte auch mit dem Flugzeug anreisen, aber ich trete meinen Pilgerweg im Sommer der Fridays-for-Future-Proteste an. Und wenn jemand Zeit hat, dann ich. Und weil ich früh buche, konnte ich mir auch noch ein Ticket 1. Klasse leisten. Wenn schon Asket, dann doch bitte mit ein wenig Glamour.

No More Champagne

Auf der Reise bleibe ich auf der Erde – sie vergeht trotzdem wie im Flug. Ein paar Seiten nur in meinem Roman und gut versorgt mit Essbarem, komme ich in Windeseile im Baskenland an. Ein Zimmer habe ich mir in der Altstadt vorgebucht, mitten im ehemals jüdischen, heute alternativ angehauchten Quartier. Ich will mich eh nicht hier aufhalten, denn den Glamourteil meiner Reise will ich gebührend begehen und am Abend auf der Flaniermeile von Biarritz ein halbes Dutzend Austern und ein Glas Champagner schlürfen. Und schon kommt es anders: Der Zug kommt später an als geplant, die Fahrt mit dem Bus nach Biarritz müsste ich im Finstern machen. Und außerdem zieht ein Gewitter auf, das heftigen Regen mit sich bringt. Bayonne hat ja auch Restaurants, denke ich, auf Austern muss ich nicht verzichten. Sechs Stück und ein kleines Gläschen Schampus sind es dann, bei Regen unter einer tropfenden Markise. Von Glamour keine Rede. Mich beschleicht das Gefühl, dass ich mit meinem Pilgeroutfit den Zugang zur Welt der Luxusreisenden verloren habe. Was wollte ich eigentlich in Biarritz?

Ein Sonntag in Bayonne

In Bayonne habe ich viel Zeit. Es ist nun Sonntagmorgen, ich bin früh aufgestanden, muss aber feststellen, dass der Zug nach Saint-Jean-Pied-de-Port erst am Nachmittag fahren wird. Also entscheide ich mich, den Gottesdienst in einer örtlichen Kirche zu besuchen. Was soll man sonst am Sonntagfrüh in einer verschlafenen Hafenstadt machen? Gottesdienst ist immer eine gute Option. Ich gehe schnurstracks zur Kathedrale, ein beeindruckender Bau, Gotik zum Niederknien, was wahrscheinlich auch der Absicht der Bauherren entsprach: Wer kniet, macht keinen Ärger. Die Messe heute ist sehr mäßig besucht, von vielen älteren Menschen. Nur drei jüngere sind dabei, wobei ich alle unter 60-Jährigen dazu zähle (schließlich fühle ich mich ja noch jung, meistens jedenfalls). Es gibt keine Ministranten, schon gar keine Ministrantinnen, nur einen einsam agierenden Priester, der sein diamantenes Weihejubiläum schon vor langer Zeit gefeiert haben dürfte. Er spricht trotz Kraftanstrengung mit brüchig-dünner Stimme. Als ich schließlich zur Kommunion gehe und ihm unter die Augen trete, erkenne ich scharfgeschnittene Gesichtszüge und einen stechenden Blick: Mit dem ist wahrscheinlich nicht zu spaßen. Aber es ist mit seiner liturgischen Präsenz wie mit der Orgel: Es reicht eine verstimmte Pfeife, um alle Kraft, alle Macht verpuffen zu lassen. Es klingt alles schräg. Schade eigentlich. Gesegnet und gestärkt für meine Pilgerschaft fühle ich mich nicht.

Zweiter Versuch. Ich stoße im alten jüdischen Quartier auf eine wunderschön einfache romanische Kirche, dem heiligen Antonius geweiht. Eine Quartiersgemeinde, normal. Alles nahe, kein Prunk, aber weil alles so nachbarschaftlich ist, wie eine Ladenkirche in Berlin, fühle ich mich fremd und gehe bald wieder.

Ich schlendere hinüber ins baskische Quartier und stehe plötzlich vor der Andreaskirche, einem typisch historisierenden Bau aus dem 19. Jahrhundert. Dritter Versuch. Die Kirche ist rappelvoll, Menschen stehen bis zur Tür. Kinder und Familien sind da, viele Ministranten, Mädchen inklusive, wirken mit. Das Orgelspiel dominiert nicht, sondern es ist Gemeindegesang zu hören. Und vorn steht ein Priester, vielleicht Ende 50 – das ist ja noch sehr jung (siehe oben) – und spricht verständlich in das Mikro, bewegt sich und bewegt auch mich mit seiner Stimme. Sofort ist Hoffnung zu spüren, Leben und Geist. Vor mir steht ein Mädchen auf der Kirchenbank, dreht sich um und lächelt mich an. Schade, denke ich mir: Hier ginge ich gern nochmal zur Kommunion, aber ich war schon. Das sollte doch reichen. Jedenfalls verlasse ich diesen heiligen Ort mit mehr Energie, als ich vorher hatte. Das versuche ich meinen Studentinnen und Studenten immer zu vermitteln: Gottesdienstbesucherinnen und -besucher sollen sich am Ende auf einem höheren Energielevel befinden als zu Beginn.

Drei Kirchen – und es ist noch nicht mal Mittag. Immer noch habe ich viel Zeit bis zum Zug: Da bleibt nur der Weg in eine Patisserie. Da von Hostien der Zuckerhaushalt nicht nachhaltig stabilisiert wird, muss eben ein Zuckersahnestück nachgeschoben werden. Es gab ja in der katholischen Messe noch nicht mal Wein für alle!

Um 14 Uhr dann endlich kann ich in den Zug nach Saint-Jean-Pied-de-Port einsteigen. Nun endlich soll es losgehen. Ich bemühe mich, während der Zugfahrt aus dem Fenster zu schauen und die fantastische Landschaft zu erfassen, denn jetzt wird der Jakobsweg allmählich wirklich, physisch, echt: bergig, Wildwasser, Wald- und Wiesenstücke, ein Wechsel zwischen Sonne und Regen. Meine Aufregung steigt. Neben mich hat sich ein gutaussehender, sportlich wirkender Mann gesetzt, mit dem ich ins Gespräch komme. Er ist genauso aufgeregt. Im normalen Leben ist er Polizist in Kroatien. Schon jetzt vermisst er seine Frau und seinen achtjährigen Sohn. An die Heimat erinnert er sich selbst, indem er das Nationaltrikot der kroatischen Fußballmannschaft trägt. Bei allem Heimweh ist er genauso auf den Camino gespannt wie ich. Wie das wohl werden wird, fragen wir uns beide im Gespräch, und nicht nur wir: Wir befinden uns in einem Zug voller Pilgerinnen und Pilger, unschwer zu erkennen an ihren Rucksäcken, den Stöcken und Kappen und einer stillen Anspannung. Wie das wohl werden wird, wenn es endlich losgeht?

Teil 1 – Der physische Camino

Unter Pilgerinnen und Pilgern werden Weisheitslehren ausgetauscht als wären es Visitenkarten der Erfahrung. Dabei sind sie meistens angelesen oder stammen aus den populären Filmen über den Jakobsweg. Am Ende trägt man sie mit sich herum und weiß nicht mehr, von wem man sie das erste Mal gehört hat. Immer wieder fällt dann auf dem Camino eine dieser Weisheitskarten aus dem neuronalen Rucksack heraus und wird zur Erkenntnis des Tages. Manchmal deuten sie das, was man während ganzer Wegpassagen empfindet und erlebt. Zu den prägenden Lehrsätzen meines Camino wird die Einteilung der Pilgerreise in drei Teile: den physischen Camino, den psychischen Camino und dann das letzte Wegstück, das vor allem spirituell geprägt sein soll. Physisch erklärt sich ja von selbst: Es ist vor allem die körperliche Anstrengung der ersten Tage und Wochen, die den Anfang prägt. Bis sich mein Körper daran gewöhnt, nicht nur für kurze Wochenendwanderungen oder das Hin- und Herbewegen zwischen Bett, Stuhl, Arbeitshocker, Kühlschrank und Sofa, die immerhin einstündige Fahrradstrecke zur Universität und die täglichen Spaziergänge mit dem Hund in Anspruch genommen zu werden, sondern anhaltend eine Last auf dem Rücken fortzubewegen, dauert es eine Weile. Es sind nicht wenige Pilgerinnen und Pilger, die schon hier auf der Strecke bleiben, weil sie sich überschätzen oder weil der Weg manche überraschende Hürde bereithält, an der sie scheitern. Während dieses ersten Teils ist man einfach mit dem Hier und Jetzt beschäftigt, den unmittelbaren Eindrücken der Natur, der Unwägbarkeit der Elemente und den elementaren Lebensbedürfnissen des Körpers: Essen, Schlafen, Gehen. Vor allem aber: den Kopf ausschalten, bis er sich von selbst wieder einschaltet.

So verstehe ich im Übrigen auch das Gebet, das Jesus seine Jüngerinnen und Jünger gelehrt hat: Bevor man in irgendeiner Weise an die eigene Psyche kommt und sich mit den Tiefen und Untiefen der eigenen Vergangenheit beschäftigt (»und vergib uns unsere Schuld wie auch wir vergeben unseren Schuldigern«), gilt es Naheliegendes, Lebensnotwendiges zu erbitten: »Unser tägliches Brot gib uns heute.« (aus dem Matthäusevangelium, 6. Kapitel) Das gilt für die Frommen ebenso wie für die religiös Unmusikalischen, ob sie nun den ersten Teil an den »Vater unser im Himmel« richten können oder nicht. Wer sich nicht um die leiblichen Bedürfnisse kümmert, kommt an die seelischen gar nicht heran.

Wenn man meint, man könne sich die ersten beiden Passagen sparen und gleich mit der spirituellen Etappe starten, wird man sich täuschen. Auch wer sich für die Minimalstrecke ab Sarria – die berühmten letzten 100 Kilometer – entscheidet, muss mit dem physischen Camino rechnen. Anders gesagt: Da muss man halt durch. So einfach ist das und doch sehr mühsam.

Völkerwallfahrt

Saint-Jean-Pied-de-Port hat etwas von einem Wartezimmer beim Arzt. Unruhig zappelnde Menschen stehen und sitzen vor dem Pilgerbüro, an dessen Wand Statistiken Auskunft geben, von welchen Kontinenten und Inseln die Pilgernden kommen. Vielsprachiges Gemurmel erfüllt die Luft, beherrscht von Englisch und Französisch mit holländischem Akzent – denn aus den Niederlanden kommen die »Sprechstundenhilfen«, die Ehrenamtlichen, die im Pilgerbüro die Daten der von hier aus Startenden registrieren. Ich warte, bis ich an der Reihe bin. Das Warten ist unerlässlicher Bestandteil des Arztbesuchs und man ist froh, wenn man endlich zum Eigentlichen kommt. Wie in der Arztpraxis wird man von freundlichen, aber merkwürdig unkonkreten Bürokräften mit ernsten Fragen konfrontiert: Sind Sie Kassen- oder Privatpatient? Waren Sie schon einmal bei uns? Gibt es bekannte Unverträglichkeiten? Mit geübter Professionalität werden alle Ansätze des auskunftswilligen Patienten, seinem vollen Herzen schon jetzt Luft zu machen, im Keim abgewürgt. Auf die Frage, aus welchem Grund man den Camino unternehme, sind keine langen Ausführungen erwünscht, sondern nur eine Antwort, die sich als Kreuzchen in Kästchen eintragen lässt: »religiös« oder »spirituell« oder »sportlich« oder »Sonstiges«? »Wo kommst du her? Wie weit willst du gehen?« Die Sprechstundenhilfe macht keine eingehende Anamnese, sondern eine erste Vorsortierung, damit Dr. Camino nachher genauer weiß, wo er dem bangen Pilger in den kommenden Therapiewochen auf den Zahn fühlen muss. Hat man die lange Schlange samt kurzer Befragung durch das ehrenamtliche Pilgerbüro-Personal hinter sich, ist der erste Stempel im Pilgerpass gesetzt und man darf sich, mit Hunderten anderer Pilger und Pilgerinnen aus aller Herren Länder dem einen Weg anvertrauen.

Von einem Ansturm von Menschen vieler Völker erzählt auch das Buch des Propheten Micha. Und ein Jakob taucht auch auf, allerdings nicht der, nach dem der Weg Richtung Santiago benannt ist. Ich will's mal nicht so genau nehmen:

»In den letzten Tagen aber wird der Berg, darauf des Herrn Haus ist, fest stehen, höher als alle Berge und über die Hügel erhaben. Und die Völker werden herzu laufen, und viele Heiden werden hingehen und sagen: Kommt, lasst uns hinauf zum Berge des Herrn gehen und zum Hause des Gottes Jakobs, dass er uns lehre seine Wege und wir in seinen Pfaden wandeln! [...] Sie werden ihre Schwerter zu Pflugscharen und ihre Spieße zu Sicheln machen. Es wird kein Volk wider das andere das Schwert erheben, und sie werden hinfort nicht mehr lernen, Krieg zu führen. Ein jeder wird unter seinem Weinstock und Feigenbaum wohnen, und niemand wird sie schrecken. Denn der Mund des Herrn Zebaoth hat's geredet.« (aus dem Buch des Propheten Micha, Kapitel 4)

Mit »Heiden« meinen die Schriften der Bibel in der Regel die Völker, die nicht Israel sind. Israel ist ja eh schon da. Am Ende kommen also alle in friedlicher Mission zusammen und statt in Schützengräben werden sie gemeinsam unter Bäumen voller süßer Feigen liegen und sich an der Frucht des Weinstocks laben. Was für ein Bild. Menschen aus aller Welt pilgern mit einem gemeinsamen Ziel. Aber alle müssen vorher erstmal einen hohen Berg besteigen. Wahrscheinlich meint der Prophet ja nicht die Pyrenäen, die es in der ersten Etappe des Camino Francés zu überwinden gilt, aber sei's drum. Vor Wein und Feigen liegen die Mühen eines wahrscheinlich ziemlich lehrreichen Weges. Zum friedlich-sinnlichen Eindruck des Wohlverhaltens der Völkerscharen auf dem Jakobsweg gehört übrigens, dass auf der Pyrenäen-Etappe und auch später überhaupt kein Müll herumliegt.

Eine Nacht noch trennt mich von den ersten Schritten. Das kleine Städtchen Saint-Jean-Pied-de-Port sehe ich mir eher pflichtgemäß an, kann mich aber weder auf die beeindruckende Burg (ist geschlossen) noch auf die Läden einlassen: Ich muss mir ja eh nichts mehr kaufen (da sollte ich mich irren). Also flüchte ich vor meiner eigenen inneren Unruhe in die Herberge, einer wunderbaren Oase namens »Beilari«, geführt von zwei liebevollen Ehrenamtlichen, Josélu und Jacqueline. Sie weisen mir ein Bett in einem Zweibettzimmer zu, das ich mir mit Josef, einem fröhlichen Österreicher teile.* Er ist voller Tatendrang und Erwartung, denn er startet nun schon zum dritten Mal auf den Jakobsweg. Jacqueline lädt alle Herbergsgäste – etwa ein Dutzend – zu einem gemeinsamen Umtrunk und Abendessen ein, damit wir einander kennenlernen. Es sind Leute aus der ganzen Welt. Diejenigen, die den Weg schon mehrfach gegangen sind, werden nach ihren Erfahrungen gefragt, verhört nahezu. Die anderen erzählen von Schicksalsschlägen, die sie hierher gebracht haben. Es wird gelacht und gestaunt, geweint und gehofft.

* Alle Namen sind Pseudonyme. Wo ich keine Pseudonyme verwende, habe ich meine Gesprächspartnerinnen und Mitpilger um Erlaubnis gebeten und ihnen meine Texte vorab zum Lesen gegeben. Namen, die über Websites oder Veröffentlichungen öffentlich zugängig sind (wie die Wirtsleute von Saint-Jean-Pied-de-Port) sind ebenfalls im Original angegeben.

Dr. Camino hat offensichtlich schon mit seiner Sprechstunde begonnen. Aber mir ist es fast zu viel – all die Geschichten der Menschen, gleich am ersten Abend. Ich gehe bald ins Bett. Josef kommt noch nicht ganz zur Ruhe und malt mir in den buntesten Farben den Weg der Wunder aus. Ich dagegen male ihm aus, dass eine unruhige Nacht auf ihn wartet. Denn ich bin einer jener gefürchteten Schnarcher. Er stopft sich Ohrenstöpsel in die Ohrmuscheln und wir verabschieden uns in die Nacht. Der scheint also wirklich abgebrüht zu sein.

Ein überwältigender Auftakt – Tag 1

Der erste Tag. Ich werde geweckt von gregorianischen Chören, die aus Lautsprechern durchs ganze Haus schallen. Treppenhaus und Speiseraum der Herberge sind mit Kerzenlicht in mystische Stimmung getaucht. Schweigend winke ich den anderen zu, die frühstücken. Ich fülle mir nur eine Wasserflasche und trinke einen schnellen Kaffee, dann geht's los, noch vor Sonnenaufgang. Auf den Straßen von Saint-Jean-Pied-de-Port herrscht Volkswandertagsstimmung, im Wortsinn, nicht wie zu Hause, wo das Volk irgendwie gar nicht multiethnisch klingt. Hier schon: Volk, das sind alle, aus vielen Kulturen und Nationen. Ich wäre gar nicht mehr überrascht, wenn auch Außerirdische dabei wären, so vielsprachig geht es zu. Es ist der Weg, der uns verbindet. Als ich mich einreihen will, versuche ich meine mitgebrachten Stöcke wandertauglich zu machen. Da bricht schon eine Feder. Also doch noch in einen der Läden, die hier schon um sechs Uhr morgens Pilgerinnen und Pilgern beistehen. Ich kaufe einen neuen Stock und bin nun mit zwei unterschiedlichen Stöcken unterwegs. Allerdings nicht lange …

Endlich geht es los. Eine freundliche Mitpilgerin schießt noch ein Bild von mir vor dem Stadtschild, dann setze ich zügig Fuß vor Fuß. Die letzten Häuser der Stadt sind bald verschwunden, nicht aber die vielen Frauen und Männer in bunter Wanderkleidung. Das Völkergemisch verteilt sich erst allmählich und damit auch der

Lärm. Manche, vor allem die nordamerikanischen Gruppen, sind ständig am Quatschen. Als der Weg deutlich ansteigt, verschlägt es endlich auch ihnen den Atem und sie konzentrieren sich auf den Asphalt unter ihren Füßen. Unrhythmisches Stöckeklappern lässt darauf schließen, dass nicht nur ich Anlaufprobleme habe – die ersten Tage sind halt schwierig, so habe ich gelesen, weil sich viele überschätzen und ihren ungeübten Füßen zu viel abfordern. Zu viel, zu schnell, zu hektisch. Die erste Etappe des Camino Francés von Saint-Jean-Pied-de-Port gilt als die körperlich anspruchsvollste des gesamten Weges. Knapp 28 Kilometer, von denen man bis zur Passgrenze 1200 Höhenmeter bergan steigen muss, sind extrem anstrengend.

Ich halte immer wieder einmal an, um ein Foto aufzunehmen – der Ausblick bei strahlend blauem Himmel ist atemberaubend. Wir haben Sonnenschein, 24 Grad Lufttemperatur und eine angenehme Brise. Was für ein Glück wir alle haben, die wir heute starten, wird mir bewusst, als ich andere Berichte lese oder es in den kommenden Tagen von anderen höre, die einen Tag später gestartet sind. Die Pyrenäen umhüllen sich gern mit Nebelschleiern und Regenwolken. Dann kann man gar nichts sehen. Es soll plötzliche und vorzeitige Wintereinbrüche geben, die das Überqueren auf der Napoleonroute verwehren. Diese wird dann sogar gesperrt. Nicht so heute.

Fast fünf Stunden stapfe ich beharrlich bergan, fast durchgängig auf hartem Asphalt. Aber an einem Sonnentag wie heute wird man bei jeder Biegung des Weges mit spektakulären Ausblicken belohnt, vom Sonnenaufgang über den Kamm der Pyrenäen an bis zu dem Blick auf viele weitere Berggipfel. Am Weg grasen unzählige Schafe in völliger Freiheit, ohne Hirten und Hütehunde, dazu immer wieder Rinder und jede Menge mächtige Rosse, wetterfest und frei wie Wildpferde, Stuten mit jungen, fröhlich tänzelnden Fohlen. Sie müssen glücklich sein hier oben. Den Pilgernden begegnen sie meist mit Gleichmut, bisweilen lugen sie neugierig.

Ein Anblick brennt sich allerdings tief in meine Seele ein. Als ich schon beinahe am Ende des Aufstiegs angelangt bin, entdecke ich zur

Linken weit in der Ferne, hinter Steinhaufen und Heidebüschen eine dunkle Stute, knapp vor einem Abhang ausharrend. Hinter ihr nur der malerische Horizont mit seinen in Blautöne getauchten Berggipfeln. Die Stute steht starr, mit erhobenem Kopf, unbeweglich, wie angegossen. Selbst der schwarze Schweif regt sich nur unmerklich. Vor ihr, einen Hauch weit nur von ihr entfernt, liegt ein Fohlen, etwas heller, mit weißem Schweif. Es bewegt sich gar nicht. Ich halte inne, beobachte, aber es tut sich nichts. Ist das Fohlen tot? Hält das Muttertier Wache? Ein stiller Abschied gar? Vielleicht passt die Mutter nur auf ihr Junges auf, während es ruht. Ich werde es nie erfahren, aber das Bild erfüllt mich mit Traurigkeit. Bis ein paar Schritte weiter ein Fohlen fröhlich springt und sich Zugang zur Zitze seiner Mutter verschafft, um zu trinken. Leben und Tod, nahe beieinander, so nahe, ein Augenzwinkern nur.

Endlich komme ich etwa auf der Passhöhe an – 1400 Meter über dem Meeresspiegel – und mache Rast, unweit einer einsam abseits stehenden Marienstatue, die häufig in Filmen und Büchern über den Jakobsweg zu sehen ist. Ein findiger Bauer verkauft Getränke, heißen Kaffee, Obst und Schokolade. Ich habe noch deutsche Hartwurst, ein gekochtes Ei und Obst von zu Hause dabei und setze mich auf die Wiese, wie etwa vier Dutzend andere Pilger und Pilgerinnen auch. Ein erstes, vorsichtiges Gespräch mit einer älteren Pilgerin, die sich als Maggie aus British Columbia, Kanada, vorstellt. Sie wirkt etwas schroff und steigt nicht allzu tief ins Gespräch ein, nur dass sie früher mal als Englischlehrerin gearbeitet hat, erzählt sie mir. Wir sollten uns noch öfter begegnen – und immer werde ich erstaunt sein, dass ihre Tagesetappen locker denen der Jüngeren entsprechen, bis sie mir erzählt, dass sie schon zum fünften Mal den Jakobsweg bis Santiago geht. Sie muss in den Siebzigern sein. Beeindruckend.

An einem Brunnen fülle ich meine Wasserblase, die mir meine Mitarbeiterinnen in der Uni vor der Reise geschenkt haben. Aus flexiblem Material lässt sie sich prall mit Wasser füllen und in eine Seitentasche des Rucksacks stecken. Wenn sie leergetrunken ist, stört sie nicht weiter, weil sie keinen Platz beansprucht. Ein

Schlauch lässt sich direkt bis zum Mund führen, sodass man jederzeit den Durst löschen kann, ohne Wasserflaschen in der Hand herumschleppen zu müssen. »Tolle Sache!«, denke ich und bedanke mich innerlich bei meinem Team zu Hause. Und hier, auf der Pyrenäenetappe erweist sie sich schon als sehr hilfreich. Der Brunnen ist übrigens der Rolandbrunnen, ein architektonisch wenig beeindruckendes, aber umso erfrischenderes Bauwerk mit einer halbrunden Sitzbank. Ich erinnere mich an die riesige Statue des Rolands in Bremen und realisiere erstaunt, dass es sich um denselben Roland handelt. Ein wenig Recherche – selbst hier oben im Grenzbereich zwischen Frankreich und Spanien gibt es Zugang zum Internet! – berichtet davon, dass Roland als Heerführer Karls des Großen hier oben im August 778 ums Leben kam, gefallen bei einem Feldzug gegen die Mauren, getötet aber nicht von Moslems, sondern von Wegelagerern, christlichen Basken. Schauerliche Geschichte. Aber das erste Mal begreife ich, wie sehr der Jakobsweg von einem durch und durch europäischen Mittelalter geprägt ist. Auch wenn man damals nicht mit Zug und Flugzeug unterwegs war, dachten zumindest Herrschende und Handelstreibende, sicher auch die Missionare in weiten Distanzen, reisten über viele Gebirge von Meer zu Meer. Roland ist hier oben an der Grenze zwischen Frankreich und Spanien ebenso sehr ein Jemand wie im norddeutschen Bremen!

Kurz hinter dem Rolandbrunnen fällt mir eine junge Frau auf, mit langen, zum Pferdeschwanz gebundenen Haaren. Stefania ist nicht sehr groß, aber sie wirkt entschieden und fokussiert. Wir kommen ins Gespräch, als ich gerade vor Begeisterung in Jubelschreie ausbreche und sie zufällig neben mir geht und mich fragend anschaut: Ich habe vier Gänsegeier entdeckt, erst am Boden sitzend, dann in der Luft aufwärts kreisend! Mit ihren Flügeln erreichen sie eine unglaubliche Spannweite. In Europa gibt es überhaupt nur vier Geierarten. Gänsegeier kenne ich bislang nur aus Fernsehdokumentationen. Für mich sind das seltene, vielleicht sogar bedrohte Vögel, die ich nie in Freiheit zu sehen gehofft hätte. Ich starre mit offenem Mund die geflügelten Riesen an, als kämen sie direkt aus einem Jurassic Park. Stefania neben mir zuckt ungerührt mit den Schultern, als ich vor Begeisterung gluckse: In Mexiko, woher sie stammt, sind Geier wohl nicht so selten. Sie lacht ein wenig, dann gehen wir unserer Wege.

> In biblischen Texten ist häufig von Geiern die Rede und zwar in der Regel in durchaus staunender und bewundernder Weise. Nur haben die Übersetzer bis in die Gegenwart das hebräische Wort *næšær* mit »Adler« übersetzt, obwohl damit eigentlich Geier oder mindestens der große Raubvogel an sich gemeint ist, wie Peter Riede im Wikipedia-Lexikon für Bibelkundige (WiBiLex) bemerkt. An vielen, auch ganz vertrauten Stellen in der Bibel muss man sich also den Gänsegeier vorstellen, wie ich ihn vor Augen habe, wie etwa beim Propheten Jesaja im 40. Kapitel: »die auf den HERRN harren, kriegen neue Kraft, dass sie auffahren mit Flügeln wie Geier, dass sie laufen und nicht matt werden, dass sie wandeln und nicht müde werden.« Wer könnte besser meine Gemütslage beschreiben als dieses Prophetenwort! Laufen, ohne matt zu werden, beflügelt wie ein Geier.

Berührt werde ich auch von Steinhaufen am Weg. Sie erinnern mich an die steinernen Wegkreuze daheim als Gedenksteine für Unfalltote. Hier sind sie Pilgerinnen und Pilgern gewidmet, die ihre Pilgerschaft nicht in Santiago beendeten, sondern ihren Weg im Jenseits fortsetzen mussten. Fotos, Steine und Kreuze schmücken die Wegmarken. Ob sie auf dem Camino starben oder jemand für sie einen Camino unternommen hat? Auch das werde ich nicht erfahren. Aber Leben und Tod liegen an diesem ersten Tag nahe beieinander. Die Geier kreisen wohl nicht ohne Grund.

Die größte Gefahr dieser Etappe ist nicht der mühsame und kräfteraubende Aufstieg. Es ist, wie so oft in den Bergen, der Abstieg, 400 Höhenmeter hinab nach Roncesvalles, der gefährlich werden kann. Er strengt die Muskeln erheblich an, mehr als der

Aufstieg, und erfordert die volle Aufmerksamkeit. Schnell hat man vor Müdigkeit einen falschen Tritt getan oder sich mit neuen Wanderschuhen Blasen geholt. Oder den falschen Weg eingeschlagen. Ich sehe einen dunklen Pferdeschwanz an einer Wegmarke abbiegen. »Stefania!«, rufe ich: »Das ist der falsche Weg!« Tatsächlich gibt es einen sehr steilen, aber ungesicherten direkten Abstieg nach Roncesvalles, vor dem mein Wanderführer eindringlich in etwa so warnt: »Versauen Sie sich Ihre Füße nicht aus falschem Ehrgeiz oder Panik, zu spät die Herberge zu erreichen!« Stefania dreht um und wir gehen den Rest der Strecke Seite an Seite. Sie wird mich den restlichen Camino als »ihren Retter« bezeichnen. Meine erste Pilgerfreundin!

Am Ende eines langen Wandertags mit vielen, vielen Eindrücken kehre ich glücklich in der Massenherberge der Abtei von Roncesvalles ein. Mir wird eine von ca. 200 Pritschen im Massenlager zugewiesen. Die Betten sind in Viererkojen aufgeteilt, alles ziemlich neu. In meiner Koje erholt sich auch ein französisches Brüderpaar von den Strapazen des ersten Tages. Wir sind alle müde, aber nach einer Dusche (bei vier Duschen für etwa 70 Betten pro Stockwerk ist man froh, wenn man nicht zu lange warten muss) und der ersten Fußpflege sind schon alle wieder fröhlich. Ich stelle dankbar fest, dass ich keine Blase an den Füßen finden kann! Für mich sind die Geier zumindest heute umsonst gekreist.

Den Tag beschließe ich mit einem kühlen Bier auf der Terrasse eines Gasthauses, gehe abends in das per Losverfahren zugewiesene Lokal, esse eine gebratene Forelle und sitze neben Maggie, der kanadischen Lehrerin. Wir haben uns immer noch nicht viel zu sagen, aber immerhin setzt sich ein weiterer Pilger, auch aus Kanada, zu uns. Er stellt sich als Nathen aus Vancouver vor. Ob ich nachher mitkomme in die Pilgermesse? »Unbedingt!« Es ist der Beginn einer tiefen Freundschaft, von der ich später noch berichten werde. Für heute habe ich genug erlebt.

»Wenn das weiter so geht …«, denke ich mir und leiste im vom Schnarchen erfüllten Schlafsaal meinen lautstarken Beitrag.

Im Regenwald – Tag 2

Der nächste Morgen überrascht mit Kälte und Regen. Wie viel Glück wir gestern bei der Überquerung der Pyrenäen mit strahlendem Sonnenschein hatten, merke ich erst jetzt. Das gestrige kalte Bier im Wind hat mir zudem eine leichte Erkältung beschert, die mich die kommenden Tage begleiten wird. Mehr als 12 Grad werden es an diesem zweiten Wandertag nicht, Sonne gibt es erst am Nachmittag wieder.

Jeder Reiseführer warnt Pilgerwillige vor anhaltenden Regentagen. Mir reichen schon die wenigen, die ich erlebt habe. Denn das Nass dringt überall hin, auch durch die dunkelblaue Pellerine, die ich mir aus der Fahrrad- und Regenstadt Münster mitgebracht habe. Der zusätzliche Schutz des Rucksacks und vor allem seines Inhalts durch einen neongelben Überzug aus Kunststoff erweist sich als lohnende Investition, auch wenn ich mit den vielen Farben am Ende wie ein Heinzelmännchen beim Karneval aussehe. Für eine rote Nase muss ich dank der Erkältung nicht extra sorgen.

Um 6:30 Uhr in der Frühe bin ich bereit zum Abmarsch. Ich bin nicht der Erste in meinem Schlafsaal. An meiner Pritsche vorbei sind bereits ein halbes Dutzend Frühaufsteher zu Toilette und Waschbecken gezogen. Die unablässig gehende WC-Spülung hier in der zum Kloster gehörenden Herberge weckt mich deutlich weniger sanft als die Mönchsgesänge in der gewerblichen Unterkunft in Saint-Jean-Pied-de-Port. Was soll's? Ich werfe mir ein paar Spritzer Wasser ins Gesicht und mache mich ebenfalls auf den Weg. Das graue Regenwetter droht sich auch in meinen Gedanken zu verbreiten, als ich feststellen muss, dass schon wieder einer meiner Stöcke seinen Dienst versagt. So ein Mist! Und anders als in Saint-Jean-Pied-de-Port hat hier kein Laden geöffnet. Zu allem Übel vermisse ich auch noch meine Bauchtasche, in der ich Taschenmesser, Reiseführer und Kleinkram habe. Ich kann auf all das verzichten, ich weiß. Aber ich ärgere mich zum Haareraufen über mich selbst: Ich alter Schlamper lasse einfach alles liegen. Immer! Wie viele Hüte habe ich schon in Zügen liegen lassen?! Wie oft musste ich mir schon Netzkabel für meinen Laptop nachkaufen, weil ich wieder einmal eines in einem Hotelzimmer vergessen habe?! Ist meine Vergesslichkeit, mein vermaledeites Schlampern das, worüber ich an diesem verregneten Tag nachdenken muss? Es heißt ja, dass man sich jeden Tag eine Denkaufgabe stellen soll.

Inmitten des Haderns fällt mir eine der Weisheitskarten vor die Füße: »Der Camino sorgt für dich.« Noch im Finstern tappend treffe ich zwei Frauen, die schon früh losgehen wollten. Jen aus Australien und Debbie aus Kalifornien. Sie tragen Stirnlampen, welch ein Glück! Denn der Waldweg vor uns ist sehr finster und bei der Nässe auch reichlich unsicher. Nun wird die Dunkelheit etwas erhellt, meine Stimmung auch, denn ich erinnere mich, dass die vermisste Bauchtasche hinter dem Schlafsack im Rucksack stecken muss. Die marternden Plagegeister der Selbstvorwürfe kann ich also mit dem kaputten Wanderstock hinter mir lassen und mich fröhlich mit Jen und Debbie auf den Weg machen. Beide sind junge Frauen, Debbie studiert noch. Jen wechselt gerade ihren Job. Sie waren wie ich Gäste der Herberge in Saint-Jean-Pied-de-Port. Nach drei Kilometern Wandern auf nass-rutschigen Waldwegen trinken wir einen ersten, wärmenden Kaffee und freuen uns, dass wir trotz Regen den dunklen Wald hinter uns lassen können.

Es regnet den ganzen Morgen. Die gesamte Strecke von 22 Kilometern bis Zubiri zieht sich, wird schlüpfrig und unangenehm. Jen klagt hin und wieder über Schmerzen beim Gehen und muss innehalten. Aber wir passen aufeinander auf, erzählen uns viel und kommen schon um Eins in Zubiri an. Die beiden suchen und finden schnell ein Quartier in einer Herberge, ich warte in einer Bar, trinke ein zünftiges Bier und bestaune die großartigen spanischen Bocadillos – »belegtes Brötchen« kann man dazu einfach nicht sagen, es handelt sich eher um radioaktiv aufgepumpte Baguettes, mit Familienpackungen von Käse und Schinken belegt. Mein Appetit ist geweckt und mitsamt Bier auch schnell gestillt. Zum ersten Mal habe ich in der Kneipe, in der noch andere Pilgerinnen und Pilger sitzen, das Gefühl einer Gemeinschaft, die sich immer wieder bei der Rast oder bei Essen und Trinken trifft. Man erzählt sich, woher man kommt – heute oder überhaupt – und wohin man noch gehen will – heute oder überhaupt. Schnell kommt man ins Gespräch. Jen und Debbie wollen erstmal duschen. Jens Füße brauchen Erholung. Wir tauschen unsere E-Mail-Adressen und verabschieden uns, denn ich will noch weiter. Mir ist noch nicht nach Bleiben. Jen werde ich erst am letzten Tag in Santiago de Compostela wiedersehen, sie pilgert einen Gang langsamer. Debbie wird noch einige Tage mit Jen pilgern, dann aber – vorübergehend – allein weiterziehen und aufholen. Wir werden einander noch oft begegnen.

Sechs Kilometer wandere ich allein weiter, bis nach Larrasoaña. Auf dem ganzen, mittlerweile sonnenbeschienenen Weg bin ich allein unterwegs, erst eine unschöne Asphaltstraße an einer riesigen Magnesiumfabrik entlang, biege ich bald auf einen mittelalterlich gepflasterten Waldweg ein, überschattet von Laubbäumen. Ich komme an einem kleinen Wasserfall vorbei, wo mir einfällt, dass ich vielleicht einmal meine Blase entleeren könnte, die ich in Zubiri mit Bier gefüllt hatte. Gut, dass hier im Moment keine Pilgerinnen unterwegs sind, ich kann also ganz entspannt meinem Bedürfnis nachgeben. Das wird in Zukunft nicht mehr oft passieren, denn ich erfahre vielleicht zum ersten Mal in meinem Leben, dass man bei körperlicher Anstrengung den Flüssigkeitshaushalt über die Haut regulieren kann. Es ist der physische Camino!

Kein anderer Pilger stört den Moment meiner Erkenntnis. Viele der Pilgernden folgen den vorgegebenen Etappen, machen heute also in Zubiri Halt. Diejenigen, die sich ein Bett in einer Herberge vorreservierten, müssen ohnehin bleiben, die anderen sind nach 25 bis 30 Kilometern dankbar für die sichere Infrastruktur. Wer etwas über das Ziel hinauswandert, findet dagegen Unterkunft an weniger frequentierten Orten und ist offen für Überraschungen. Eine solche erwartet mich auf meinem Fleißweg an der Abtei La Abadia de Ilarratz.

Als ich an diesem uralten, verlassen scheinenden Gebäude stehen bleibe, von dem schon mein Pilgerführer schreibt, öffnet sich wider Erwarten die hölzerne, romanische Pforte.

Camino-Original – **der Kirchenrestaurator**

Ein Mann, glattrasiert, mit auffallend geordneten silbernen Haaren, vielleicht Ende 50, lugt heraus. Er ist der erste einer Reihe von Originalen, denen ich auf dem Jakobsweg begegne. Natürlich ist jeder Mensch etwas Besonderes, aber manche Menschen sind echte Typen, wie sie nur ein Weg hervorbringt, der seit Menschengedenken Fremde und Einheimische zueinander und wieder voneinander weg führt. Manche von ihnen sind fest ansässig und gehören zum Inventar, von denen Generationen von Wanderern erzählen. Manchen begegnet man wie aus dem Nichts, in das sie auch wieder entschwinden, aber nach der Begegnung mit ihnen ist der Weg nicht mehr der, der er vorher war. Oder man selbst ist nicht mehr der Gleiche, nimmt etwas Unvergessliches mit. Es ist ein wenig wie die geheimnisvolle Gestalt des Tom Bombadil in Tolkiens »Der Herr der Ringe«, der in der Verfilmung leider übergangen wurde. Von der mit Gesang und Gelage erfüllten Begegnung nehmen Frodo und seine Gefährten ein Geschenk mit, das ihnen in Gefahr mehrfach das Leben retten wird. Man kann den Camino auch ohne diese besonderen, manchmal auch geheimnisvollen Begegnungen machen, aber dann entgeht einem auch seine Poesie. Den Camino-Originalen ist deshalb immer wieder ein kleiner Exkurs gewidmet.

Der Mann tritt aus der Pforte des gedrungenen Kirchenschiffs. Er begrüßt mich und stellt sich als Neill vor. Er stammt ursprünglich aus Südafrika und ist vor Jahren den Camino selbst gepilgert. Seine Frau Catharina, eine nordenglische Architektin, und er kauften die Kirchenruine aus dem 12./13. Jahrhundert, um sie vor dem Zerfall zu bewahren. Keiner wollte sie haben, auch nicht die örtliche Kirchengemeinde, obwohl der Bau, wie Neill mich aufklärt, niemals profaniert wurde. Durch eine Profanierung wird in einem kirchenrechtlichen und zugleich gottesdienstlichen Akt die sakrale Nutzung einer geweihten Kirche beendet. Wenn diese Kirche also nie profaniert wurde, ist sie immer noch geweiht und steht für Gottesdienste offen. Neill führt mich durch das enge Portal in den Kirchenraum: ein geweihter, sogar ein heiliger Raum. Nicht nur wegen der einzelnen brennenden Kerze an dem Ort, wo der Altar stehen müsste. Der Boden ist aufgebuddelt.

Hier wurden menschliche Gebeine gefunden, lässt Neill mich wissen. Aber unheimlich ist es hier gar nicht. Die uralten Steinmauern atmen die Inbrunst der Betenden früherer Jahrhunderte. Die Sakralität hat wohl auch Neill erfasst. 30 geschlagene Minuten lang berichtet er mir von den Ausgrabungen und Fresken, die er freilegt. Er hat dabei freiwillige Helfer. Fresken finden sich im Deckengewölbe und auf dem Fußboden, manche will er als Spuren der Templer deuten, manche zeigen sogar vorchristliche heidnische Motive eines Venuskults. Vielleicht wurde die Kirche ja auch gleichzeitig von Venusanbetern und Christinnen besucht.

Neill ist ein Wagemutiger, ein Besessener geradezu, mutmaße ich dreist. Besessen von der Idee, das Vergessene dem Verfall zu entreißen. Besessen auch davon, die Pilgernden für einen Moment aus dem Gleichschritt zu bringen und sie auf die spirituelle Erfahrung vorzubereiten, die noch auf sie wartet und die sich für jede und jeden zwischen Venuskult und Kirchlichkeit entscheiden muss. Wer sich aus dem Pilgertrott herausreißen lässt, der muss einen Preis dafür zahlen. Ich selbst mache mir das recht einfach und stecke einfach den Gegenwert eines üppigen Pilgermenüs in die Spendenbox. Neill und Catharina zahlten einen sehr viel höheren Preis, mit ihrer Ehe. Sie haben sich mittlerweile getrennt. Und Neill hat sich mit seiner Beharrlichkeit, die Geschichte dieser Abtei sowohl in den Quellen als auch in den Steinen offenzulegen, reichlich Feinde gemacht in der gesamten Umgebung im Allgemeinen, mit der Kommunalpolitik und der Kirche im Besonderen. Das erfahre ich am nächsten Tag von Hildegard, einer Nonne des Ordens der Schwestern vom Heiligen Herzen Jesu. Die Frage der Profanierung, das Suchen nach Grundbucheinträgen, unklare Besitzverhältnisse und Ansprüche – all das führt zu Nachbarschaftskonflikten. Neill, der weiße, britisch geprägte Südafrikaner, der einer kolonialmächtigen Kirche die Ruinen ihrer eigenen Vergangenheit streitig macht, bleibt ein Fremder. Vielleicht auch nur deswegen, weil er nicht einfach weiterpilgert, sondern beharrlich bleibt. Vielleicht ist das ja die Verletzung eines ungeschriebenen Pilgergesetzes: Du bist willkommen, aber nur solange du wieder gehst!

Neill bringt auch etwas zum Ausdruck, was in einem uralten Psalm beschrieben wird, einem Lied, das von Pilgerinnen und Pilgern gesungen wurde, die sich auf dem Weg zum Tempel in Jerusalem befanden. Ein Lied der Sehnsucht, das die Mühen und Gefahren der langen Wanderschaft bei Wind, Regen oder stechender Sonne kennt und den Schutz bergender innerer wie äußerer Mauern verheißt. Wenn ich es hier aufnehme, dann auch als ein Segensgebet für Neill und alle, die auf dem Camino hängen bleiben und ein Haus für sich finden.

»Wie lieblich sind deine Wohnungen, HERR Zebaoth! / Meine Seele verlangt und sehnt sich nach den Vorhöfen des HERRN; mein Leib und Seele freuen sich in dem lebendigen Gott. / Der Vogel hat ein Haus gefunden / und die Schwalbe ein Nest für ihre Jungen – deine Altäre, HERR Zebaoth, mein König und mein Gott. / Wohl denen, die in deinem Hause wohnen; die loben dich immerdar. [...] Wenn sie durchs dürre Tal ziehen, / wird es ihnen zum Quellgrund, / und Frühregen hüllt es in Segen. [...] Ein Tag in deinen Vorhöfen ist besser als sonst tausend. Ich will lieber die Tür hüten in meines Gottes Hause als wohnen in den Zelten der Frevler. / Denn Gott der HERR ist Sonne und Schild; / der HERR gibt Gnade und Ehre. / Er wird kein Gutes mangeln lassen den Frommen.« (aus Psalm 84)

Müde, aber voll von Eindrücken komme ich schließlich in Larrasoaña an. Morgen hoffe ich, Pamplona zu erreichen.

Die Herbergen und ihr Preis – Nacht 3 und noch viele weitere Nächte

Noch bin ich auf dem physischen Camino. Trotz der sich andeutenden spirituellen Erfahrungen und Begegnungen muss ich meinen Körper an die Strapazen gewöhnen. Nicht nur die am Tag, sondern auch die in der Nacht. Das Schlafen in Herbergen, jede Nacht in einer anderen und auf einer anderen Schlafunterlage (nicht alles ist eine Matratze, was man so nennen könnte) kann eine Strapaze sein.

Sportlich ausgedrückt: Pilgern ist eine *einfache* Art, *Aktiv*urlaub zu machen. *Aktiv* meint auch die Nächte, in denen man sich von einer Seite auf die andere drehen mag. Oder wälzen. Je nachdem. Oder in denen man andere ganz aktiv vom Schlafen abhält, zum Beispiel durch sägende Schnarchgeräusche. Eine ganze Gaumensegelregatta scheint sich hier zu bewegen! Darin bin ich allerdings Leistungssportler. Vor allem aber ist es *einfach.* In Anlehnung an die berühmte Sentenz von Gertrude Stein (zeitweilig eng befreundet mit Ernest Hemingway, auf dessen Pfade ich in Pamplona stoßen werde) sei im Wissen um die Erfahrung in Pilgerherbergen formuliert: *Einfach ist einfach ist einfach.*

In Larrasoaña komme ich in meiner mittlerweile dritten Herberge unter, es werden noch viele weitere hinzukommen. »Beilari« in Saint-Jean-Pied-de-Port zähle ich mal dazu, obwohl sie eigentlich eine private Unterkunft war und mit 22 Euro nicht mehr als Pilgerherberge gelten kann. Dort hatte ich ja auch ein Zweibettzimmer, das ich mir mit einem Österreicher teilte. Der schnarchte immerhin im Dreivierteltakt, sodass ich mich im Traum sanft an der schönen blauen Donau wähnte.

In Roncesvalles waren es dann bereits 72 (!) Menschen, die in einem riesigen Schlafsaal pro Stockwerk untergebracht waren. Zwei Duschen für die Männer, zwei für die Frauen pro Stockwerk. Mein Bett war #272, also im zweiten Stock das letzte vor WC/Dusche. Bis halb elf in der Nacht Flip-Flop-Klappern, Urinal- und WC-Spülen, Waschbeckenkrach neben dem Kopfkissen. Und dann Schnarchen aus etwa 18 Schlafkojen, Frauen und Männer im Wettbewerb. Und Ausdünstungen. Da hilft auch modern wirkende Möblierung nicht wirklich. Ab 5:45 Uhr erneutes Flipfloppen zum WC. Da bleibt nur Aktivurlaub durch Bettflucht. Morgenstund hat Fluch im Mund.

In Larrasoaña buche ich mich in eine ganz kleine öffentliche Herberge ein. Nur vier Betten pro Zimmer, dafür auf allerengstem Raum. Zwei Stockbetten, dunkelblaue, durchgelegene Matratzen mit Gummibezug, ebenso das Kopfkissen – da hofft man dann zumindest auf pflegeleichte Reinigung. Heute Nacht werden wir vier

Männer, alle jenseits der 50, sein, die hier schlafen. Es wird eine weitere, sehr aktive Nacht, denn das Fenster lässt sich nicht öffnen. Dauerdrehen auf Gummi.

Aber soll ich klagen? Da wäre ich der Letzte, denn ich gehöre ja auch zu der gefürchteten Spezies der Schnarcher. Das wusste ich schon lange vor meiner Reise. Eigentlich weiß ich das schon seit den Klassenfahrten in meiner Schulzeit. Mindestens seit dem Morgen, als bei einer Hüttenwanderung in den Südtiroler Alpen am Morgen im Massenlager meine Klassenkameraden vor meinem Bett standen und mir wie ein Knabenchor im Stimmbruch entgegenschrieen: »DU SCHNARCHST! Und du sprichst im Schlaf!« Es war noch schlimmer. Ich hatte sogar Englisch gesprochen, weil ich irgendwas von meiner Englischlehrerin geträumt hatte. »Climbing is a big challenge«, hatte ich gemurmelt – sehr zur Freude besagter Englischlehrerin, Frau Stühler, die die Klassenfahrt leitete. Es beeindruckte sie nachhaltig, dass einer ihrer Schüler sogar im Schlaf englisch sprach. 15 Punkte gab sie mir im Abitur. In der Abizeitung steht der Eintrag »war Frau Stühlers Liebling«.

Meiner körperlichen Beeinträchtigung eingedenk hatte ich mich Monate vor dem Camino in ärztliche Behandlung wegen üblen Schnarchens begeben, mit Schlaflabor und Kieferorthopädie. Mir wurde von der Krankenkasse sogar eine Schiene bezahlt, um den Unterkiefer nach vorne zu schieben, weg vom Gaumensegel. Nach übereinstimmender Auskunft einiger Zimmergefährten in diversen Herbergen war klar: Es hat nicht funktioniert. Aber sie wussten nicht, was ihnen ohne Schiene wahrscheinlich geblüht hätte.

Die kommunale Pilgerherberge in Larrasoaña war vorerst der Tiefpunkt und wohl auch die ungemütlichste Nacht. Die meisten Herbergen sind einfach, die Bettenzahl pro Zimmer variiert zwischen vier bis 20 und mehr. Meist wird man in Stockbetten untergebracht, wobei die unteren begehrter sind, weil man nachts und in der Frühe ohne Leitersteigen aus dem Bett kommt. Heftig umkämpft sind in den Herbergen die Steckdosen. Wer zuerst kommt, lädt zuerst. Handy und Stirnlampen wollen schließlich am nächsten

Morgen funktionstüchtig sein, wobei ich die Pilgerbehörden dringend um ein Verbot von Stirnlampen in Schlafräumen ersuchen möchte. Insbesondere die ansonsten sehr geschätzten Südkoreaner neigen dazu, morgens mit ihren Stirnlampen irre Kopfbewegungen zu vollführen. Was auch immer sie in ihre Rucksäcke packen, der LED-Strahl kreist blendend im Schlafsaal, bis auch der letzte Langschläfer sich die Augen reibt.

Die Pilgerherbergen haben ihre eigenen Regeln. Weil sie in der Regel ehrenamtlich geführt und auch die ersten Pilgerinnen und Pilger morgens, wenn sie noch weit vor Sonnenaufgang aufbrechen, mit frischem Kaffee oder Tee in den Tag entlassen werden, müssen alle Gäste spätestens um 22 Uhr in der Herberge sein. Wer in einer Bar bei Wein und Bier versumpft, was in Spanien leicht passieren kann, weil man offensichtlich vor dieser Stunde kaum ausgehbereit ist, hat keine Chance mehr, zu seiner Matratze zu gelangen. Macht notfalls auch nichts, denn die feierfreudige spanische Bevölkerung feiert durch bis Sonnenaufgang. Da braucht es dann auch keine Matratze mehr, die man eh ab 6 Uhr morgens verlässt.

Hygieneprobleme hatte ich übrigens keine. An einem Ort beschlich mich ein ungutes Gefühl, dass im Matratzenlager nicht nur Pilgerinnen und Pilger leben könnten, sondern auch bisswütige Bettwanzen. Mindestens zwei meiner Pilgerfreundinnen, beide sehr gepflegte Erscheinungen, konnten einige Tage kaum gehen, weil ihre Oberschenkel von besagten Tieren übel zugerichtet worden waren. In der Apotheke besorgte ich mir ein Mottenspray und blieb auch diese Nacht verschont. Vielleicht lag es ja auch an meinem geliebten Schlafsack, in den ich mich behaglich kuscheln konnte.

Einfach ist einfach ist einfach. Das gilt auch für den Preis. Die Herbergen, vor allem von der Provinz Rioja an, sind günstig. Zwischen 6 und 8 Euro pro Nacht, meist inklusive Kaffee, manchmal auch mit Frühstück. Viele Herbergen, auch die in Larrasoaña, bieten Küchen für Selbstversorger und Möglichkeiten, Kleidung von Hand zu waschen. Während Letzteres jeder Pilger und jede Pilgerin irgendwann in Anspruch nimmt, habe ich auf das Kochen mit wenigen Ausnahmen verzichtet und entscheide mich lieber für das Pilgermenü. Dabei ergeben sich gerade mit den jungen Leuten wunderbare Gelegenheiten, ins Gespräch zu kommen und kulinarische Entdeckungen zu machen, denn sie kochen, je nach Herkunftsland, sehr kreativ. In Larrasoaña kochen die beiden französischen Brüder, mit denen ich schon in Roncevalles eine Koje teile: Hervé und Jean-Luc, Mitte zwanzig, der Ältere, Jean-Luc, des Englischen so kundig, dass er unbefangen redet, der Jüngere etwas zurückhaltend. Sie winken mir freundlich zu, aber ich habe dann schon gegessen, in einer Dorfkneipe. Was es gab, habe ich vergessen, und mehr war es nicht wert. Was ich bei den Brüdern aus Frankreich sehe, hätte ich sicher nicht vergessen. Wir holen das nach, denke ich mir. Es werden ja noch einige Herbergen kommen.

Wunder in Pamplona oder Wie ich vom Kult zum Kulinarischen finde – Tag 4

Es gibt keine Zufälle. Am frühen Morgen folge ich einem Vorschlag meines Pilgerführers, einen Umweg zu wagen. Immerhin ging ich ja gestern über die vorgesehen Tagesetappe hinaus und habe schon Weg gutgemacht, da kann ich mir heute auch etwas mehr Schritte erlauben. Ich steige also den alten Weg nach Zabaldika hinauf, wo eine beeindruckende romanische Kirche aus dem 12. Jahrhundert steht, die dem heiligen Stefanus (also Esteban) gewidmet ist. Auf den Umwegen ist man häufig allein unterwegs. Das führt manchmal zu Begegnungen, die sich erst später als bedeutsam erweisen. In der Kirche begrüßt mich eine Nonne aus dem Orden der Schwestern vom Heiligen Herzen Jesu. Sie stammt aus Schweden und tut hier Dienst, freundlich und gesprächig. Es ist eine wirklich schöne Kirche, berühmt für seine Glocke, aber ich will dann doch weiter. Da drückt sie mir einen Zettel in die Hand: Einladung zu einem Pilgergebet mit anschließender kostenloser Führung in der Kathedrale von Pamplona. »O. K., mal sehen«, denke ich mir.

Der Weg nach Pamplona führt teils über Trampelpfade und ist bei Sonnenschein wunderschön. Mittags bin ich schon am Ziel. Als Herberge suche ich gleich die erste auf, vielversprechend »Casa Paderborn« genannt. Der Jakobus-Freundeskreis in Paderborn, westfälische Partnerstadt Pamplonas, engagiert sich mit Spenden, Einsatz von vielen Ehrenamtlichen und einer Riesenportion Freundlichkeit für mehr als 4500 Gäste im Jahr. Auch hier hat mein Zimmer vier Betten, aber immerhin ein großes Fenster, das man sogar öffnen kann. Als ich schon gegen Mittag ankomme, die Herberge aber ihre Pforten noch geschlossen hat, stehen unter einer schattigen Pagode eisgekühlte Glaskelche mit Zitronen- und Minzwasser bereit. Mit mir treffen zwei junge Russen ein, Studenten aus Sankt Petersburg und Moskau. Einer heißt Alexej, der andere Sergej. Sie lachen viel, während sie mit Taschenmessern Wurst und Käse schneiden. Beide haben gerade ihren Wehrdienst als Soldaten hinter sich und gönnen sich nun den Jakobsweg, zumindest ein Teilstück, solange der Urlaub eben reicht. Sie reißen Witze über die Kalaschnikow, mit der sie Schießen üben mussten. Offensichtlich funktionieren die bei der russischen Armee nicht besser als die Hubschrauber der Bundeswehr. Zum erfolgreichen Einsatz scheint das Gewehr wohl nur einmal während des gesamten Wehrdienstes gekommen zu sein. Ich muss an die Besetzung der Krim denken und an andere unerfreuliche politische Entwicklungen im Osten Europas. Wie wohl die beiden dazu stehen? Ich traue mich nicht zu fragen. Hier, auf dem Camino, sind alle in friedlicher Mission unterwegs. Schwerter zu Pflugscharen, Kalaschnikow zu Pilgerstäben, denke ich mir. Aber dass Machismo und Männlichkeitsgehabe um Waffen und Kameradschaft sich gerade hier in Pamplona regen, liegt vielleicht am Ort selbst, der Stadt Ernest Hemingways, der seiner Liebe zu ihr mit »Fiesta« ein testosteronstrotzendes Denkmal gesetzt hat. Ich habe den Roman irgendwann in meinen Zwanzigern verschlungen und erinnere mich an das orgiastische Stiertreiben wie an einen halberotischen Traum.

Jetzt bin ich hier. Und es wird auch an diesem Abend orgiastisch, also: orgiastisch für Pilgerinnen und Pilger, das ist eine milde Form der Orgie. Und ich begegne beeindruckenden Männern, mit denen ich mehr als ein Glas Wein trinke. Stiere spielen dabei keine Rolle, aber eine unfassbar schöne Kathedrale und kulinarisches Glück.

Nach Dusche und Handwäsche erkunde ich nachmittags die erste große Stadt auf meinem Wanderweg. Es ist für Spanierinnen und Spanier noch viel zu früh, alles ist verschlafen, die Läden haben zu. Am berühmten »Café Iruña« mache ich Halt, aber dort ist es mir dann doch zu museal. Dann stoße ich auf ein paar Pilger, die ich schon von Anfang an kenne. Sie stammen aus Lettland und Italien. Und Josip ist dabei, der Polizist aus Kroatien, neben dem ich im Zug saß. Er trägt wieder sein kroatisches Nationaltrikot. Ich erinnere mich, dass er mir gesagt hatte, er sei sehr katholisch und religiös. Ich zeige ihm und den anderen den Zettel der schwedischen Nonne aus Zabaldika und frage, ob sie mitkommen wollen. Abgemacht wird: um 17 Uhr Pilgergebet, wir treffen uns vor der Kathedrale.

Der Abend beginnt mit Kult in einer kleinen abgesonderten Kapelle: frommes Beten mit einem Pilgerbetreuerteam, freundlich, offen und integrativ. Sie fragen, wer den Camino schon zum zweiten oder dritten Mal geht. Ein paar der Gäste erzählen berührende Pilgergeschichten, dann beten wir ein Vaterunser im Kreis. Aber es bleibt ein Vorspiel, ein Auftakt zu Überwältigendem. Nach dem Beten ziehen wir in drei Gruppen in die Kathedrale. Nicht direkt. In Pamplona weiß man, Höhepunkte hinauszuzögern. Erst einmal das dazugehörige Museum besuchen. Es ist spektakulär und birgt Kunstschätze aus römischer, maurischer und christlicher Zeit. Christus- und Marienfiguren sind ohne ablenkenden Schnickschnack vor einfachem Mauerwerk präsentiert, mit Licht gezielt in Szene gesetzt, sodass nichts von ihrer inneren Kraft ablenkt. Die Fußböden sind als antikes Kieselsteinmosaik ausgelegt, sodass jedes der kleinen Steinchen nicht auf Fläche, sondern auf der Kante stehend verlegt wird, eng aneinanderliegend. Das schützt davor, auf glattem Stein auszurutschen, ist aber extrem aufwendig zu verlegen. So haben das schon Stein für Stein die Mauren verlegt, Maurer auf Knien. Den Kreuzgang säumen filigrane gotischen Bögen, das fällt da kaum mehr auf. Erhalten ist auch eine Klosterküche aus dem 13. Jahrhundert – mit fünf Dampf- und Rauchabzügen! Ein mittelalterliches Küchenstudio kriegt man wohl sonst nirgendwo zu sehen!

In Pamplona herrschte zwei Jahrhunderte lang Frieden zwischen Christen und Muslimen. Die Kathedrale ist ein Zeugnis ihres Zusammenwirkens. Da gibt es maurische Architektur, etwa ein hinreißend verspindeltes Treppenhaus. Aber der Frieden hatte bald ein Ende. Die katholischen Herrscher waren der Muslime bald überdrüssig – auch das hat seine Spuren in Kunstwerken hinterlassen: Auf einem besonders prachtvollen Altar tritt eine priesterliche Heiligenfigur (es ist hoffentlich nicht Jakobus) einen Mauren, der Schnurrbart und Turban trägt, mit Füßen, ja unterwirft ihn mit Tritten und Lanzenstichen wie Georg den Drachen. Der Triumphalismus der Kirche über den Islam als grausamer Maurenmord wird auch mit Blattgoldglanz nicht schön und gut. Vor allem nicht in den Zeiten wachsenden Antiislamismus in vielen Ländern der Welt.

Meine sich trübenden Gedanken werden aber sofort von den kundigen Erzählungen des Fremdenführers gebannt. Er stellt sich als Diégo vor. Meine Pilgerfreunde aus Ost- und Südeuropa und ich bleiben bis zum Schluss und überreden Diégo zu einem Bier nach Ende der Führung. So lebendig, wie er erzählt, so kundig wird er auch in der Kneipenszene von Pamplona sein, flüstern wir einander zu. Volltreffer! Diégo führt uns also auch durch das kulinarische Pamplona, zeigt uns die besten Weinbars und vor allem die Pintxo-Läden der Altstadt. Pintxo ist die baskische Version von Tapas, aber wahrscheinlich würden die Basken das brüsk von sich weisen und sagen, Tapas sei nur ein fader Abklatsch des Originals. Mir ist es egal, solange es so gut schmeckt! Mit meinen Pilgerfreunden und Diégo teile ich mir ein ums andere Schälchen mit Fisch, Fleisch und Gemüse und zur Krönung einen Seeigel in der »Bar Gaucho«. So etwas, so lecker habe ich noch nie gegessen! Und dann noch die Weine! Diégo erweist sich als veritabler Kenner. Bald gesellen sich ein paar Frauen zu uns, es wird noch lustiger. Pamplona ist toll. Der physische Camino ist toll.

Camino-Original **Diégo – dem Hunger entflohen, um andere zu nähren**

Beim Wein beginnt Diégo seine Geschichte zu erzählen. Er stammt nicht aus Pamplona. Hier hat er vor zwei Jahrzehnten mal ein paar Semester Betriebswirtschaftslehre studiert. Danach kehrte er in seine Heimat Venezuela zurück. Aber nun stürzt dort ein korruptes Regime das eigentlich reiche Land und sein Volk in eine anhaltende Hungersnot. Eine glücklose Rebellion folgt. Auch in Deutschland wird darüber berichtet. Vor zwei, drei Jahren musste Diégo mit ansehen, wie bei einer Demonstration Regierungspanzer in eine Gruppe Demonstranten rollen und das Feuer eröffnen. Menschen sterben. Diégo fackelt nicht lang, packt die Koffer und ergreift mit seiner Familie die Flucht. Hals über Kopf landet er in Spanien. Er kennt noch den ein oder anderen Menschen aus Studienzeiten und kann sich in Pamplona eine neue Existenz aufbauen. Als Südamerikaner versteht er sich auf Kaffee und bei seinem Studium in Spanien hat er »Kaufmann gelernt«. Weil guter, fair gehandelter Bio-Kaffee mittlerweile ein In-Getränk ist und zugleich noch mit gutem sozialen und ökologischen Gewissen konsumiert werden kann, etabliert er sich als Importeur und Röster und macht mitten in der Innenstadt einen kleinen Laden auf. Weil er dankbar ist, mit seiner Familie dem Hunger und der Perspektivlosigkeit entkommen zu sein, engagiert er sich ehrenamtlich. In der Studentenzeit ist auch er einmal den Camino gegangen. Also zeigt er Pilgerinnen und Pilgern die Kathedrale seiner neuen Heimat, lädt sie zum Gebet ein und dehnt danach seine Führung auf die kulinarische Kultur aus. Vom Kult zur Kultur. Eine Erfolgsflüchtlingsgeschichte, voller Heimweh, voller Leben, voller Großzügigkeit. Das ist Männlichkeit, die keinen Säbel, keine Kalaschnikow und keinen Machismo braucht.

Trunken von Eindrücken und ein wenig auch vom Wein mache ich mich auf den Rückweg zur »Casa Paderborn«. Kurz vor 22 Uhr erreiche ich sie, kurz bevor sie ihre Pforten verschließt.

Der Camino sorgt für dich – Tag 4 und 5 (von Pamplona nach Puente la Reina und weiter)

Nach dem aufwühlenden Abend in Pamplona brauche ich einen ruhigen Tag. Meine Compañeros gehen für sich, ich suche heute Einsamkeit. Auf der Straße hinaus aus der Stadt nach Cizur Menor, Vorort von Zizur Mayor, passiere ich kurz nacheinander zwei Schilder, wie sie gegensätzlicher nicht sein könnten. Das erste, am Ortsausgang von Pamplona, weist auf den Campus der Universität des Opus Dei – Hort des traditionellen und konservativen Katholizismus. Der Campus wurde von Josemaría Escrivá erst 1952 als Universität von Navarra gegründet mit der Absicht, »Menschen mit hohem fachlichen Niveau und mit einer christlichen Sicht des Lebens« auszubilden, wie es auf der Internetseite heißt. Und dann, nur wenige Schritte weiter, kurz vor dem Eingang ins nächste Dorf ein riesiges Schild mit drei Emblemen und darunter spanischen Begriffen: das Vektorsymbol mit nach unten gerichtetem Kreuz und einer geballten Faust in der Mitte für Frauenrechte (Igualidad), die Regenbogenflagge für die Rechte von Lesben, Schwulen, Transmenschen und Queeren (Diversidad) und eine »Halt!« signalisierende Hand für Respekt (Respeto). Dazu steht auf Baskisch, Spanisch und Englisch der Satz: »In Zizur Mayor schützen wir alle Personen und die Natur.« Zizur wird tatsächlich mit Z geschrieben, wahrscheinlich beharren die Einwohnerinnen und Einwohner auf dem Z mit baskischem Stolz. Die Dorfbewohner und -bewohnerinnen haben das sicher nicht ohne Absicht unweit vom Hort konservativen Traditionalismus aufgestellt. Spanien ist offensichtlich viel pluraler, als ich dachte – und auf dem Camino haben unterschiedliche Überzeugungen Platz. Ich staune und merke, dass ich hier noch sehr fremd bin, nichts weiter als ein Tourist. Auch diese Erkenntnis gehört zum physischen Teil des Weges.

Aber langsam beginnt sich etwas zu ändern. Ich gehe ganz allmählich nicht mehr wie ein Flaneur, halte mich auch nicht mehr damit auf, Gesehenes und Beachtliches auf dem Weg wie ein Außerirdischer zu betrachten, dem alles fremd und neu und wunderlich ist. Ich werde langsam aufmerksam für das, was zwischen dem Weg und mir passiert. So wie ein empirischer Forscher, zum Beispiel eine Ethnologin, teilnehmend beobachtet, nehme ich zunehmend an dem Teil, was ich bestaune. Ich lasse mich vom Weg leiten, anregen, anstoßen. Aber noch bin ich neugierig – »curioso« sagen die Spanischsprachigen –, fühle mich noch nicht ganz dazugehörig und halte an einer Distanz fest. Noch.

Ich merke, dass ich mich überraschen lassen will. So vertraue ich der Pilgerweisheit, dass der Camino für mich sorgt. Zuallererst erlebe ich das ganz körperlich, weil der Weg ja noch der physische ist. Die heutige Etappe gehört zu denjenigen, von denen beinahe jeder schon einmal ein Bild gesehen haben dürfte. Nach einem steilen, steinigen Anstieg erreicht man auf der Passhöhe Alto del Perdón, den Gipfel der Vergebung, eine Skulpturengruppe aus rostigem Stahl: Silhouetten von Wandernden mit Eseln, auf der Passhöhe so grandios platziert, dass alle ein Foto machen, im Hintergrund die weite Ebene, aus der man kommt. Entlang des Passes dann – nicht weniger berühmt – 40 moderne Windräder, hintereinander aufgereiht, deren riesige Blätter erhaben und schweigsam im Wind rotieren. Mein Reiseführer verspricht hier einen mobilen Kaffeeladen. Ein leeres Versprechen. Dabei hätte ich jetzt, nach etwa dreizehn Kilometern durchaus Durst. Ich bin nicht der Erste, dem es so geht. Der Legende nach erschien einem Pilger hier einst der Teufel und versprach ihm Wasser gegen den Durst, wenn er Gott und den heiligen Jakobus verspotten würde. So viel Hirn und Gottvertrauen hatte der Pilger noch, dass er das Angebot ablehnte – schließlich hatte er im Pilgerbüro wahrscheinlich religiöse Gründe für seine Pilgerschaft angekreuzt. Zum Lohn erschien ihm Jakobus höchstpersönlich und gab ihm zu trinken. An dieser Stelle steht heute ein Pilgerbrunnen. So wird zugleich dem Teufel gewehrt und für Wasser gesorgt. Gut, denn am Nachmittag scheint die Sonne geradezu erbarmungslos. Der erste Kaktus am Weg beeindruckt mich nachhaltig. Jeder Wassertropfen ist willkommen, weshalb ich am Pilgerbrunnen die Wasserblase fülle. Noch dazu empfinde ich langsam auch Hunger.

Dennoch wage ich einen weiteren im Pilgerführer empfohlenen Umweg, um die kleine Kirche Santa María de Eunate zu besuchen. Sie ist wohl über 900 Jahre alt und als Oktogon, also achteckig, gebaut – wie der Dom zu Aachen, nur viel kleiner und gedrungener. Umgeben ist sie von einem Säulenpfad, ebenfalls in Achteckform, komplett mit uralten Kieselsteinen gepflastert, wieder so wie in der Kathedrale von Pamplona. Es heißt, man solle diesen Rundgang dreimal barfuß vollführen, dann würde man die mystische Magie des steinalten Ortes spüren. Außer dem Stolz, dass ich die fünf Extrakilometer gegangen bin, und Hunger spüre ich aber nichts. Ich bin eben einfach noch nicht auf meinem spirituellen Camino angekommen und übe mich in Geduld. Der Camino sorgt vorerst für meine leiblichen Bedürfnisse. Immerhin.

Der Weg, weitestgehend eine staubige Piste, ist von wildem Fenchel gesäumt. Das zumindest ist schon einmal sehr gut für die Mundhygiene und bereitet die Geschmacksnerven auf Weiteres vor. Mit einem Mal liegt der Duft von Paprika in der Luft. Ein Feld zu meiner Linken bietet pralle Früchte in grün und rot, einige schon abgerupft und von den Landwirten liegen gelassen. Ich wäre nicht der Franke Traugott, wenn ich nicht sofort eine knallrote Paprika gegessen und drei weitere – grün und rot – in den Rucksack gestopft hätte. Nun kann ich vergnügt weitergehen. Als ich schon ziemlich müde bin und mir der Zuckerspiegel merklich absinkt, streckt mir der Wegsaum stachelige Zweige voller süßer Brombeeren entgegen, die ich nur noch zupfen muss. Irgendwann steht auch noch ein Feigenbaum da, riesengroß, voll mit reifen Früchten, ich verschlinge gleich zwei davon. War das etwa der Lohn des Jakobus dafür, dass ich dreimal mit nackten Füßen auf Kieselpflaster die Kirche in Eunate umrundet habe?

> Weder der legendäre fromme Pilger noch ich sind die ersten, die erfahren, dass Gott sie bei ihrer Wanderschaft wunderbar versorgt. Das Volk Israel kann hier eindeutig ein Patent anmelden. Als die Israeliten hinter Mose durch die Wüste ziehen, knurren

auch ihnen die Mägen. Schlechte Laune macht sich breit und sie erinnern sich voller Lust »an die Fische, die wir in Ägypten umsonst aßen, und an die Kürbisse, die Melonen, den Lauch, die Zwiebeln und den Knoblauch.« Von den Fleischtöpfen gar nicht zu reden! »Nun aber ist unsere Seele matt«, jammern sie weiter. Da fällt Manna um sie herum vom Himmel. Die Bibel ist ziemlich präzise: »Es war aber das Manna wie Koriandersamen und anzusehen wie Bedolachharz.« Ich weiß nicht wie letzteres schmeckt, aber der Fenchelsamen auf meinem Weg reicht mir schon. Das Volk Israel sammelt das Manna, zerstößt es in Mörsern und backt sich Kuchen daraus: »Und es hatte einen Geschmack wie Ölkuchen.« (aus dem 4. Buch Mose, 11. Kapitel)

Der Unterschied zwischen den Israeliten aus der Moseerzählung und mir ist in diesem Moment: Ich weiß, wo ich am Abend ankommen werde (in Puente la Reina) und dass dort ein Pilgermenü auf mich warten dürfte, auf Wunsch sogar mit Fleisch. Nach solch sättigender Nahrung sehnten sich die Wüstenwanderer Israels auf ihrer Flucht aus Ägypten vergeblich. Auf mich dagegen wartet sogar noch die Krönung der leiblichen Genüsse (und Gelüste!): Schon morgen, in Cirauqui, werde ich das Weinanbaugebiet der Navarra erreichen. Der Camino sorgt also bald mit Navarro für mich. Und das ganz wörtlich und unentgeltlich. Denn »Bodegas Irache«, früher Klosterweingut der Benediktiner von Irache, jetzt eine führende Kellerei der Navarra – auf der Etappe des nächsten Tages –, hat noch immer ein Herz für durstige Pilgerinnen und Pilger und lässt sie aus einem Doppelbrunnen Wasser und wahlweise auch Wein zapfen. Kostenlos, soviel die Trinkbehälter fassen können. Jetzt weiß ich auch, dass die Jakobsmuschel an meinem Rucksack als Trinkschale dienen kann – für einen erstaunlich guten Navarro Rosé, Jahrgang 2018. Herb, mit leichter Süße, vollmundig. »Salute!«

»Cheers!« tönt es zurück. Denn mit mir genießt diesen Moment unerwarteten Pilgerglücks Nathen aus Vancouver, den ich beim Pilgermenü in Roncesvalles kennengelernt habe. Kurz nach Puente la

Reina kreuzen sich unsere Pfade. Nathen ist unschwer zu erkennen, denn an seinem – eh schon sehr umfangreichen – Rucksack hat er noch ein Musikinstrument befestigt, etwas kleiner als eine Gitarre, aber größer als eine Ukulele. Er nennt es »Guitalele«. Seinen Kopf mit dem beeindruckend dichten, schwarzen Haar verhüllt er mit einem feinen Seidentuch, um sich vor der Sonne zu schützen. Seine Füße tun ihm offenbar weh und er ist froh, durch Gespräche auf andere Gedanken zu kommen. Und auch ich genieße es, am fünften Tag der Pilgerschaft endlich nicht mehr allein vor mich hingehen zu müssen.

An diesem Tag, an dem sich der physische Camino für mich unmerklich in den psychischen verwandelt – zwischen Weinquelle und der kommenden Vollmondnacht –, gehe ich mit Nathen, dem ersten meiner Pilgerbrüder.

PILGERBRUDER **Nathen, der Musiker**

Es sind einige Männer und Frauen, mit denen mich eine die Pilgerreise überdauernde Freundschaft verbindet, die an einem markanten Punkt des Weges beginnt. Es bildet sich so etwas wie eine Bruderschaft, eine Kommunität. Jedem meiner Pilgerbrüder und meiner Pilgerschwestern sei darum ein kleiner Exkurs gewidmet, vielleicht sogar etwas wie eine kleine Liebeserklärung. Für jede und jeden von uns wurde der Camino eine einschneidende Erfahrung, die etwas in unserem Leben verändert hat. Wir haben einander in die Seele geschaut und uns in die Seele blicken lassen. Diese Begegnungen von Mensch zu Mensch, von Seele zu Seele, sind vielleicht das Wichtigste auf dem Jakobsweg. Man meint, am Ende würde man das (vermeintliche) Grab eines Heiligen erreichen, den Schrein mit Reliquien sehen und eine Statue umarmen. Dabei begegnet man auf dem Weg schon lebendigen Menschen aus Fleisch und Blut, mit Geist und Herz, mit Narben und Schrammen. Man umarmt einander und ist jedes Mal dabei schon am Ziel angekommen. Nathen ist der erste, dem ich auf diese Weise begegne.

Wir sehen uns zum ersten Mal beim Pilgeressen in Roncesvalles. Seiner dunklen, dichten Haare und seines schmalen, klar geschnittenen

Kinns wegen fragen Briten wie Amerikanerinnen immer wieder, ob er nicht Simon Cowell wäre, der berühmte Fernseh- und Musikproduzent, der »American Idol« und »Britain's Got Talent« erfunden hat. Nathen scheint von diesen Verwechslungen genervt, denn er ist Vollblutmusiker und lebt als Profi von seiner Musik. Da sind Vergleiche mit Stars nie hilfreich. Er sagt, ihn störe das nicht wirklich. Aber ich finde Nathen einzigartig und unverwechselbar. Auf dem ersten gemeinsamen Stück Weg finden wir sofort gemeinsame Themen – Musik und Spiritualität, zuerst aber Kanada. Da ich selbst einmal das Glück hatte, ein Jahr in Montreal zu leben, haben wir sofort einen Ausgangspunkt, etwas Gemeinsames. Denn Nathen stammt aus der französischsprachigen Provinz Kanadas, Québec. Dort ist er katholisch aufgewachsen, mit einer engen Beziehung zu allem Religiösen. Von Kirche und Kirchlichem hat er sich mittlerweile entfernt, nicht aber von Spiritualität. In der Musik, in Büchern, bei Reisen befasst er sich mit spirituellen Themen. Obwohl er sich von seinen katholischen Wurzeln gelöst hat, bringt er mich schon an unserem ersten Abend dazu, an einer katholischen Messfeier teilzunehmen. Er sagt, er wolle auf dem Camino tief in sich hineinhören, um zu erfahren, was als Nächstes auf ihn warte. Er hat sich die Pilgerreise selbst zum 60. Geburtstag geschenkt. Genau am Tag seines Wiegenfests ist er in Vancouver aufgebrochen.

Nach zwei Scheidungen ist er nun Single. Statt eine neue Beziehung zu suchen, will er die eigene Identität klären. Da ist er auf dem Jakobsweg ja auf dem richtigen Pilgerweg. Denn es heißt ja, auf diesem Weg finde man vor allem zu sich selbst. Verrate ich ein Geheimnis, wenn ich schreibe, dass Nathen nicht lange nach seiner Rückkehr nach Vancouver, mitten in der schlimmsten Phase des Social Distancing, ein neues Glück gefunden hat? Er hat mir erlaubt, davon zu erzählen.

Sein geografisches Ziel auf dem Camino Francés ist nicht Santiago de Compostela. Davon erwartet er sich nichts außer kirchlichem Prunk. Seit er einmal im Vatikan war und dort so gar nichts vom Geist spürte, sondern nur Machtbewusstsein, ist er skeptisch gegenüber kirchlichem Prunk. Er will seinen Pilgerweg bis zum Ende der (alten) Welt gehen, bis Finisterre. Wer dort über den Atlantik blickt, erahnt auf der anderen Seite des Meeres Nordamerika, Kanada. Nathen lebt ebenfalls am Meer, in Vancouver, seiner Wahlheimat. Der Anblick des Ozeans erfüllt ihn und berührt seine Seele, wie er sagt. Finisterre! Von da aus will er über den Atlantik schauen, will sich auf das Meer träumen und die Strände seiner Heimat auf der anderen Seite erahnen. Das will er unbedingt zu Fuß erreichen.

Nathen hat sich viel vorgenommen. Was das Pilgern angeht, ist er in dem Sinn ehrgeizig, dass es ihm auch um die Ehre des ehrlichen Pilgerns geht. Es käme für ihn gar nicht infrage, eine Etappe mit dem Bus zu überspringen. Zu Beginn des Weges hat er sich viel zu viel Kram in und auf seinen Rucksack gepackt. Schon am achten Tag seiner Wanderschaft, in Logroño, befreit er sich von einigem Ballast. Er packt ein Paket und schickt es mit der Post voraus. Sein Instrument bekommt eine Bewährungsfrist. Noch hat er es nicht gespielt, noch ist er zu sehr mit seinen Schmerzen befasst, noch ist er am Abend zu erschöpft. Dabei wünscht er sich, eines Abends die Pilgerinnen und Pilger in einer Herberge mit seiner Musik zum Singen zu bewegen. Deshalb schleppt er das Teil mit sich herum. Nicht für sich. Ja, es gehört zu seiner Pilgerschaft, sein Talent an andere zu verschenken, auch wenn es ein paar Kilo mehr an Gepäck bedeutet. Seine eigene Stimme, die nicht nur sehr gut ausgebildet ist, sondern in der unverkennbar eine Seele, fein gesponnen wie ein Silberfaden, schwingt, macht er nicht zum Zentrum seiner Musik. Andere sollen Mut fassen, ihre Stimmen zu erheben und Lieder anzustimmen. Als Profimusiker kann er einfach mitschwingen, wenn jemand Lieder der eigenen Mundart und Musiktradition zu singen beginnt. Diesen Traum wird er sich erfüllen und uns vielen anderen, die wir mit ihm auf dem Weg sind, schenken. Eines Abends sitzen wir tatsächlich in einer Bar, draußen ist es regnerisch und kalt. Drinnen versorgen sich alle mit Wein und Bier und mit ihren Handys. Dann sagt Nathen: »Lasst uns gemeinsam singen!« Eine nach dem anderen ruft den Titel eines Liedes in die Runde, mal auf Italienisch, mal auf Spanisch und Französisch, meist auf Englisch. Die anderen suchen dann im Internet den Text – denn WLAN gibt es noch in der letzten Spelunke –, hören sich die erste Strophe an, Nathen stimmt mit der Guitalele ein, und gleich machen die anderen mit. Bei manchen kann man es singen nennen, bei anderen brummeln, grölen, rhythmisch sprechen, mal auf, mal neben dem Ton. Evergreens wie »Country Roads« erschallen, Pilgerschlager wie »500 Miles«, Seelenlieder wie »Hurt« oder »Losing My Religion«, »Stand by Me«, »The Greatest Love of All«, Chansons von Edith Piaf bis hin zu Azzurro – es will gar nicht enden. Und zu meinem Glück gelingt es Nathen, uns allen noch Abba nahezubringen – »Dancing Queen«. Ich gestehe, dass ich da ein wenig nachgeholfen habe.

Musik ist, was Nathen ist, was Nathen macht und was er lebt. Er schreibt Lieder, die er auf CDs und auf SoundCloud veröffentlicht. Sie erzählen von Glauben, Liebe und Hoffnung und tragen Titel wie »be still«, »psalm 96«, »a prayer to you« und »spirit is calling«. Einen Titel, »to love«, singt er an einem Abend für uns, seine kleine Pilgerkommunität. Es wird mein Lieblingstitel, denn es erzählt von ihm. »You have been bruised, you have been burned.« In seiner Musik aus Gitarre und Stimme ist er ganz bei sich, bei seinem Schmerz, seiner Freude. Für Judith, deren Mutter vor Kurzem gestorben ist, singt er »Tears in Heaven«. Bald schon weiß es der ganze Camino, dass da ein Musiker unterwegs ist. Alle auf dem Weg kennen den Pilger, der seine Gitarre auf dem Rücken trägt wie ein Schneckenhaus. Wen er zum Singen und zum Lauschen gebracht hat, grüßt ihn künftig mit Dank und Ehrerbietung.

> Im Alten Testament wird von einem Saitenspieler erzählt, der die Gabe hatte, anderen mit seinem Spiel Trübsal und Traurigkeit zu vertreiben. Sein Name ist David. Von ihm sagte einer seiner Weggefährten: »Ich habe gesehen einen Sohn Isais, des Bethlehemiters, der ist des Saitenspiels kundig, ein tapferer Mann und tüchtig zum Kampf, verständig in seinen Reden und schön, und der HERR ist mit ihm.« König Saul, der von trüben Geistern, Zweifeln und Selbsthass getrieben so sehr in düstere Stimmung verfiel, dass seine Umgebung meinte, er sei von einem bösen Geist geplagt, lernte David kennen und seine Musik lieben: Wenn es wieder einmal soweit war und Saul trübsinnig wurde, »nahm

> David die Harfe und spielte darauf mit seiner Hand. So erquickte sich Saul, und es ward besser mit ihm, und der böse Geist wich von ihm.« (aus dem 1. Buch Samuel, 16. Kapitel)

Nathen fällt das Gehen schwer, jeden Tag, die ganzen fünf Wochen, die er unterwegs ist. Weil ihn jeder Schritt sticht und beißt, steht er morgens als Erster auf, meist schon um vier. Oft kommt er erst spät an. Er muss viele Pausen machen. Knie und Schienbein – die wunden Stellen am Körper wechseln sich ab, aber der Schmerz bleibt. Oft genug verfinstert sich auch seine Stimmung, vor allem wenn er erlebt, wie leicht und fröhlich andere die Pilgerschaft genießen. Aber er will nicht pausieren, gönnt sich keine Rast. Er will auf keinen Fall mit dem Bus fahren. Er muss seinen Camino gehen und zwar ganz, Meter für Meter, Schritt für Schritt. Das nordamerikanische Leistungsethos liegt ihm in Fleisch und Blut. Lieber grandios scheitern und komplett alles abbrechen müssen, als einmal mit Gelassenheit und etwas gnädigem Umgang mit der eigenen Gebrechlichkeit zu sagen: »Sei's drum! Morgen bin ich wieder fit, wenn ich mir heute eine Ruhezeit erlaube und ein paar Kilometer mit dem Bus fahre.« Nicht so Nathen.

Zwei Abende, bevor er Finisterre erreicht, in einer kleinen Bar in Santiago sprechen wir Pilgerbrüder Jörg, Stefan, Nathen und ich miteinander. Nathen fordert uns auf, uns gegenseitig zu sagen, was wir voneinander denken. Er fragt auch, warum er es so schwer habe und den Camino oft nicht so intensiv genießen könne wie viele andere. Wir schildern ihm unseren Eindruck, wie es aussieht, wenn er geht: Den Kopfschutz ganz ins Gesicht gezogen trägt er Handschuhe und geht Schritt für Schritt regelrecht gebeugt. Wie ein in sich selbst verkrümmter Mensch, dem Schmerzempfinden ausgeliefert und nicht mehr offen hin zur Welt, nicht mehr offen in der Welt. Dabei ist er sonst, in seiner Stimme, seinem Hören, seinem Wesen, ganz auf Kommunikation angelegt – nur beim Gehen scheint er das zu vergessen. Schon auf der Etappe nach Puente la Reina hatte er sich gewundert, dass ich ihn auf so viele Dinge am Wegrand aufmerksam machte, an denen er achtlos vorüberging. Feigen und Brombeeren, Fenchel, Blumen. Doch dann erinnerte er sich, dass seine Ohren sich nicht verhüllen ließen und er hören konnte. Feinste Geräusche und Stimmungen in der Luft. Er konnte sogar eigene Melodien der Landschaft vernehmen, von denen ich nicht die leiseste Ahnung hatte. »Öffne dich«, sagen wir am letzten Abend: »Sei nicht so hart zu dir. Vergib dir selbst!«

Den Pilgern früherer Zeiten ging es um Vergebung. Dafür brachen sie auf nach Santiago, um Befreiung zu erlangen von dem, was sie knechtete und beugte und verknotete. Befreiung von Sünden, von Ängsten vor der Hölle oder Höllenstrafen. Um Befreiung geht es noch heute, davon bin ich überzeugt. Nathen wird das erst in Finisterre erfahren können. Endlich erlaubt er sich, den Zug zu nehmen, ein Stück nur, aber immerhin. Noch einmal ist er zerknirscht, enttäuscht von der eigenen Schwäche, als sei es eine Niederlage. Tags darauf schickt er aber eine Mail, dass er angekommen ist, auch innerlich. Das Meer hat ihm Frieden geschenkt. Uns, jedem von uns Brüdern, macht Nathen drei Monate später ein Geschenk. Über die Weihnachtstage hat er in seinem Tonstudio für jeden ein Lied aufgenommen, für jeden dasjenige, das wir uns häufigsten zu singen gewünscht hatten. Für mich nimmt er »Hurt« auf.

Teil 2 – Der psychische Camino

Nadeln – Tag 6 (von Azqueta nach Torres del Rio)

Es ist Vollmond, als ich am Morgen des sechsten Tages aufbreche. Ich gehe noch im Finsteren los, verabschiede mich von Helena, der wunderbaren Wirtin der kleinen privaten Herberge »La Perla Negra« (das heißt »die schwarze Perle«) und gehe dann auf die kegelrunde Bergspitze samt Burgruine von Monjardin zu, die im Mondlicht aussieht, als hätte Caspar David Friedrich hier ein überlebensgroßes Gemälde in die Landschaft gesetzt.

Helena betreibt ihre Herberge vegetarisch. Sie kocht jeden Abend für ein Dutzend Gäste, die sich an einer langen Tafel im Essraum zusammensetzen, sehr leckeres Essen und reichlich Wein genießen und sich austauschen können. Mir gegenüber sitzt eine blonde Kanadierin mit lustig blitzenden blauen Augen. Helena schafft es, dass man sich hier unverstellt begegnen kann, dass man neugierig wird aufeinander, ohne gleich alles klären zu müssen. Am Morgen, schon vor sechs Uhr, sitzt sie vor ihrer Haustür, nimmt jeden ihrer Gäste herzlich in den Arm und wünscht: »¡Buen Camino!«

Die zwei Stunden bis zum Sonnenaufgang sind die schönsten des Tages. Noch im Mondlicht passiere ich einen »Maurenbrunnen«. Zwei spitze Torbögen, dazwischen eine Doppelsäule, dahinter mehrere Stufen, die in die Tiefe zum Wasser führen. Geheimnisvoll. Aber ich gehe daran vorbei. Tourist bin ich jetzt nicht mehr. Lange bin ich allein auf dem Weg, Nathen ist gestern noch weitergegangen, bis Villamayor de Monjardin. Nun ist er sicher schon zwei Stunden vor mir losmarschiert und befindet sich längst auf der »ersten Rennstrecke« des Camino, wie die zwölf leicht abfallenden Kilometer bis

Los Arcos im Pilgerführer bezeichnet werden. Ebenso ereignis- wie wasserlose Pfade.

Vieles geht mir durch den Kopf, untrügliches Merkmal des psychischen Teils des Camino. Die Vollmondnacht, die herzliche Vegetarierin, der Wein mit Nathen und der gleichförmig anmutende Weg, die Gespräche und Begegnungen von gestern. Ich durchlebe sie noch einmal, ordne sie neu, werfe die Erinnerungen wie Puzzleteile in die Luft, fange sie wieder auf, finde neue Verbindungen zu mir, zu Bildern aus meinem bisherigen Leben. Etwa als mir Belle aus Ontario, Kanada heute Morgen beim Aufbrechen sagte, sie habe einen schweren Traum gehabt nach allem, was wir am Abend angesprochen hatten. Vor allem die Frage, was sie zu dieser Tour motiviert habe, habe sie beschäftigt. Sie sei dankbar dafür, trotz des unruhigen Traums. Oder auch Helena. Ich entdecke, etwas belustigt, dass ich im Kopf schon an einem Liebesroman mit ihr als Hauptfigur schreibe. Sie hat in mir etwas Romantisches zum Klingen gebracht. Vor meinem inneren Auge taucht ein englischer Pilger auf, der sich in sie verliebt, einfach bei ihr in der »Schwarzen Perle« bleibt und mit ihr die Herberge führt. Bis eines Tages eine fremde Frau an der Herbergstür klingelt und ein lang gehütetes, dunkles Geheimnis aus seiner Vergangenheit ans Tageslicht kommt – die schwarze Perle … Ein Pilger-Rosamunde-Pilcher-Roman, oder Mamma-Mia-3-in-der-Meseta.

Mein Kopf braucht viel Platz für all die Gedanken, die hier durchwirbeln, gänzlich ungeordnet. Ich frage mich: Was hat mich eigentlich auf diesen Weg getrieben? Was treibe ich sonst so im Leben? Was ist mein Beruf? Bin ich Pfarrer? Wenn ja, warum bin ich dann nicht in einer Kirchengemeinde? Warum nicht im Krankenhaus als Seelsorger? Das war doch eine gute Station in meinem Leben, da habe ich mich wohlgefühlt! Oder bin ich Lehrer? Ich denke an meine Studentinnen und Studenten und meine Freude, sie auf den wunderbarsten Beruf der Welt vorzubereiten: Pfarrerin zu sein. Oder Religionslehrer.

»Pfarrer – das ist der schönste Beruf, den man sich denken kann«, hatte mein Vater zu mir gesagt, als ich vor der Wahl meines Studienfachs stand. Mein Vater selbst war auch Pfarrer. Und vieles mehr. An ihn denke ich jetzt. Er wäre in meinem Alter längst nicht mehr in der Lage gewesen, diesen Weg zu gehen. Für seinen Beruf hat er sich gesundheitlich schon früh völlig aufgerieben, verbunden mit täglich zwei bis drei Päckchen Zigaretten. Dabei hatte er da schon einen ganz anderen beruflichen Weg eingeschlagen und sich politisch engagiert. Ein Mandat brachte ihn in den Deutschen Bundestag. Ein schwerer Herzinfarkt, noch vor dem 50. Geburtstag, riss ihn brutal aus allen Träumen. Nach zwei Jahren erzwungenem Krankenstand und drohender Frühverrentung – mit vier Kindern und einer Frau, die ausschließlich auf ein Leben an der Seite eines Pfarrers ausgebildet wurde. Pfarrfrauen durften damals keiner Erwerbsarbeit nachgehen. Er kehrte zurück in seinen Pfarrberuf und blühte darin noch einmal richtig auf. Der schönste Beruf sei das Pfarrersein, weil man alles, was man kann und mag, mit einbringen könne. Ich verweile innerlich bei meinem Vater, bis die nächste Gedankenwelle heranrollt.

Nach sechs Stunden komme ich in Torres del Rio an. Mir bleibt viel Zeit zum Waschen, Erholen, sogar zu einem Bad im Pool einer Nachbarherberge. Und dann das: Zurück vom Baden sehe ich, vor der Eingangstür meiner Herberge, den Heilpraktiker Metsuha, einen Stuhl vor sich stehend. Ein Südkoreaner, vielleicht Anfang 60, der mit seiner Frau unterwegs ist. Von ihm hatten schon andere Pilgerinnen und Pilger geflüstert. Auf seinem Rucksack prangt ein in Folie eingeschweißtes Schreiben in verschiedenen Sprachen, dass er zu Hause hauptberuflich Akupunktur praktiziere. Er sei katholischer Christ und dankbar für seine Gabe. Jedem Mitpilger und jeder Mitpilgerin möchte er kostenlos zur Verfügung stellen, womit er zu Hause den Lebensunterhalt verdient.

So bittet er auch mich höflich auf den Stuhl. Nach ein paar Tönen einer fremdländischen Melodie auf seiner Flöte fragt er mithilfe seiner Frau (sie übersetzt sein Koreanisch in ein gebrochenes Englisch), ob ich gesundheitliche Probleme habe. An den Füßen habe ich keine Blasen und bislang geht es mit dem Gehen gut. Aber nach einem kurzen Moment fällt mir ein, dass ich Anfang des Jahres so starke Schmerzen in meiner linken Schulter hatte, dass ich den Arm nicht mehr heben konnte. Kein Hemd konnte ich mehr selbstständig anziehen, bis ein Arzt ein Frozen-Shoulder-Syndrom diagnostizierte und mir Physiotherapie verordnete. Mittlerweile ist es besser und ich kann – Gott sei Dank – den Rucksack ohne Probleme schultern. Dennoch deute ich nun auf meine linke Schulter. Metsuha hält kurz eine flache Hand vor die Stelle, greift dann in eine Schachtel mit sterilen Akupunkturnadeln und pikst mir ruck, zuck acht Nadeln in den kleinen Finger der linken Hand.

Dann sieht er mir aufmerksam ins Gesicht, mustert mich, hält seine Hand über meine rechte Gesichtshälfte. Ob ich hier ein Problem habe, fragt er über seine Frau. Daran hatte ich nicht gedacht. Mein rechtes Auge ist seit meiner Geburt, Zeit meines Lebens etwas kleiner als das linke. Das Augenlid hängt und lässt sich nicht anheben. Ich kann wohl sehen, aber das Auge ist gewissermaßen etwas schlaff geworden, sieht nicht ganz so scharf. Und früher hat einmal ein Heilpraktiker gesagt, ich hätte zwei ganz unterschiedliche Gesichtshälften. Metsuha zückt abermals Nadeln. Fünf Nadeln auf der Unterseite des rechten Ringfingers, vier auf seiner Oberseite und ein geschlagenes Dutzend auf dem Mittelknochen des rechten Mittelfingers. Während er die Nadeln setzt, überwältigen mich Erinnerungen an Kindheit und Jugend, als ich wegen meines hängenden Augenlids wirklich litt. Die ewigen Fragen, ob ich blind sei, Spott und Sticheleien von Mitschülern oder meinen Brüdern, die genau wussten, wo es wehtat. Die Hoffnungen, man könnte das Lid operativ korrigieren. An all das hatte ich seit Jahren, Jahrzehnten nicht mehr gedacht. Bis jetzt. Akupunktur wirkt. Aber wohl anders, als ich gedacht hatte. Die Schulter kann ich nun gut und entspannt bewegen. Vor allem aber verspüre ich eine tiefere Berührung. Nicht nur die Nadeln gehen mir unter die Haut. Ich fühle mich gesehen, angeblickt, erkannt. Meine rechte Gesichtshälfte ist ein altes Thema. Ich hatte nicht damit gerechnet, dass ich hier damit konfrontiert werde.

Ich behalte die Nadeln zwei Stunden lang. Metsuha flötet noch etwas Musik, dann kommen andere Pilger, zeigen auf die Blasen an ihren Füßen oder auf die Gelenke. In der kleinen Stadt begegnen sich viele Frauen und Männer mit Nadeln in den Fingern. Zur Ruhe finden sie in der achteckigen Kirche zum Heiligen Grab, einem geradezu unversehrt gebliebenen romanischen Sakralbau, an dessen Deckengewölbe sich zwei kreuzförmige Sterne ineinander verschlingen. Firste lassen erneut die Hand muslimischer Architekten erkennen – ein Ort des Friedens, der Stille und doch voller Bewegung und Dynamik. Bild meiner zufrieden bewegten Seele.

Heute ist etwas anders geworden.

Camino-Original – **der Techno-Pilger**

An einem heißen Tag überholt mich, mitten auf einer staubig trockenen Piste, ein junger, unverschämt drahtiger Kerl, gut gebräunt, Waschbrettbauch. Mit nichts als einem Sportlerhöschen bekleidet, so als würde er hier einfach joggen. Auf seinem nackten Rücken trägt er einen Mini-Rucksack mit vielleicht drei, vier Kilogramm Gewicht. So leicht sein Gepäck, so laut ist es. Aus seinem Rucksäckchen dröhnt es aus Lautsprechern: Harter Technobeat wie in den Neunzigern schallt eintönig und industriell in seine Ohren. Und nicht nur in die – alle anderen Wanderer im weiten Umfeld müssen mithören. Der Typ geht nicht, er wandert nicht, er läuft und rennt vielmehr, in einem Wimpernschlag ist er um die nächste Biegung verschwunden. Zu schnell für einen Schnappschuss mit dem Handy. Nicht einmal für ein »¡Buen Camino!« bleibt Zeit – es wäre auch im Beat untergegangen. Später erfahre ich von US-amerikanischen Pilgerinnen, dass der Typ nur zwei Wochen Urlaub bekommen hat (so sind eben die Rechte der Arbeitnehmer in der *greatest nation* auf Gottes Erde!) und er deshalb den gesamten Camino RENNT! Er will es schaffen. Techno versetzt ihn in einen Rausch. Wahrscheinlich hat er auch noch Getränke dabei, die ihm Flügel verleihen. Ich bemitleide seine Füße. Er entschwindet. Ich werde ihn definitiv nicht wiedersehen.

Der Tag der Sieben Schmerzen – Tag 7 (auf dem Weg nach Logroño)

Wetterleuchten begleitet den Weg am Morgen. In ganz Spanien ist Sturm, nur der Norden bleibt bislang verschont. Das wird sich heute ändern. Laut ökumenischem Heiligenkalender ist heute der Tag der Sieben Schmerzen Mariens. Ich weiß selbst nicht, was dieser Tag bedeuten soll, jedenfalls noch nicht. Auch das wird sich ändern.

Noch in der Dunkelheit sehe ich unzählige Steine aufgehäuft zu bizarr in die Höhe wachsenden Stalagmiten. Ich kann das Ausmaß des Steingartens nicht recht erkennen und gehe eilig vorbei. Unter den Pilgerinnen und Pilgern heißt der Weg heute »knee wrecker«, was sich lautmalerisch gar nicht recht ins Deutsche übersetzen lässt: Knieschreddern ist ja kein wirklich gutes Deutsch. Elf Kilometer geht es auf- und abwärts, rauf und runter mal auf Asphalt, mal auf Schotter und Steinen. Ein Regenschauer bringt etwas Kühlung, sorgt aber auch für glitschigen Untergrund.

Wohlbehalten erreiche ich schon um 9 Uhr Viana. Ich lande direkt vor einer riesengroßen Arena, in der frischer Sand aufgeschüttet ist und deren Eingang weit offen steht. Mein Gesichtsausdruck muss einigermaßen dämlich wirken. Zwei dänische Hünen sprechen mich an und klären mich auf. Ab Mittag sei eine Fiesta geplant, wildes Stiertreiben durch die Gassen der Stadt, das hier in der Arena sein Ende finden wird. Es sei fast wie San Fermín in Pamplona, nur eine Nummer kleiner. Ob ich nicht in der Stadt bleiben würde? Die Dänen heißen Ben und Bo, und ihre Einladung klingt verlockend. Zwei Bären, mit denen sich der Tag sicherlich spaßig verbringen ließe.

Die Stadt ist schon ganz erregt. Männer aller Altersklassen sind weiß gekleidet, die oft runden Bäuche von roten Tüchern umgürtet. »Bleib doch da«, säuseln die Dänen: »F**k the Camino« (das allerdings säuseln sie nicht, sondern lachen es laut heraus). Dabei sind sie selbst Pilger, aber sie scheinen den bacchischen Verlockungen Spaniens zu erliegen und auch andere mit ihrem Sirenenbrummen zu verführen. Bacchus war der griechische Gott der Gelage und die Sirenen flöteten Seefahrer in die Irre, nur Odysseus war schlauer und ließ sich an den Mast seines Schiffes binden. Ich trinke erst mal einen Kaffee. Soll ich der Verführung folgen? Das will gut überlegt sein. Der Stoß Koffein bringt mich zur Vernunft: Das Jagen von Stieren durch enge Straßen widerspricht mir, auch wenn mir der Machismo der spanischen Kultur einigermaßen die Sinne verwirrt und die Hormone in Wallung bringt. Aus meinen Gedanken reißen mich Knaller und Geschrei: Feuerwerkskracher werden gezündet. Mehr und mehr Leute strömen auf die Straßen. Ich erinnere mich an tugendhafte Werte: Tierschutz, Treue, Tatkraft. Wenn ich aufbrechen will, dann sollte ich das jetzt tun.

Weiter also! Ohne Spektakel. Sollen die Sirenen doch heulen, die Bären brummen und die Böller knallen, ich will Camino und keine Tierhatz. In den Arenen der Römer wurden auch Tiere gehetzt, Gladiatoren mussten raufen und Christen brennen. Später erfahre ich von anderen, die bis zum Nachmittag blieben, dass das ganze Spektakel nicht viel mehr als eine Art Almabtrieb war, mit viel Geschrei und Geknalle freilich. Statt eines mächtigen Stiers wurde eher ein Kälbchen durch die Gassen getrieben. Vor allem floss viel Bier durch die Kehlen. Beim Weg aus der Stadt verlaufe ich mich und komme vom Weg ab. Hunde kläffen und ein paar Bauern sprechen mich an. Ich verstehe ihr Spanisch und mache die Kehre, zurück zum rechten Weg.

Nach elf Kilometern komme ich in Logroño an und finde in der Innenstadt schnell eine Unterkunft. Kaum habe ich das Quartier bezogen, öffnet der Himmel alle Schleusen. Es schüttet. Ein paar der Gassen der Hauptstadt der Region La Rioja – immerhin mehr als 150000 Einwohner – sind durch Laubengänge geschützt. Anfangs sind die Straßen noch voller Menschen, doch der Wolkenbruch vertreibt die Passanten in Restaurants und Bars. Ich schlurfe mit meinen Flip-Flops über das Straßenpflaster. Ein faltbarer kleiner Regenschirm schützt mich vor dem Regen, er ist ein Allwetterschutz – ein Schirm gegen zu viel Sonne und zu viel Regen, sinnvolle 200 Gramm Gewicht.

Vor einer Bar trifft mich ein verzweifelter Blick: »Bist du nicht auch Pilger?« scheint das Augenpaar zu sagen. »Sprich mit mir, bitte!« Die Augen gehören Cynthia aus Kalifornien. Ich halte inne und geselle mich zu ihr an einen Tisch unter dem Baldachin einer Bar. Nachdem ihre Füße jeglichen Dienst versagten, furchtbar angeschwollen sind, und sie keinen Fuß mehr vor den anderen setzen kann, hängt sie hier fest. Bereits seit drei Tagen. Sie ist verzweifelt. Sie spricht kein Spanisch, und keine Menschenseele in der Stadt scheint Englisch mit ihr sprechen zu können. Eigentlich ist sie mit einer Gruppe unterwegs, aber die ist nun schon drei Tage weiter, uneinholbar. Sie beginnt zu weinen, bitterlich – das Wort ist hier angebracht. »Nimm doch morgen einen Bus und fahre dorthin, wo deine Gruppe ist.« »Nein«, sagt sie schluchzend: »Ich muss doch den ganzen Weg gehen. Alles andere ist Betrug. Ich bin so sauer, dass meine Füße mich so hängen lassen.« »Aber du musst doch niemandem etwas beweisen, am wenigsten dem heiligen Jakobus …« »Doch. Mir selbst.« In dem Moment, in dem sie das ausspricht, stockt sie. Als höre sie sich selbst zu. Sie scheint zu bemerken, dass ihr Körper sie lehrt, mit sich selbst gnädig zu sein.

Wie oft doch Leistungsmenschen vergessen, dass sie auch leibliche Wesen sind, nicht nur eine durch Eiweiß und Vitaminpillen vorwärts zu treibende Masse! Cynthia trocknet ihre Tränen. Ich lade sie ein zu einer Fußmassage, die in meiner Herberge angeboten wird. Humpelnd folgt sie mir. Mit – oder an – wunden Füßen kann auch die Seele leiden.

Heute ist der Tag der Sieben Schmerzen der Gottesmutter Maria. Die sieben Schmerzen sind, so klärt mich das Heiligenlexikon auf, die andere Seite der sieben Freuden, die Maria empfindet, als sie den kleinen Jesus unter ihrer Brust trägt. Freude und Schmerz liegen nahe beieinander. Als ich Cynthia an der Herberge zur Fußmassage abgeliefert habe, schlurfe ich wieder durch die Stadt, durch den anhaltenden Regen. Ich gehe vorbei an vollen Bars, erkenne kein vertrautes Gesicht und fühle mich plötzlich deplatziert und verloren. Etwas von der Trübsal Cynthias hat sich wohl auf mich übertragen, als wäre Schwermut ansteckend.

Da erhalte ich eine SMS von zu Hause. Daniel schickt mir einen Gruß. Sein Lächeln wirkt ansteckend, selbst wenn es virtuell erstrahlt. Nicht nur Schwermut überträgt sich. Auch ein Lächeln erzeugt Resonanz. Bald treffe ich andere Pilger. Eine eigenartige Truppe, vor allem junge Leute, darunter ein Südkoreaner, ein Nordafrikaner, ein Saarländer. Erst mit ihnen erschließt sich Logroño auch mir. Wir trinken Kaffee und später Wein. Dann ziehen wir durch die Stadt, besichtigen, was es zu sehen gibt. Wieder eine beeindruckende Kathedrale mit einem Bild der Maria Magdalena, das dem Maler und Bildhauer Michelangelo zugeschrieben wird. Ich finde es genauso eindrucksvoll wie die Mona Lisa in Paris, die ich im Frühsommer gesehen hatte. Nur weniger Menschen, weniger Aufmerksamkeit. Unsere lustige Truppe wird noch lustiger mit jedem Glas Wein, denn immerhin sind wir in der Hauptstadt der Rioja. Und die Tapas, die hier auch so heißen, sind die reinsten Kunstwerke. Es muss also auch der Tag der sieben Freuden Mariens sein.

PILGERBRUDER **Eugen oder Von einem, der auszog, das Leben zu finden**

Als ich in Viana die Tasse Kaffee trinke, die mich zurück auf den Weg der Tugend führt, gesellen sich zum ersten Mal der Saarländer Michael, der Nordafrikaner Laurent und ein Südkoreaner an meinen Tisch. Mit Michael und Laurent verbringe ich den fröhlichen Abend in Logroño, der Südkoreaner gesellt sich schon auf dem Weg von Viana dorthin zu mir, sodass wir die etwa elf Kilometer, also knapp zwei Stunden, miteinander auf dem Weg sind. Es sind sehr viele junge Frauen und Männer aus Südkorea unterwegs, aber dieser ist einer der ganz wenigen aus diesem Land, die nicht in Paaren oder Gruppen gehen und nicht ein komplettes Wandersortiment eines Outdoorladens am Leib tragen. Eu Chin Kim heißt der junge Mann. Er ist ein schlaksiger Typ mit auffallend wachen Augen. Er sucht den Kontakt zu Pilgerinnen und Pilgern aus anderen Ländern und ist bereit, seinen Namen für Engländer, Kanadierinnen und all die anderen Anglophonen leichter aussprechbar zu machen: ju.dʒiːn »Eugene«. Oder auch für Deutsche, von denen er sich einfach als Eugen ansprechen lässt. Mit seinen 23 Jahren liegt er im Altersdurchschnitt der Südkoreaner. Unter den Pilgerinnen und Pilgern geht das Gerücht um, die jungen Asiaten und Asiatinnen würden den Jakobsweg aus Karrieregründen auf sich nehmen, um bei Bewerbungen für einen Job die Compostela, die urkundliche Bestätigung, dass sie den Camino Francés zu Fuß bewältigt haben, als Beweis ihrer Leistungs- und Leidensfähigkeit vorlegen zu können. Deshalb würden sie möglichst schnell und ohne Kontakt zu Leuten aus anderen Ländern die 800 Kilometer abhetzen. Ich frage Eugen direkt: »Warum machst du das hier?« Seine Antwort verblüfft mich: Er habe das Buch des deutschen Komikers Hape Kerkeling gelesen, das sei nämlich auf Koreanisch übersetzt. Er schickt mir Wochen nach seiner Heimkehr ein Foto der koreanischen Ausgabe von »Ich bin dann mal weg«. Wie sich das wohl auf Koreanisch liest, wenn Hape Kerkeling von seiner Parodie von Königin Beatrix erzählt, denke ich mir. Unglaublich, dass es dieses Buch so weit in der Welt gebracht hat! Wandern im Allgemeinen und der spanische Camino im Besonderen seien in Südkorea gerade sehr angesagt, sagt Eugen. Es gebe Dokuserien im Fernsehen.

Eugen ist ein feiner junger Mann, wir reden viel auf den langen Kilometern am diesem ersten unserer gemeinsamen und noch an vielen weiteren Tagen. Er hat zwei Jahre Militärdienst hinter sich, einschließlich der Übungen für eine Mobilmachung nach einem nordkoreanischen Raketenabschuss. Militärdienst stellt eine besondere Verpflichtung dar, wenn man in unmittelbarer Nähe zu einer potenziellen Atommacht lebt, die von einem unberechenbaren Diktator beherrscht wird. Ich frage ihn, ob er an eine Wiedervereinigung Koreas glaubt. »In 100 Jahren vielleicht«, sagt er. Wie es um den Patriotismus in Südkorea bestellt ist, interessiert mich. Er deutet vorsichtig an, dass die Spuren des Kriegs zwischen drei Supermächten (China, Russland, USA) noch immer nachwirken. Nach dem sogenannten Koreakrieg, der von 1950 bis 1953 dauerte, lag das kleine Land in Trümmern und blutete. Während ich Eugen zuhöre, empfinde ich so etwas wie Geschichtsschmerz, wie ein Phantomschmerz von etwas, das nicht mehr ist und sich dennoch bemerkbar macht. Die Enkelgeneration leidet an dem Schicksal der

Großeltern, egal, wie die Eltern sich bemühen, das mit Fleiß und Wirtschaftswunder zu übertünchen. Kommt mir alles irgendwie bekannt vor. Nur: Eugen ist erst 23!

Wir wechseln das Thema, kehren zum Ausgangspunkt zurück, seinem Weg nach Spanien. Bildlich kann ich mir vorstellen, wie Eugen seinen Eltern mitteilte, er wolle den Jakobsweg in Europa gehen. »Warum?«, fragen sie ihn. Er wolle lernen, sein Studium der Ingenieurwissenschaften mit vollem Willen und voller Kraft anzugehen. Wenn er den Camino schaffe, dann traue er sich den Einstieg in das Erwerbsleben zu. Seine Mutter antwortete, er spinne. Sein Vater aber habe ihm sofort geholfen, einen Flug zu buchen. Zu seinem Vater hat Eugen eine innige Beziehung. Der ist Rockfan und eröffnete seinem pubertierenden Sohn die Welt des Alternative-, Hard- und Heavy-Metal-Rock. Er nahm ihn zu Konzerten seiner Lieblingsbands mit. Wir zählen sie alle auf, die Helden des Rock. Und wir singen gemeinsam ein paar Töne von Oasis und Pink Floyd, Metallica und U2. Als ich ihm erzähle, dass ich vor Jahrzehnten Queen mit Freddie Mercury live gesehen habe, geht er vor Ehrfurcht fast in die Knie. Klar, dass wir auch lauthals »Mama, just killed a man …« grölen. Wenn er nach Hause zurückkehrt, will Eugen seinen Papa mit zwei Karten für ein Konzert von U2 in Seoul überraschen, als Dank für seine Unterstützung.

Die Reise nach Europa und den Camino zahlt er selbst – acht Monate lang hat er dafür gejobbt. Eugen beeindruckt mich auf unserem Weg und in den vielen E-Mails seither mit seiner Neugier und dem aufmerksamen Blick aus seinen wachen Augen. Er sucht Gespräche mit Pilgernden aus unterschiedlichen Ländern. Einige wird er schon kurz nach den Tagen in Santiago besuchen, in Ungarn, Kroatien und sogar in Lettland. Er ist neugierig auf Europa und will neben den Tourismus-Highlights auch andere Regionen kennenlernen. Seit seiner Rückkehr nach Korea lernt er Deutsch, denn er will unbedingt in Deutschland studieren. Manchmal zeigt er mir am Abend sein Tagebuch. Neben die feinen koreanischen Schriftzeichen setzt er mit der Kugelschreibermine Skizzen von Gebäuden, die er am Weg entdeckt. Er hat nicht nur den Blick eines Künstlers, sondern auch die Gabe, das, was er sieht in filigrane Skizzen umzusetzen. Eine künstlerische Ader! Als ich ihm das sage (und ich bin nicht der Einzige!), leuchtet es in und aus seinen Augen. Vielleicht ist sein Studienfach ja nicht das Richtige? Doch dann erzählt er vom Leistungsdruck in seiner Heimat und der Erwartung, nach einem Studium mit viel Arbeit auch möglichst viel Geld zu verdienen. Die Wahl des Studienfachs ist wohl nicht immer eine Frage der Neigung und eines Gefühls von Berufung. Die Europareise hat ihm zumindest andere Kulturen nahegebracht. Religiös geprägt ist Eugen übrigens nicht. Er ist neugierig, aber Christliches ist ihm unbekannt und fremd. Ein junger Mann aus einem gänzlich anderen Kulturkreis, der auszieht, um etwas über das Leben zu lernen, weit weg von der Atomraketenangst daheim und vergleichsweise weniger infiziert von Materialismus. Ach, könnte ich einmal in Südkorea mit ihm wandern!

38 Kilometer und die dunklen Seiten der Seele – Tag 8

Die längste Etappe des Weges gehe ich nicht ganz freiwillig. Ein paar zornige Wolken verhüllen mir zeitweise den Blick auf einige beeindruckende Kunstwerke, doch am Ende des Tages werde ich reich belohnt.

Mein Weg verlässt früh morgens im Licht der Straßenlaternen Logroño. Ich reihe mich ein in den Strom von Frühaufstehern, die schon unterwegs sind. Nachts hat es geregnet. Staub und Sand sind in Pfützen verschlammt. Es geht durch Dörfer und Siedlungen, bis ich die Grundmauern des mittelalterlichen Hospitals San Juan de Acre passiere und in Navarrete ankomme. Die Kirche Mariä Himmelfahrt schmückt ein bis zum Himmel ragendes barockes Retabel, ein Altaraufsatz, aus Gold. Die Pracht erschlägt mich eher, als dass sie meine Seele berührt – ich fliehe, mit dem Stempel im Pass versehen, hinaus, hinauf Richtung Passhöhe Alto de San Antón. Auf dem Weg komme ich an einem Friedhof mit einem romanischen Torbogen als Zugang vorbei. Ursprünglich gehörte er zum Hospital San Juan de Acre und schützte einmal die Lebenden, die sich dort von Strapazen des Weges erholten. Nun dient der Bogen als Friedhofsmauer und schützt die Toten, die sich von den Strapazen des Lebens ausruhen und warten. Die Säulenkapitelle der Rundbögen, schmuckvoller oberer Abschluss der Pfeiler, zieren szenische Reliefs. Eines zeigt ein Brüderpaar – sind es Mönche oder Pilger? – bei der Morgentoilette: Einer rauft dem anderen das üppige Haar. Ergeben beugt dieser sich, dankbar, durch die brüderliche Sorge der gewiss drohenden Verfilzung zu entkommen. Der Alltag vergangener Generationen wird lebendig, in Stein gemeißelt, hier am Ort der Toten, die unter schwere Platten aus Granit gesperrt sind. Einer der Platten ist die Fotografie eines jungen Mannes mit wildem ungebändigtem Haar und einer Gitarre eingraviert: »recuerdos de tus padres y amigos«.

An der Passhöhe mache ich endlich Halt, kurz nur. Kleine Steinskulpturen sind an einem schattigen Platz aufgerichtet und scheinen der Schwerkraft zu trotzen. Brombeeren und ein Baum voller reifer Granatäpfel erinnern an die Kraft und Süße des Lebens. Sie machen mir Mut, zuversichtlich weiterzugehen. Kurz vor meinem Tagesziel Nájera komme ich an einer baufälligen Betonmauer vorbei. Dort steht über die ganze Mauer hinweg ein spanischer Text. Der Reiseführer klärt mich auf: Ein beherzter Priester fühlte sich von den Pilgerscharen lyrisch inspiriert und widmete ihnen ein Gedicht. Ich habe keinen Nerv, es Wort für Wort zu lesen und mir mit Spanischwörterbuch den Sinn zusammenzureimen, aber dank Fotohandy kann ich mir die Verse bewahren. Als ich es abends lese, merke ich, wie die Worte zu meiner Verfassung passen.

Staub, Schlamm, Sonne und Regen
sind der Weg nach Santiago.
Tausende von Pilgern
und mehr als eintausend Jahre.
Pilger, wer ruft dich?
Welch' geheime Kraft zieht an dir?
Weder das Feld der Sterne
noch die großen Kathedralen.
Nicht ist es die großartige Navarra,

auch nicht der Wein der Rioja,
weder die Meeresfrüchte Galiciens
Noch die Felder Kastiliens.
Pilger, wer ruft dich?
Welch' geheime Kraft zieht an dir?
Weder sind es die Leute auf dem Weg
noch die ländlichen Bräuche.
Nicht sind es Geschichte oder Kultur,
auch nicht der Hahn der Calzada,
weder der Palast von Gaudí
noch das Schloss Ponferrada.
Es ist, was ich sehe im Vorübergehen,
es ist die Freude, all dies zu sehen,
es ist die Stimme, die mich ruft,
es ist, was mich ganz tief berührt.
Die Kraft, die mich treibt,
die Kraft, die mich zieht,
Ich kann sie nicht mal erklären,
nur der dort oben weiß es.

30 Kilometer! Endlich: Nájera. Eine Patisserie ist noch offen. Ich werde gierig. Nach Leben. Nach Süßem. Ein Sahnestück! Verlockend. Als ich es gleich vor Ort in den Mund stecken will, flutscht es mir aus den verschwitzten Fingern und fällt als weißer Fleck auf den Boden der Bäckerei. Die Verkäuferin lacht mich an, schenkt mir ein intaktes Törtchen und treibt mich aus dem Laden. »¡Buen Camino!«

In Nájera ist alles auf den Beinen. Irgendein Lokalheiliger wird gefeiert. Auf dem Zentralplatz singt eine Frau mit betörender Stimme. Noch sind die spanischen Herren zu wach und zu nüchtern, um ihren Klängen zu erliegen. Lauthals schütten sie sich Rioja und Stärkeres in den Rachen und reden so laut, als wollten sie sich mit der Sängerin duellieren. Eigentlich will ich das als Video festhalten, aber erstmal suche ich mir ein Bett, denn heute Abend verspricht es, lustig zu werden. Und die Sirene auf dem Platz sieht nicht so aus, als könnte sie nicht noch ein paar Stunden weiter locken. »Stell schon mal eine Flasche Weißwein kalt!«, rufe ich innerlich dem Schankwirt zu: »Ich besorg mir nur schnell ein Bett und bin gleich wieder da ...«

Sämtliche Herbergswirte schütteln verneinend den Kopf. Kein Bett mehr frei. Dabei ist es erst zwei Uhr nachmittags! Tut uns leid, alles ist reserviert. Der Anstand verbietet es mir, dass ich hier wiedergebe, welche wüsten Beschimpfungen ich innerlich den Pilgern und Pilgerinnen entgegenschleudere, die schon am Vortag in den Herbergen anrufen und sich ein Bett reservieren. Als ich auch noch die Rucksäcke sehe, die von den Rucksacktaxis bereits geliefert wurden und auf ihre vorgeblichen Träger warten, fluche ich. Rucksacktaxi! Was sind denn das für Pilgerinnen und Pilger, die sich ihr Gepäck von einem Ort zum anderen mit einem Auto chauffieren lassen und nur mit einem Brotbeutel dahinziehen?! Und zu Hause brüsten sie sich dann, wie schwer das alles war. Es sind düstere Wolken, die vor meinem inneren Auge aufziehen.

Auch wenn ich auf einem Weg des Weltfriedens und der Völkerverständigung bin, wünsche ich all diesen »Herbergsbettenbucher-Pilgern«, vor allem denen aus den USA und aus Südkorea (die machen das nämlich besonders gekonnt), Blasen an die Füße und Warzen ins Gesicht. Zumindest denen, die Reservierungsapps nutzen und ihr Gepäck transportieren lassen. Das geht doch gegen jede Pilgerehre! Und dann lassen sie sich auch noch ihre Pilgerpässe stempeln und eine Compostela ausstellen. Möge Jakobus in unheiligem Grimm mit ihnen verfahren wie mit den Mauren. Wie der »Münchner im Himmel« rufe ich ein »Pilger, boaniger!« in alle Himmelsrichtungen und verlasse mit wütendem Schritt die letzte der vier Herbergen, bei der ich vergeblich um ein nächtliches Lager gebeten hatte. Leider verpasse ich nicht nur die weiteren Vokalkünste der Diva auf der Bühne und das Glas kalten Weins, sondern auch die Besichtigung der beeindruckenden Festungskirche von Nájera mit ihren Königsgräbern. Ich schüttele wie die Jünger Jesu den Staub von den Füßen und mache mich übelgelaunt auf den Weg zum nächsten Ort.

Es ist ganz sicher nicht im Sinne Jesu, wenn ich die folgende Bibelstelle in gewissem Sinn auf mein Nájera-Erlebnis beziehe. Aber, wenn ich die Stelle recht bedenke, habe ich mehr davon real erlebt, als mir bewusst war. Es macht mir sogar etwas Angst, denn Segnen und Fluchen sind durchaus wirksame Sprachhandlungen. Im 6. Kapitel des Markusevangeliums heißt es: Jesus »rief die Zwölf [seine Jünger, zu denen ja auch Jakobus gezählt wird] zu sich und fing an, sie auszusenden je zwei und zwei, und gab ihnen Macht über die unreinen Geister und gebot ihnen, nichts mitzunehmen auf den Weg als allein einen Stab, kein Brot, keine Tasche, kein Geld im Gürtel [das betrifft wahrscheinlich auch die EC-Karte in meiner Gürteltasche], wohl aber Schuhe an den Füßen. Und zieht nicht zwei Hemden an [es war eh warm, ich trug nur ein Funktionsshirt]! Und er sprach zu ihnen: Wo ihr in ein Haus geht, da bleibt, bis ihr von dort weiterzieht. [Jetzt kommt's:] Und wo man euch nicht aufnimmt und euch nicht hört, da geht hinaus und schüttelt den Staub von euren Füßen, ihnen zum Zeugnis. Und sie zogen aus und predigten, man sollte Buße tun [das tat ich zumindest innerlich], und trieben viele Dämonen aus und salbten viele Kranke mit Öl und machten sie gesund.«

Ich lebe diesen Text direkt mit. Zum Stab komme ich gleich, und die gesundmachende Arbeit des südkoreanischen Heilers Metsuha habe ich ja schon erlebt. Ob auch ich noch Heilsames bewirken werde, weiß ich nicht. Aber das wussten damals die Jünger auch noch nicht.

Es sollte sich herausstellen, dass der Heilige Jakobus die Verfluchungen erhörte, die ich mit dem Staub von den Füßen aus meinem Inneren schüttelte. Aufgrund des Stadtfestes, einer technisch leistungsfähigen Soundanlage und der bis in die Morgenstunde anhaltenden Feierfreude der Stadtbevölkerung von Nájera bekamen die meisten, die hier nächtigten, kein Auge zu. Das zumindest erfuhr ich später von einigen, die es erlebten. Aber auch mich trifft das Jesuswort, denn ab Nájera gehe ich ohne Stab, allerdings eher unbewusst. Vor lauter Zorn verdunkelte sich wohl vorhin mein Sinn und der alte üble Geist der Vergesslichkeit erwachte erneut zum Leben. Der Weg aus Nájera geht auf einer rotstaubigen Piste steil bergauf. Trockener Sandstein säumt den Pfad und ermüdet den Gang. Jetzt wäre es schön, wenn man einen Stock zur Hand hätte, auf den man sich stützen könnte. Erst jetzt fällt mir auf, dass ich meinen Wanderstock gar nicht in der Hand habe, den intakten, den ich mir in Saint-Jean-Pied-de-Port als Ersatzstock gekauft hatte. In der letzten der Herbergen, in der man mich nicht aufgenommen hatte, ließ ich ihn stehen. Jetzt kann ich noch nicht einmal dem Jesuswort mehr Folge leisten und allein einen Stab mit auf meinen Weg nehmen. Ich gebe das Gehen mit Stöcken auf.

Also noch mal Gehen. Immer weiter gehen. Obwohl ich keine Lust mehr habe. Bei brütender Hitze und einem sich nun auch real verdunkelnden Himmel. Ein Gewitter kündigt sich wolkenreich an. Mein Blick folgt einer gewundenen Schotterpiste ins schier Unendliche, die nächste Ortschaft ist acht Kilometer entfernt, an meinen Füßen rührt sich ein altvertrauter Fersensporn leise räuspernd: »Ich bin noch da! Fordere mich nicht heraus!« »Halt dich still, flüstere ich ihm zu.« Zumindest bis Azofra, der nächste Ort inmitten der Rioja-Weinberge. Eine Herberge gibt es dort. Nur eine. Bitte, bitte, bitte …

Am Ende des Weges liegt sie vor mir und noch hat sie Platz. Im Hof der Herberge sitzt schon eine Selbsthilfegruppe anderer ermüdeter Pilgerinnen und Pilger um einen Brunnen im Kreis. Das große Becken dient der Gruppe als Fußbad. Ich stelle meinen Rucksack ab, setze mich dazu und beginne ordnungsgemäß: »Hallo. Ich heiße Traugott. Ich bin Pilger. Heute ist mein achter Tag.« »Hallo Traugott, schön, dass du da bist«, sagen die anderen und reichen mir ein Bier. Ein Treffen der Anonymen Alkoholiker ist das hier jedenfalls nicht.

Wir haben einen herrlichen Abend. Ein deftiges Gewitter lassen wir in einer Taverne bei Vino Tinto vorüberziehen. Das innere Gewitter hat sich längst verzogen. »Verzeihung!«, rufe ich innerlich allen Amerikanerinnen und Koreanern zu, denen ich vor ein paar Stunden noch Blasen an die Füße und Warzen ins Gesicht geflucht hatte. Und wenn Menschen ihr Gepäck mit Rucksack-Taxi transportieren lassen, dann gehen sie ja trotzdem jeden Schritt zu Fuß. Noch vor neun lande ich völlig im Reinen mit der Welt und mit mir selbst in meinem Bett in einer angenehmen Zweierkoje. Und dann, für einen kurzen Moment, kurz vor dem Einschlafen erinnere ich mich an eine Begegnung auf dem Weg, die sich vor ein paar Tagen ereignet hat.

Camino-Original – **der Pro-Rollstuhl-Pilger**

Am Ende einer anstrengenden Morgenetappe sitze ich mit Belle aus Kanada bei einem kühlen Bier in einer Bar. Am Nebentisch ein launiger Genosse, Anfang 60, sehr durchtrainiert. An seinem Stuhl lehnt ein Rucksack, der für eine Tagesreise gepackt scheint: klein, kompakt und sehr leicht. »Hey!«, rufen wir ihm frech zu: »Bist du so einer, der sich sein Gepäck immer bis zur nächsten Herberge schicken lässt?«

Freundlich hebt er seinen Rucksack hoch und antwortet mit einem wissenden Lächeln: »Das ist alles, was ich habe. Das muss reichen.« Der Mann kommt aus Neuseeland. Er muss sich beeilen, so erzählt er, denn schon in elf Tagen muss er in Sarria sein und das bedeutet, er muss 50 Kilometer am Tag schaffen. Schon weit vor Morgengrauen macht er sich auf den Weg, es ist noch dunkel, er ist allein, weil niemand so schnell und so eilig vorankommen will. Seine Hast hat einen Grund: In Sarria, sagt er, warte eine Gruppe von Pilgerinnen und Pilgern auf ihn und einige andere. Einige seien querschnittsgelähmt und könnten den Camino nur schaffen, wenn Menschen mit starken Armen, kräftigen Beinen und einem breiten Kreuz ihren Rollstuhl schieben, ziehen und tragen. Er folgt einem Buch. Es heißt »I'll push you« und erzählt die Geschichte der Freunde Patrick Gray und Justin Skeesuck. Obwohl einer von beiden an einer voranschreitenden neurologischen Erkrankung leidet, haben sie den Jakobsweg – den ganzen Weg ab Saint-Jean-Pied-de-Port – gemeinsam unternommen. Unser neuseeländischer Freund hat mit den Autoren aus den USA Kontakt aufgenommen und gehört seitdem zur Gruppe der Rollstuhl-Schieber-Pilger. Gepäck für sich selbst könne er sich da nicht mehr leisten.

Das ist schon ein Phänomen: Da liest ein 60-jähriger Mann aus Neuseeland das Buch eines Amerikaners, fliegt dann um die halbe Welt nach Spanien, um einem Unbekannten im Rollstuhl zu helfen, die letzten hundert Kilometer des Jakobswegs zu schaffen.

Begegnung am Brunnen – Tag 9

Bestens erholt stehe ich am Morgen in Azofra auf. Mein Kojennachbar, ein wettergegerbter Ire Mitte siebzig, hatte schon früh sein Bett geräumt und sich auf den Weg gemacht. Ich würde gern noch einen Kaffee in einer Bar trinken, aber der Ort schläft noch tief und fest. Am Dorfbrunnen fülle ich mir meine praktische Wasserblase. Gestern, auf der Durststrecke, hat sie mir beste Dienste geleistet.

»Der Hahn, aus dem du Trinkwasser kriegst, ist auf der Rückseite«, sagt englischsprechend ein freundlicher Mann am Brunnenrand: »Das hier vorne ist kein Trinkwasser.« Hätte ich selbst drauf kommen können, denn ein Schild macht es eindeutig klar! Ich danke und stelle mich vor. Schnell klärt sich, dass der Wanderer, der gerade genüsslich an einer Zigarette zieht, aus Deutschland kommt und Stefan heißt. Der Beginn einer tiefen Freundschaft. Und der Anfang dessen, was ich an Heilungskräften in mir entdecken werde.

> Ein Brunnen war schon in biblischer Zeit der Ort, an dem Fremde sich trafen. Weil Brunnen durch die Dorfgemeinschaft oder die Eigentümer des Landes unterhalten wurden, waren Fremde darauf angewiesen, dass ihnen dort Trinkwasser und, wenn sie Tiere dabei hatten, Wasser zum Tränken der Herden gewährt wurde. Kein Wunder, dass man sich merkte, wenn die Eigentümer freundlich waren. So lernen sich einige der wichtigsten Liebespaare der Bibel beim Wasserschöpfen an Brunnen kennen. Ja, Brunnen scheinen sogar so etwas wie Datingportale biblischer Zeit gewesen zu sein. Als Isaak im heiratsfähigen Alter ist, schickt sein Vater Abraham einen Knecht in die alte Heimat auf Brautschau. Er instruiert ihn genau: Geh zu einem Brunnen und

wenn dir und den Kamelen dort eine Frau Wasser schöpft, dann ist das die Richtige. So passiert es: »da kam heraus Rebekka [...] und trug einen Krug auf ihrer Schulter. Die stieg hinab zur Quelle und füllte den Krug und stieg herauf. Da lief ihr der Knecht entgegen und sprach: Lass mich ein wenig Wasser aus deinem Kruge trinken. Und sie sprach: Trinke, mein Herr! Und eilends ließ sie den Krug hernieder auf ihre Hand und gab ihm zu trinken. Und als sie ihm zu trinken gegeben hatte, sprach sie: Ich will deinen Kamelen auch schöpfen, bis sie alle genug getrunken haben« (aus dem 24. Kapitel im 1. Buch Mose). Rebekka ist nicht nur freundlich, sondern sie glaubt dem Fremden auch noch und zieht mit ihm. Schön, dass auch sie ihrem Künftigen kurz darauf zum ersten Mal an einem Brunnen begegnet. Der Ort heißt: »Brunnen des Lebendigen, der mich sieht«.

Der Name erinnert auch an die Geschichte von Hagar, der Magd von Isaaks Mutter Sara. Mit Hagar hatte Abraham seinen ersten Sohn Ismael gezeugt. Isaak ist also Ismaels Halbbruder. Hagar wurde mit ihrem Sohn vertrieben und drohte, als verstoßene Magd und alleinerziehende Mutter zu verdursten. Aber Gott hatte anderes, Großes mit ihr vor. In ihrer höchsten Not empfängt sie die Verheißung, ihr Sohn werde einmal Vater eines großen Volkes werden. Im Koran gilt Ismael als großer Prophet und zusammen mit Abraham als Erbauer der Kaaba. Zum Zeichen seiner Rettung tat Gott Hagars Augen auf, sodass sie einen Wasserbrunnen sah. Brunnen sind also Orte der Rettung. Liebesgeschichten beginnen hier, komplizierte Familiendramen spielen sich hier ab. So in etwa erlebten das auch Stefan und ich. Am Brunnen in Azofra begann unsere Freundschaft, und wir verbrachten manche Stunde damit, unsere verworrenen Familiengeschichten zu klären ...

Da verwundert es nicht, dass gerade am Jakobsbrunnen auch Jesus eine entscheidende Begegnung hat. Das vierte Kapitel des Johannesevangeliums erzählt davon. Eine Samariterin, eine Frau aus einem für Jesus fremden Volk, sitzt an einem Brunnen und gibt Jesus zu trinken, obwohl er Jude und ein Mann ist. Jesus bespricht mit ihr zwar auch ihre Lebens- und Liebesgeschichte eingehend (das scheinen Brunnen so an sich zu haben), aber sagt dann einen Satz, den sich der Evangelist Johannes genau gemerkt hat: »wer [...] von dem Wasser trinkt, das ich ihm gebe, den wird in Ewigkeit nicht dürsten« (aus dem 4. Kapitel des Johannesevangeliums). Die Frau, die sich nicht so schnell den Mund verbieten lässt, erkennt in ihm nicht nur ihren Retter, sondern tut das auch ihrem ganzen Volk kund – es ist der Beginn einer Grenzüberschreitung, bei der Jesus spürt, dass seine Mission sich nicht auf ein Volk begrenzen lässt. So verändert die Begegnung am Brunnen beide.

Und natürlich spielt der Brunnen auch in der Geschichte von Josef und seinen Brüdern eine entscheidende Rolle. Je länger ich darüber sinniere, umso mehr fällt mir ein: Begegnungen am Brunnen sind weder zufällig, noch bleiben sie ohne Folgen. Auch in der Literatur, in Goethes »Faust« – gibt es eine Brunnenszene, in der Gretchen beim Tratschen während des Wasserholens erkennt, dass sie oft über Mädchen, die Liebschaften hatten und schwanger wurden, gelästert hat. Beschämt muss sie sich in der Szene eingestehen, dass sie jetzt selbst eine von eben diesen ist. Brunnenbegegnungen können auch zu Begegnungen mit sich selbst und der eigenen Geschichte werden.

Mit Stefan werde ich viele Kilometer gemeinsam gehen. Er hat heute, bei unserer ersten Begegnung, schon die acht Kilometer von Nájera hinter sich, wo er die wohl übelste Nacht seines Camino verbracht hat. Kein Auge hat er zugekriegt. Er ist übel gelaunt, vom Weg und den Pilgerunterkünften genervt. Und im Moment denkt er darüber nach, seinen Jakobsweg abzubrechen. Er hat sich irgendwie mehr erwartet. Aber dann hilft er mir mit seinem Hinweis auf das gute Wasser. Und das wird auch ihm helfen.

Brüder oder Die Kunst der Balance (auf innerer Wanderschaft)

Ich habe heute nur etwa 16 Kilometer vor mir, so weit ist die Strecke bis Santo Domingo de la Calzada. Dort will ich unterkommen. Den Weg gehe ich also etwas langsamer an und sinne den gestrigen Begegnungen nach.

Als ich mich morgens sehr früh in die Frühaufsteher-Truppe einreihe, gehe ich eine Weile hinter Hervé und Jean-Luc her, dem Brüderpaar aus dem Cognac, die ich bereits seit der Nacht in Roncesvalles kenne und die in Larasoana füreinander gekocht haben. Im Sommer ist ihr Vater nach einer langen Krankheit gestorben. Zusammen mit der älteren Schwester haben sie sich sehr um ihn gekümmert und dabei wohl auch noch einmal die Nähe zueinander entdeckt. Sie waren ursprünglich vier Geschwister. Die ältere Schwester hat ihnen zum Camino geraten, die jüngere sei schon sehr früh gestorben, das habe die Balance unter den Geschwistern verändert. Sie mussten erst ein neues Gleichgewicht finden.

Die beiden, der eine Ende 20, der andere Anfang 30, gehen sehr achtsam miteinander um. Manche Tage geht jeder für sich oder mit jemand anderem, manchmal gehen sie zu zweit. Einmal geraten sie wegen irgendetwas in Streit und gehen ein paar Tage lang getrennt, sind aber sehr bald wieder gemeinsam unterwegs. Das Bild heftet sich, als ich hinter ihnen hergehe, in mir fest. Heute hilft es meiner Erinnerung auf die Beine, meine Gedanken wenden sich meinen eigenen Brüdern zu.

Wir, die Rosers, waren auch zu viert: Mein Bruder Philipp ist fünf Jahre älter als ich, Manfred drei und Otto zwei. Einmal habe ich mit Philipp auch eine große Reise unternommen, die uns bis heute sehr miteinander verbindet. Er flog damals – als Fliegen noch viel mehr Geld kostete – extra nach Amerika, um mit mir in vier Wochen von der Ost- an die Westküste zu fahren, von Washington DC nach San José in Kalifornien. Ein echter Roadtrip, für uns beide bis heute unvergesslich. Es war der letzte Monat meines Auslandsjahrs in den

USA, ich war gerade mal 24 Jahre alt. Lange hatte ich überlegt, ob ich im Land der Freiheit bleiben wollte, aber dann war es doch die Angst, auf Dauer von meiner Familie getrennt zu sein, die mich zur Heimkehr bewegte. Philipp holte mich also zurück, aber ich war nicht mehr der »Kleine«. Ich hatte in den USA eine Befreiung erlebt. Und so begrüßte ich ihn noch am Flughafen in Washington: »Übrigens: Ich bin schwul.« Er war der Erste in der Familie, der davon erfuhr. Die vier gemeinsamen Wochen auf der Straße waren gefüllt mit langen Gesprächen bei den Fahrten über das saftige Ackerland Ohios, Illinois und Iowas, durch die Rocky Mountains bei Denver, quer durch die eindrucksvolle Salzwüste Utahs bis hinauf nach San Francisco. Wir trafen spannende Menschen, mit denen mein Bruder Interviews führte, damit er als Journalist die Reise finanzieren konnte: mit dem Musikproduzenten Harold Faltermeyer (der einen echten Oscar im Regalschrank stehen hatte!) und einem Bischof in Chicago. Es war eine großartige Zeit, die wir gemeinsam verbrachten, bis auf eine Nacht im Auto auf einem Parkplatz direkt vor dem Yosemite-Nationalpark. Es gab weit und breit kein Motel, sodass wir in dem kleinen Auto schlafen mussten, das wir für eine Transportfirma von Washington nach Kalifornien bringen sollten. Philipp kriegte in dieser Nacht kein Auge zu, während ich im Fond sämtliche Wälder des Yosemite-Nationalparks umsägte und draußen Kojoten um das Auto herumschlichen. Die nächste Nacht spendierte Philipp uns ein extra geräumiges Motelzimmer.

Mit dem Tod unseres dritten Bruders Otto, den 2009 während einer Ayurveda-Kur in Asien im Schlaf ein Hirnschlag ereilte, mussten wir verbleibenden drei uns neu zusammenraufen. Es war der Albtraum jeder Familie: Plötzlich stand die Polizei vor der Tür meines zweiten Bruders. Meine Schwägerin öffnete, aber es ging nicht um Manfred, sondern um Otto, der unverheiratet war. Noch am selben Abend waren wir alle beisammen, unterstützt vom Gemeindepfarrer Karl Eberlein. Es war schwer, unserer Mutter beizubringen, was geschehen war. Aber sie ahnte ja schon, dass etwas Schlimmes geschehen sein musste, als sie uns im Wohnzimmer meines zweiten

Bruders versammelt vorfand und den Pfarrer mittendrin. Philipp, der Älteste, hatte sie, gemeinsam mit seiner Frau Maria, aus einer Veranstaltung geholt und hergebracht. Sie hielt stand. Wir alle hielten stand. Als Ottos Leichnam nach Obduktion und Freigabe durch die Behörden endlich in Deutschland angekommen war, standen wir an seinem Sarg. Wir mussten Abschied nehmen, vor uns ein durch formalinhaltige Flüssigkeit aufgepumpter Körper, der kaum noch dem Bruder glich, der noch zwei Monate vorher ausgelassen auf Daniels und meiner Hochzeit getanzt hatte. Eines bewirkte die Konfrontation mit dem entstellten Körper: Es bestand kein Zweifel daran, dass einer von uns vieren nun nicht mehr lebte und dass die über viereinhalb Jahrzehnte eingeübte Balance untereinander neu austariert werden musste. Koalitionen untereinander, Gesprächsthemen, Verhaltensrituale – all das brach weg. Und mittendrin unsere Mutter, die seither am selben Grab zwei Männer beweint, ihren Mann und einen ihrer Söhne. So standen wir nun beisammen um den Sarg, während der Pfarrer ein Abschiedsgebet sprach, den toten Bruder segnete und um Segen für uns bat: unsere Mutter, uns Brüder, unsere Frauen und Männer, die Neffen und Nichten, denen Ottos ganze Liebe gegolten hatte. Vor allem sie trauerten lange und bitterlich um ihn.

Mit dem Bild von Hervé und Jean-Luc im Kopf denke ich an meine Brüder. Philipp und die Reise durch Amerika. Der Erste, mit dem ich über mein Schwulseins sprechen konnte. Das verbindet. Manfred hat mit seiner Frau Christine und mit ihrer Mutter Martha mein Schwulsein und meine jeweiligen Männer immer herzlich als Familie aufgenommen. Otto vergaß niemals, am Todestag von Edgar (meinem ersten mehrjährigen Partner, der an Aids gestorben war) anzurufen.

Otto ist gestorben. Das hat in der Familie vieles verändert, hat uns einander zum Teil nähergebracht, aber auch dazu geführt, dass jeder und jede unterschiedlich mit der Trauer und dem Leben umgeht. Ich selbst habe die Trauer um meinen Bruder Otto gar nicht mehr ganz an mich herangelassen. Zu sehr war ich von den Verlusten von zwei Lebenspartnern – Edgar in sehr frühen Jahren, Jürgen mit Anfang 40 –, von meinem Vater und auch vom Tod meines Chefs und Mentors Michael Schibilsky zur gleichen Zeit wie Vater und Jürgen gebeutelt. Ottos Tod war da »nur« noch eine weitere Variante, ein unangekündigter Tod. Es war immer etwas Zerbrechliches um Otto. Er hatte nicht die robuste Gesundheit unserer Mutter, sondern war schon als Kind eher kränklich gewesen. Er hatte nicht die Kämpferkraft und Lebenslust wie Manfred, nicht den Selbstbehauptungswillen wie ich und auch nicht das selbstverständliche So-und-nicht-anders-sein-Können wie Philipp. Otto war als dritter Bruder in einer Mittelposition – weder an den Rangkämpfen der älteren beiden beteiligt noch in der Nesthäkchenposition wie ich. Er suchte lange seinen Platz in der Welt und fand ihn schließlich in einem mit Leidenschaft gelebten Beruf in der Welt der Börse. Er hatte – obwohl er seine Schullaufbahn vorzeitig abbrach – mehr Zugang zur Welt der Literatur als jeder andere der Familie. Vielleicht auch dadurch entwickelte Otto eine Tiefe, die er mit nur wenigen Menschen teilte. Zwei seiner Nichten und Neffen hatten Zugang dazu und tauschten sich mit ihm in langen Briefen aus. Mir hat sich vor allem das Zerbrechliche und Durchscheinende eingeprägt, das auch unsere Beziehung immer hatte, selten Streit, immer aber ein Hauch von Sorge umeinander.

Wir Brüder gingen und gehen unterschiedlich mit dem Verlust um. Der eine kostet das Leben jeden Tag voll aus, weil es ja ganz schnell vorbei sein kann. Der andere lebt ganz in und für seine Arbeit und verlässt sich in Gesundheitsfragen auf die Lebensklugheit seiner Frau. Der Dritte bemüht sich um ein Leben in Nachdenklichkeit und macht sich auf den Jakobsweg. Jeder lebt das für sich, manchmal aber kommen wir zusammen, feiern, sind ausgelassen, erzählen, trinken Wein und Uso. Das So-war-es-immer-Gefühl liegt in der Luft. An diesem Tag, mit dem Bild der beiden Franzosen vor mir, denke ich viel an meine Brüder. Ich bin dankbar, dass ich sie habe. Auch Otto noch.

Dieser neunte Tag markiert für mich den früh beginnenden Übergang vom psychologischen zum spirituellen Teil des Camino. Das Nachdenken über meine Brüder und die Hinwendung zu der vielen Trauer in meinem Leben wird nicht aufhören. Die Gründe und Abgründe meines Seelenlebens und die dunklen Seiten meiner Psyche habe ich auch erlebt. Aber die Begegnung mit Stefan am Brunnen fordert mich in meinem geistlichen Selbstverständnis heraus. Stefan wird mir zum Pilgerbruder. Hier beginnt mein spiritueller Camino, ohne dass der psychologische schon zu Ende gegangen wäre.

Augenschmaus – leibseelisches Lustempfinden in Santo Domingo de la Calzada

Der Camino Francés sorgt nicht nur für die Pilgerinnen und Pilger. Er versorgt auch Freunde und Freundinnen des Guten und Schönen, Liebhaber jeglicher Kunst reichlich mit Nahrung. Es fängt schon an mit den in den Bars von Pamplona und Logroño angebotenen Tapas: Manche von ihnen gleichen kulinarischen Kunstwerken, die leider sehr vergänglich sind – jedenfalls dann, wenn sie in Reichweite des hier schreibenden Franken kommen.

Am Wege findet sich zudem jede Menge Bildende Kunst. Wer Augen hat, zu sehen, dem werden diese übergehen. Nicht nur ist der Weg immer wieder von Bauwerken gesäumt, die die UNESCO zum Weltkulturerbe ernannte, der spanische Hauptweg gilt seit 1993 selbst als Weltkulturerbe. »Europäische Kulturrouten« nennt der Europarat die Pilgerwege. Eigentlich ist deshalb gar nicht verständlich, dass nur die drei Varianten »religiös«, »spirituell« oder »sportlich« als Motivationen zum Pilgern abgefragt werden. Spätestens in Santo Domingo de la Calzada weiß ich: Die Motivation, einzig die Kunst am und auf dem Weg besichtigen zu wollen, wäre schon die beschwerliche Reise wert. Mein koreanischer Freund Eugen hat das längst begriffen und zeichnet Skizzen in sein Tagebuch.

Als Erstes sind natürlich die vielen Kirchen zu nennen, nicht nur die großen und berühmten Kathedralen, sondern vielmehr sogar die kleinen Bauwerke, die bis ins frühe Mittelalter zurückreichen. Man könnte Bildbände von den unzähligen Varianten von Kreuzgewölben, Vierungskuppeln und Rippengewölben über alle Epochen

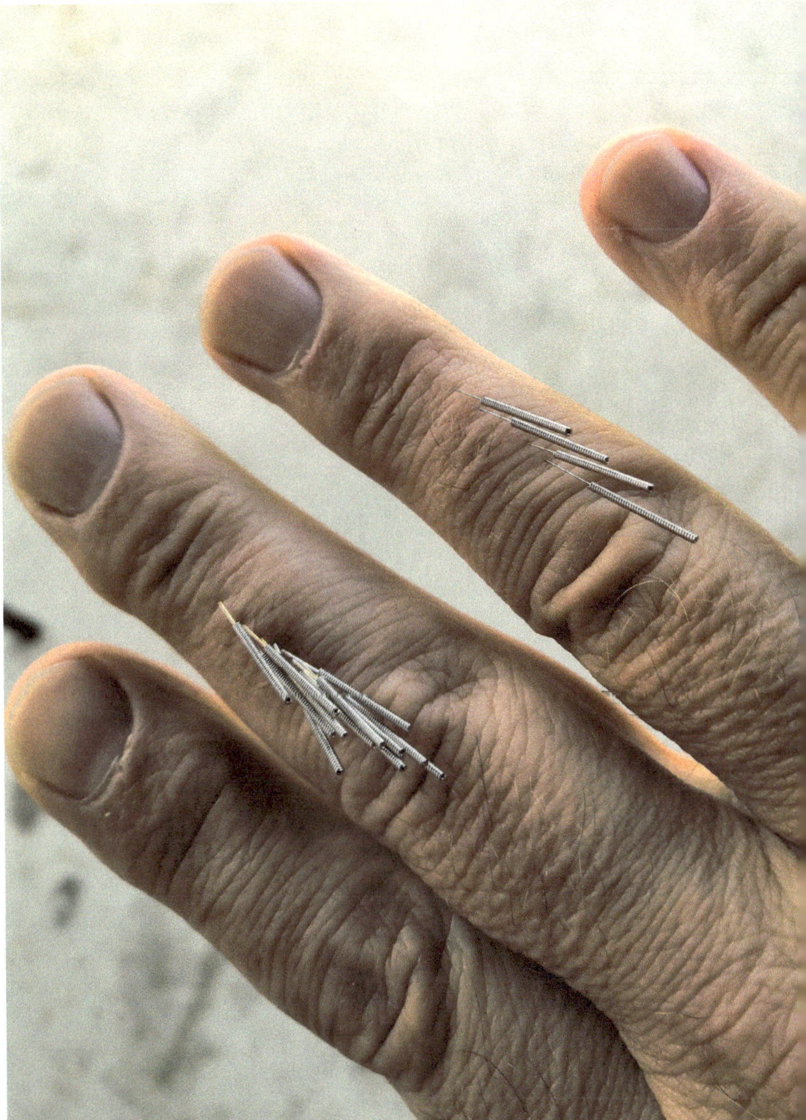

Akupunktur-Nadeln für meine rechte Gesichtshälfte

Es geht hinein in die Weite der Meseta

Eugen und Michael, wenn sie einmal nicht singen

Stefan auf dem Weg nach Hontanas

18 % Gefälle! – Tafelberg nach Castrojeriz

Palomar von Villalcázar del Sirga

Aufbruch vor Sonnenaufgang

Fleischeslust in León

Weiter Blick über die Weinberge des Bierzo

Picknick im Bierzo

Nur noch 100 Kilometer – mit Jörg beim Endspurt

Pilgerbrüder am Ziel

Abschied von Belle

Abschied von Jörg und Stefan

der Architektur hinweg veröffentlichen. Kreuzgänge in den zahllosen Klöstern laden zum Verweilen, Flanieren und Erholen ein. Aber nicht nur in sakralen Bauwerken ist Kunst von Weltrang zu bewundern, ja, manchmal sogar im Sinne des Erhabenen zu bestaunen. Oft liegt das Schöne direkt am Weg. »Land Art« ist vielerorts zu sehen, gern – aber nicht ausschließlich – in Gestalt großer Labyrinthe aus Steinen und Hecken. Manche Kunst ist vorübergehender Natur, aber doch das Produkt eines kreativen Geistes, das der empfindsamen Seele im Vorübergehen ein Staunen entlockt. Im Herbst macht sich jemand einen Spaß und zupft Kerne aus den reifen Blüten der Sonnenblumen, bis Muster, Gesichter und Masken entstehen und den Wandernden zulächeln. Und nicht nur in den Städten gibt es Kunstwerke aus der Spraydose, manchmal mit Botschaften an die Vorüberpilgernden, manchmal mit politischen Parolen. Mitunter verweisen die Graffitis auf andere, große Kunst Spaniens – wie ein Garagentor, das mit einem Zitat aus Pablo Picassos Hauptwerk »Guernica« besprüht wurde. Picasso hatte damit das unendliche Leid in kubistische Malerei umgesetzt, das durch den Luftangriff deutscher Bomber auf die baskische Stadt im April 1937 verursacht worden war. Es berührt sehr, wenn man im Vorübergehen erkennt, wie präsent diese Erinnerung noch immer ist und ihren künstlerischen Ausdruck noch bei der jugendlichen Spray-Art sucht.

Ganz aktuell sind Graffitis, die japanische Mangas zitieren und nicht nur die asiatischen Pilgerinnen erfreuen. Und die Pilger selbst tragen Spuren künstlerischen Gestaltens bisweilen auf und unter der Haut. Pilgerinnen und Pilger, die schon einmal oder mehrfach den Weg gegangen sind, lassen sich leicht an den Tätowierungen erkennen. Manche tragen Seelenbilder auf Armen und Beinen, manche zeigen ihre Tattoos frei, andere lassen nur Bildränder unter den Shirts hervorlugen.

In Santo Domingo de la Calzada besichtige ich zunächst die wunderschöne gotische Kathedrale mit dem Grab des heiligen Dominikus aus dem 13. Jahrhundert und dem berühmten Käfig, in dem zwei lebendige Hühner gehalten werden. Die dazugehörige Legende ist eindrücklich und berührend, weil sie das Leben feiert, das Hass, Missgunst und Tod überwindet. Mich berühren aber vor allem einige Gemälde, die in der Kirche und in einem angegliederten Ausstellungsraum leider sehr nachlässig aufgehängt sind (verglichen zumindest mit der Präsentation kitschiger Heiligenfiguren des 19. und 20. Jahrhunderts). Zuerst ein einfaches, geradezu bäuerlich anmutendes Barockgemälde der Heiligen Familie. Links Maria, die mit feiner Nadel an einem Gebetsschal näht, Josef (eindeutig ein eleganter Spanier mit dichtem schwarzen Haar und Spitzbart), der mit festem Stand voller Körpereinsatz ein Holzbrett hobelt. Der kleine Jesus, vorpubertär und andächtig mit gesenkten Augenlidern, eifert mit einer Laubsäge dem Vater nach, ist aber ganz wie die Mutter gekleidet. Das Foto werde ich meinem Pilgerbruder Detlef schicken, denke ich mir, denn er ist gelernter Schreiner und müsste doch stolz sein, dass er zur Zunft des Heilands gehört.

Aufregend sind aber zwei kleine Bilder meines Lieblingsmalers El Greco, dem ursprünglich aus Griechenland stammenden Domínikos Theotokópoulos, der in Venedig und Rom als Maler tätig war, schließlich in Spanien landete und 1614 in Toledo starb. An keiner Stelle im Reiseführer oder mit Hinweiszeichen vor Ort ist angekündigt, dass in der – vielleicht nur vorübergehenden Ausstellung? –Werke dieses Genies zu sehen sind. Mit einem Mal stehe ich vor einer spiegelnden Vitrine, in der zwei Gemälde versteckt sind, um die herum man bei mir zu Hause vermutlich ganze Ausstellungen gestalten würde. Das eine ist eine Kreuzigung vor schwarz verhangenem Wolkenhimmel und geheimnisvollen, kaum erahnbaren Gestalten zu Pferd und in den Wolken. Das andere Bild zeigt eine Begegnung Jesu mit einer dunkel verhüllten Maria. Plastische Schattierungen, expressionistische Farbgestaltung und dazu eine Berührung der linken Hand Mariens am linken Handgelenk Jesu geben dem Betrachter Rätsel auf: Wie kann ein Maler des 16. Jahrhunderts so modern malen? Ich würde so gern eine gute Reproduktion erwerben, doch nicht einmal eine Postkarte ist zu bekommen. Aber das Glück dieser überraschenden Begegnung überwiegt: Das Eigentliche der Kunst geschieht ohnehin zwischen Bild und Betrachter.

Ach! Mir gehen die Augen und der Sinn über. Es ist so viel zu sehen, wohin man schaut. Ich hatte keine Ahnung, wie reich der Camino die Pilgerinnen und Pilger beschenkt!

Ein Blick in die Kirche der Zukunft – Tag 10 (auf dem Weg von Santo Domingo de la Calzada nach Tosantos)

Ich gehe den Weg aber nicht primär aus kulturellen Gründen. Das ergibt sich eher – und es gehört für mich schon beinahe zur spirituellen Dimension, nicht nur, weil viel Kunst in die Sparte religiöser Kunst gehört, sondern wegen der Erfahrung des Staunens und Ergriffenseins von Schönheit. Viele Pilgerinnen und Pilger machen sich aus religiösen und spirituellen Gründen auf den Weg. Ich hatte daher erwartet, dass ihnen, deren Anzahl ja in die Hundertausende pro Jahr geht, auf dem Weg entsprechende Angebote gemacht werden. Auf Bedürfnisse sportlicher Art gehen findige Händler ein und bieten Funktionskleidung und technische Gerätschaften, Wellnessartikel und Salben aller Art an. Man kann Wanderstöcke in grellbunten Farben erwerben, Bandagen für überdehnte Gelenke, Pillen gegen Vitamin- und Magnesiummangel und Tinkturen für strapazierte Muskeln. Für kirchliche Bedürfnisse wird durch regelmäßige Messen gesorgt. Was aber passiert mit den spirituellen Bedürfnissen? Wie offen sind die Angebote auf dem Weg für Menschen, die auf der Suche sind und sich nicht mit einer spanischsprachigen Predigt und einer verabreichten Hostie am Abend zufriedenstellen lassen? Als Pfarrer, Seelsorger und Theologe bin ich brennend daran interessiert, ob es Angebote gibt und wie offen sie sind. Wie wird es mir als Protestant im katholischen Spanien gehen? Wie wird es denen gehen, die – wie Hape Kerkeling – offen sind für Glaubenserfahrungen, aber der Institution Kirche distanziert gegenüberstehen? Welche Angebote finden diejenigen, die aus anderen oder gar keiner religiösen Tradition kommen? Unter meinen Pilgergeschwistern sind das fast die Hälfte. Wie wird es denen gehen, die sich von Lehren der Kirche verletzt fühlen oder durch kirchliche Amtsträger Gewalt erlitten haben und in ihrer Seele verletzt wurden, und die dennoch einer spirituellen Sehnsucht folgen? Gibt es also Angebote für Seelsorge, vertrauliche Gespräche, Stärkung, Meditation, Stille?

Die Abtei Roncesvalles empfängt als erste Station nach der fordernden Pyrenäenüberquerung die müden Pilgernden mit einem Pilgersegen. Die Padres tun dies allabendlich in routinierter Weise und ziehen ihre Messe auf Spanisch durch. Das scheint nicht nur meine singuläre Erfahrung zu sein: Mein Pilgerführer sagt voraus, dass kurz vor Austeilung der Kommunion ein Hinweis erfolge – sicherheitshalber auch nur auf Spanisch, dann kann man so tun, als hätte man es überhört –, dass nur katholische Christen zugelassen seien und auch nur solche, die in ihrer Lebensführung der katholischen Sexualmoral entsprächen, also entweder keusch leben oder verheiratet sind. Geschiedene, gar wiederverheiratet Geschiedene oder gleichgeschlechtlich Liebende müssten sitzen bleiben. Ich verstehe diesen Hinweis und denke mir: »Tja, dann bleibe ich wohl sitzen, verzichte auf das Mahl am Tisch des Herrn. Aber dann könnt ihr mir mit eurem Segen auch gestohlen bleiben.« Ich fühle mich ausgeschlossen, bis mich an der Schulter eine Hand berührt. Es ist Nathen, mein Musik machender Pilgerbruder aus Vancouver. Katholisch aufgewachsen, schon zweimal geschieden und auf spiritueller Suche: »Komm«, sagt seine Hand: »Lass dich nicht abschrecken. Nicht die Popen hier laden zu Tisch. Es ist der Herr höchstpersönlich, Christus, der dich lädt. Schließlich geht es um ihn auf diesem Weg.« Und so stehe ich doch auf, gehe nach vorn, empfange das Brot des Lebens, das mich stärken wird für den Weg.

Wer oder was ist die Kirche auf dem Jakobsweg? Es ist, als würde ich zwei Arten von Kirche begegnen, beide sind mir auch von zu Hause vertraut. Aber hier fällt es mir noch viel mehr auf, sind doch jeden Tag Hunderte, Tausende Menschen auf dem Weg, die immer wieder, jeden Tag mehrmals, eine Kirche betreten und offen sind – offen für Angebote jeglicher Art und bereit, sich zu öffnen. Sie nehmen Blasenpflaster genauso dankbar entgegen wie ein Segenswort, eine Gelegenheit zur Stille oder zu einem tröstenden Gespräch.

Es gibt zwei Arten von Kirchen auf dem Jakobsweg. Die eine Art von Kirche ignoriert jegliche Offenheit. Sie tut einfach das, was sie immer tut, und mag das für Treue zur Tradition halten. Dabei ist es Restauration und Traditionalismus, der niemandem dient, außer dem Drang zur Selbstbeweihräucherung. Die Verantwortlichen erfüllen ihre Pflicht, tragen prunkvolle Gewänder und fühlen sich geschmeichelt von gut besuchten Gotteshäusern. Viele Pilgermessen werden auf Spanisch gehalten, obwohl Pilgernde aus aller Herren Länder das Gotteshaus füllen und kaum Spanisch verstehen. Manchen Priestern merkt man an, dass sie lieber mit ihren Stammgästen aus ihren Kerngemeinden zusammen wären. Selbst der Pilgersegen zum Schluss wird wie eine lästige Strafaufgabe abgeleistet. Angekommen in Santiago (ich greife einmal kurz weit voraus auf das Ende meiner Pilgerreise) besuche ich mit vielen anderen eine Messe eigens für Pilgerinnen und Pilger. Wir Pilgernde sind erfüllt und berührt, dass die lange Wanderschaft zu Ende ist und wir wohlbehalten angekommen sind. Bald werden wir nach Hause zurückkehren. Wir wollen Danke sagen, ein gutes Wort aus der Bibel hören, das ein Mensch mit Empathie für uns auslegt. Unsere Seele ist empfänglich wie selten im Leben. Aber der junge Priester geht mit keinem einzigen Wort auf die Frauen und Männer in den Kirchenbänken ein. Ihm geht es nur um Kirche. *Iglesia* (das heißt »Kirche«) ist das einzige Wort, das mehrfach zu vernehmen ist, *Peregrino* oder *Peregrina* (das heißt »Pilger« bzw. »Pilgerin«) dagegen taucht nicht auf. Es mag sein, dass für diesen jungen Geistlichen die vielen Angekommenen nichts Besonderes, sondern Alltag sind. Aber die Menschen in den Kirchenbänken haben Wochen und Monate von diesem Tag geträumt. Neben mir sitzt ein Mann, der zum ersten Mal seit vielen Jahren den Fuß in einen Gottesdienst gesetzt hat. Es ist Stefan. Ihm laufen Tränen über das Gesicht, aber in der Liturgie des Priesters findet das keine Resonanz.

Ich komme auf dem gesamten Jakobsweg an vielen beeindruckenden Kirchen vorbei, aber nur ein Teil davon ist geöffnet. In vielen Kirchen kann man nur kalt leuchtende elektrische Kerzen anzünden, die LED-Lämpchen leuchten dann hinter einem Plexiglaskasten – unsinnlicher geht es kaum. Ich knipse trotzdem bei jeder Gelegenheit eine an, weil ich nicht nur im Herzen an meine Lieben daheim denken und für sie beten will. Ich brauche eine symbolische Handlung. Aber der kleine Knopf neben dem Geldschlitz ist alles andere als sinnlich. Andacht stellt sich so nicht ein, mag auch die Feuerwehr zufrieden sein.

In vielen der offenen und historisch bedeutenden Kirchen lassen sich monumentale Altäre und Retabeln bewundern. Aber beim Anblick der vergoldeten Barockpracht denke ich gleichzeitig an das Gold und den Reichtum, der aus den Kolonien herangeschafft wurde und von dem die Kirche profitiert hat. Es ist eher Ausdruck von Herrschaft, religiöser und geistlicher Macht. Mancher moderne Madonnen- und Jesulein-Kitsch kann mich ebenso wenig inspirieren, das tut mir herzlich leid.

Diese Art von Kirche meint, ihre Pflicht erfüllt zu haben, wenn sie Pilgerausweise stempelt oder die Pilgerinnen und Pilger gleich selbst mit angekettetem Stempel und Tintenkissen den Beweis in ihren Pilgerausweis eintragen lässt. Pilger und Pilgerinnen – das sind hier nicht mehr einzelne Menschen, von denen jeder mit seiner Geschichte, seinem Schicksal, seinen Fragen einen langen Weg geht. Es scheint viel mehr eine Masse Mensch mit festem Schuhwerk zu sein, die sich mit einem huldvollen Lächeln von Mutter Kirche zufriedenzugeben hat. Da täuscht sie sich aber! Auch gutwillige Menschen, die eine Pilgerschaft auf sich nehmen, können der Kirche verloren gehen, wie schon vor 500 Jahren ein Pilger, der sich als Augustinermönch von Wittenberg nach Rom auf den Weg gemacht hatte. Er kam zurück, formulierte 95 Thesen und nagelte sie (so will es die Legende) der herrschenden Kirche an die Pforte. Martin Luther war ein Pilger, dessen Bedürfnisse durch das kirchliche Angebot mit ihrem Prunk und ihrer Selbstbeweihräucherung nicht gestillt werden konnte. Er wollte mehr. Er wollte anderes.

Eine auf sich selbst bezogene Kirche wird die Pilgerinnen und Pilger nicht halten können. Sie wird damit den Camino zu einer

Sehenswürdigkeit, einer Attraktion für Sporttouristen und Leistungsfetischisten verkommen lassen. Es ist kein Wunder, dass zunehmend östliche Religionen und esoterische Angebote das Vakuum füllen, auch auf dem ehrwürdigen Camino. Deren Ziel ist dann nicht mehr Santiago de Compostela, sondern Finisterre mit den religiös entleerten Ankunftsritualen wie dem Verbrennen von Wanderschuhen oder Pilgerkleidung. Dabei sind viele wirklich Pilgerinnen und Pilger. Ihnen ist das Herz vor Gram schwer oder geht das Gemüt vor Glück über. Das kann, das darf Kirche nicht übergehen. Sie kann sich nicht ausruhen auf ihren Reichtümern und Traditionen und den steten Strom der Suchenden aus aller Welt ignorieren. Da reicht ein Stempel im Pilgerpass nicht aus, den kriegt man in jeder Kneipe.

Es geht auch anders.

Ja, wirklich! Es gibt eine andere Art von Kirche. Gott, dem Heiligen Geist sei Dank, dass diese Kirche aktiv und spürbar ist, nur eher im Verborgenen, ohne Prunk und Glamour. Diese Kirche versteht sich als Sozialgemeinschaft, als Familie aus Wandernden und Bleibenden, »Seeker« und »Dweller«, wie der amerikanische Religionssoziologe Robert Wuthnow das einmal formuliert hat. Diejenigen, die in dauerhafter Suchbewegung unterwegs sind (die *seekers*), und diejenigen, die bleiben und bewahren (die *dwellers*). Gastgeber und Gäste, die ohne einander nicht sind und nicht sein können. Die Gemeinschaft versammelt sich in Herbergen um Tisch und Bett, sie entsteht aber im Wort und durch Brot und Wein.

Vor ein paar Jahren besannen sich, ausgehend von der kirchlichen Herberge in Grañon, einige derer, die eine Pilgerherberge betreuen, die sogenannten Hospitaleros (im Spanischen gibt es im Plural nur die maskuline Form für alle Geschlechter), auf die Grundideen und die uralten Traditionen des Pilgerns und entwickelten das Konzept der »Albergue parochial«. Es sind keine Massenunterkünfte, sondern Häuser mit 24 bis 28 Matratzen, manchmal auf dem Boden (so wie wir in den Turnhallen früher Sportmatten legten). Wenn mehr Leute kommen, werden sie irgendwo, manchmal in einer Kirche oder unterm Kirchengebälk, untergebracht. Sanitäranlagen und Möglichkeiten zum Wäschewaschen sind vorhanden, vor allem aber gibt es Kochgelegenheiten und einen Speiseraum.

Für die Übernachtung gibt man eine Spende in beliebiger Höhe (viele geben zwischen fünf und zehn Euro). Ab 18 Uhr wird – wer mag – gemeinsam gekocht mit dem, was die Hospitaleros von den Spenden der Gruppe des vorigen Abends gekauft haben. Man weiß also: Die eigene Spende wird am nächsten Tag den neuen Gästen die Mahlzeit ermöglichen. Um 20 Uhr schließlich ist dann gemeinsames Essen.

Eine oder einer der Hospitaleros erläutert in der Regel der versammelten Gästeschar das Konzept und steuert ein paar nachdenkliche Gedanken zum Pilgern bei. Das Essen – zum Beispiel Salat, ein kräftiger Kartoffel-Chorizo-Eintopf und mit Honig gesüßter Joghurt – ist einfach, reichlich und sättigend. Wein gibt es, soviel man mag, natürlich auch Wasser. Alle Herbergen dieses neuen Typs offerieren vor oder nach dem Essen ein geistliches Angebot, ein gemeinsames Taizé-Gebet, eine Runde zum Austausch der bisher gemachten Erfahrungen. Wenn eine der »Albergues parochiales« einen oder mehrere Priester im Team hat, wie beispielsweise die »Comunidad der Albergue Santa Cruz« in Sahagún, dann gibt es auch hier eine Pilgermesse, bei der die Priester genau wissen, in welcher Sprache sie den Segen formulieren können. Denn sie wissen, wer vor ihnen sitzt und was sie oder ihn bewegt.

Heute bin ich zu Gast in einer der geistlich ausgerichteten Herbergen im Geist von Grañon, im kleinen Dorf Tosanto, direkt an einer vielbefahrenen Staatsstraße gelegen. Hier wird neben Essen, Trinken und Segen auch die Andacht geteilt – und zwar nicht nur unter den gerade aktuell Anwesenden, sondern über Tage hinweg. Die Gastgeber laden alle Gäste zu einem Taizé-Gebet. Ausdrücklich laden sie alle ein, egal ob christlich oder nichtchristlich. So wie die Pilgerinnen und Pilger der letzten Tage Spenden für Essen daließen, haben sie persönliche Anliegen hinterlassen und auf Zetteln geschrieben. Sie bitten um das Gebet der Mitpilgernden. Es ist – ohne Nennung des Namens – jeweils in der eigenen Sprache formuliert, weshalb der

Hospitalero jedem Gast einen Zettel in der eigenen Sprache in die Hand drückt: dem Südkoreaner einen koreanischen, der Japanerin einen japanischen, der Kanadierin einen englischsprachigen und so weiter. Wir werden gebeten, eine nach dem anderen einen der Zettel in unserer Muttersprache zu verlesen und zu übersetzen, worum es geht und was unserer Fürbitte empfohlen wird. Da wird es im Raum ganz still. Es sind ehrliche und dringlich formulierte Anliegen, nichts, was ich aus Fürbitt-Zettelaktionen in heimischen Familiengottesdiensten kenne. Die Gebete sind auf Spanisch, Französisch, Englisch, Deutsch, Ungarisch, Japanisch, Schwedisch und Litauisch formuliert, so wie die heutige Gästeschar zusammengesetzt ist. Eines der Gebete ist erfüllt von Dank für eine überstandene Krebserkrankung. Ein anderes stammt von einem jungen Pilger, der nicht weiß, ob er den Weg zu Ende gehen und seinen suizidalen Gedanken auf Dauer entkommen kann. Eine der Mitpilgerinnen muss abbrechen, als sie den Zettel vorliest, der für sie »ausgelost« wurde. Zu nah ist das Gebetsanliegen an ihrer eigenen Erfahrung, ihr rollen Tränen über die Wangen und ihre Stimme bricht. Wir nehmen sie in den Arm und sprechen ein Vaterunser, jeder in seiner Sprache.

> Der Apostel Paulus schreibt an die Galater einen Brief, als er mit ihnen einen heftigen Konflikt erlebt. Wie die Kirchen Jahrhunderte später sind schon damals Christen untereinander zerstritten. Aber Paulus mahnt zur Einheit. Diese beginnt nicht erst damit, dass man das miteinander teilt, was man besitzt, sondern auch das, was einen belastet, was einem das Leben schwer macht. »Einer trage des andern Last, so werdet ihr das Gesetz Christi erfüllen« (aus dem Brief an die Galater, 6. Kapitel). Ich habe noch nie so direkt erlebt, dass es bei diesem Einander-die-Last-Tragen nicht um ein freundliches Arm-um-die-Schulter-Legen geht, ein tröstendes »Kopf hoch!«, sondern um ein gemeinsames Aushalten existenzieller Not durch Beten. Es ist auch nicht ein Beten, damit Gott alles gut macht, heilt und richtet, sondern ein offenes Aussprechen von schier Unaussprechlichem. Das kann

schwer fallen und einem die Stimme verschlagen. Geteilte Not ist immer noch Not. Genau darin sind wir Schwestern und Brüder, dass wir alles miteinander teilen, Schönes und Schweres. Damit folgen wir Christus nach, der Menschliches teilte, Freude und Leid und uns damit teilhaben ließ an seiner Herrlichkeit.

Kurz entspinnt sich eine Diskussion unter uns Gästen: Ist es nicht zu privat, was da verlesen wird? Ist es nicht zu indiskret? Zu belastend? Der Hospitalero macht uns alle darauf aufmerksam, dass es uns, jedem und jeder Einzelnen freigestellt sei, selbst etwas auf einen Zettel zu schreiben – ohne den eigenen Namen zu nennen, aber doch in der Muttersprache. Am Ausgang der Herberge stehe nicht nur das Kästchen für Geldspenden bereit, sondern auch Zettel und eine Box für unsere Anliegen. Nachdenklich sitze ich spät in der Nacht über einem Gebetszettel. Wer anderen ein Gebetsanliegen anvertraut, achtet nach dieser Erfahrung auch darauf, wie viel er ihnen zumuten mag.

Die Hospitaleros der Bewegung von Grañon sind ehrenamtlich unterwegs. Sie leben den Geist des Camino für die Pilgernden, die genau diese Form von Gemeinschaft suchen – ob sie Christen sind oder etwas anderes glauben oder nichts. Mit Essen, Beten, für andere da sein. Seelsorge untereinander. Ich werde noch einigen dieser Gastgeber begegnen. Manche sind Priester und laden auch Nichtkatholiken ganz bewusst zur Eucharistie, also zum Abendmahl, ein. Schließlich ist es Jesus Christus, der einlädt, der sich uns mitteilt und damit eine Gemeinschaft stiftet, die Kirche ist.

Das ist die Zukunft der Kirche. Wenn ich das erlebe – und ich werde es noch einige Male erleben –, ist mir nicht bange um die Zukunft des Evangeliums. Das Beste liegt noch vor uns!

Wege sind dazu da, gegangen zu werden – Tag 11 und 12

An Tag 11 verlässt mein Jakobsweg die Weinberge der Rioja und führt mich in die Provinz Kastilien und León. Die Landschaft ändert sich deutlich. Landwirtschaft und Ackerbau prägen die Umgebung.

Hin und wieder gibt es einen Hügel, bisweilen mit einer recht steilen Steigung, zu überwinden, insgesamt aber befindet sich der Weg auf gleicher Höhe, mal bei 1000 Metern über dem Meeresspiegel, auf längeren Passagen etwa bei 800 Meter. Weil nicht allzu viel Aufregendes zu sehen ist, haben bei Tosantos Menschen riesige Gesichter in die Hügel geschlagen, die sich aber bei genauerem Betrachten als Eingänge in Lagerhöhlen erklären. Staub und Fels sind die beherrschenden Materialien. Das Ockergelb von Stein und Sand ist die dominierende Farbe. Im September ist die Ernte weitgehend eingebracht und was noch auf den Feldern steht, scheint nur darauf zu warten, in die Scheunen geschafft zu werden. So entsteht eine Ahnung von Warten, von Leere, von Ereignislosigkeit. Die Sonnenblumen neigen bereits ihre Häupter und von Mais und Getreide sind nur noch Stoppeln zu sehen. Immer wieder muss ich Straßen und Autobahnen queren und Dörfer passieren, die wohl selbst der großzügigste Reiseführer nicht als Sehenswürdigkeit anpriese oder als einladend beschriebe. Auf dem Weg Richtung Burgos übernachte ich in Atapuerca. Der Ort hat es zu einigem Ruhm gebracht, seit unweit vom Dorf in Kalksteinhöhlen menschliche Überreste gefunden wurden, die über 800000 Jahre alt sein sollen. Die Funde, einschließlich einiger Faustkeile, belegen, dass schon sehr früh Menschen Europa besiedelten. Das fand die UNESCO so bemerkenswert, dass man die Höhlen zum Weltkulturerbe ernannte.

Vier Kilometer wären es bis zur Ausgrabungsstätte, aber weder ich noch jemand anderes von den Gästen der Herberge ist am Nachmittag noch bereit für den Ausflug. Die Herberge gleicht in dieser öden Landschaft einer Oase und verlockt zu einem entspannten Nickerchen auf dem Rasen. Die Etappe bis Burgos überwinde ich eher, als dass ich sie genieße. Auf den Wegmarkierungen mit ihren Kilometermarken finden sich des Öfteren einzelne Wanderschuhe, die ihre Trägerinnen und Träger offensichtlich im Stich gelassen haben. Gebrochene und abgelöste Fußsohlen machen sie unbrauchbar und zwingen die Pilgernden nun zum Weitermarsch in Flip-Flops. Es ist noch immer der psychische Teil des Camino, der das

Durchhaltevermögen herausfordert. Es sind wohl diese Etappen, die manche Pilgerinnen und Pilger dazu verleiten, sich ab Burgos in den Bus zu setzen, die lange, anstrengende Strecke durch die Meseta zu überspringen und erst in León den Weg zu Fuß fortzusetzen. Da ich Zeit habe und vor allem neugierig bin, was auf dem Weg passiert, gerade wenn er scheinbar nicht viel zu bieten hat, gehe ich beharrlich weiter – und mit mir auch manche meiner Pilgerbrüder und -schwestern.

Immer wieder aber ermuntern kleine Zeichen am Wegrand die Sinne und ermutigen zum Weitergehen. Eine kleine Statue des Pilgerpatrons selbst, in einer Mauernische von hinten beleuchtet, verleiht neuen Schwung mit einer beschwingten Drehung der Hüfte: »Keine Müdigkeit vortäuschen!« Ein kurzes Stück durch einen schattigen Steineichenhain mit buntem Heidekraut. Filigrane Spinnweben, die zwischen Grashalmen im Sonnenlicht schwingen. Am Kamm der Montes de Oca steht ein Denkmal für grausam Ermordete (»Füssilierte«) des Spanischen Bürgerkriegs, das mich frösteln lässt. Doch nur wenige Schritte weiter hellen freundliche Menschen die tristen Gemüter wieder auf – mit Farbpinsel und Buntstiften haben sie abgestorbene Baumstämme bemalt und einen fröhlichen Kinderspielplatz für Pilgerinnen und Pilger eingerichtet, samt Sitzgelegenheiten. Und in San Juan de Ortega schließlich steht eine beeindruckende, geöffnete gotische Kirche, in deren kühlem Inneren Sarkophage aus dem 11. oder 12. Jahrhundert stehen. Von einem der Sarkophage streckt mir eine der Heiligenfiguren an der Seite mit einer segnenden Geste die Hand entgegen. »Weitergehen, Bruder!«, scheint mir die Gestalt zuzurufen, auch wenn sie damit stumm bleibt. Von den Kapitellen an den romanischen Säulen grüßen Säulenheilige, allesamt freundlich lächelnd. Und wenn ich mich hinter das Grabmahl des Heiligen Juan de Ortega (1080–1163) stelle, blicke ich ins gleißende Sonnenlicht, das durch ein romanisches Fenster mit Steinrelief hereinfällt. Wer könnte da abbrechen wollen? Fast schon am Ende des Weges, nicht mehr weit von Burgos entfernt, liegt ein aus runden Findlingen gelegtes Labyrinth: »Geh weiter, du wirst dich nicht verlaufen, du findest ans Ziel, gerade dann, wenn du es nicht mehr glaubst.« Und am Ende der Etappe, in Atapuerca, wartet nicht nur die Oasenherberge, sondern – weil es dort kein Essen gibt – ein reichhaltiges Menü in einem Restaurant auf mich an einem mit Stoffdecken und Stoffservietten gedeckten Tisch.

Am nächsten Morgen mache ich mich von dort mit Stefan in tiefer Dunkelheit und dichtem Nebel auf den Weg. Zunächst gilt es, im Finsteren auf unebener Strecke zweihundert Meter steil bergan zu gehen. Stefan hat einen Stift mit LED-Leuchtmittel als Taschenlampe zur Hand. Das hilft uns, Löcher zu umgehen. Am Gipfel wartet ein großes einfaches Holzkreuz, das im Mondlicht durch den Nebel mystische Schatten wirft. Bergab geht es nicht weniger steil über Schotterpisten. Von hinten drohen uns wabernde, turmhohe Nebelwolken einzuholen, die über den Hügel rollen. Eilig schreiten wir voran, bis wir nach knapp zwölf Kilometern in Burgos ankommen, der letzten größeren Stadt, bevor es in die Meseta geht. Wie in den meisten der Großstädte am Jakobsweg sind die letzten Kilometer vom Industriegebiet des Stadtrands hinein ins Altstadtzentrum kaum zu ertragen. Autolärm, Müll und Fabrikgebäude scheinen einer anderen Welt anzugehören. Es ist das eine von nur zwei Malen, dass wir schummeln und den Bus vom Stadtrand in die Stadt nehmen (auch in León werde ich es so machen). Ich will die Zeit in der berühmten Königsstadt nutzen, noch einmal Atem zu holen. Ich will noch einmal Kultur genießen, denn der Weg hierher war nur ein Vorgeschmack dessen, was mich auf der Hochebene erwartet.

Radfahren in Burgos – Tag 13

In Burgos trennen sich Stefans und meine Wege vorübergehend. Er wohnt in einer vorgebuchten Pension, ich finde Platz in einem Hostel. Nicht lange halte ich mich mit Duschen und Wäschemachen auf, sondern quere schnurstracks die Brücke über den breiten Río Arlanzón. Die Kathedrale wartet! Ein kultureller Höhepunkt des Camino Francés. Schon von außen ist der gotische Bau überwältigend, dessen Errichtung um 1220 begann und erst drei Jahrhunderte später abgeschlossen wurde. Die Kathedrale ist allein architekturhistorisch ein beeindruckendes Zeugnis europäischer Kultur, wurden ihre Türme doch nach dem Vorbild des Münsters von Basel (Schweiz) gebaut (der Bischof von Burgos hatte dieses bei seiner Reise zum Konzil von Konstanz 1417 gesehen). Die Außenfassade ist von den Fassadenplänen für den Kölner Dom beeinflusst. Das Mittelalter dachte und baute auch europäisch!

Der Innenraum ist durch zahlreiche An- und Umbauten geradezu unübersichtlich, was dem Gesamteindruck aber keinen Abbruch tut. Im Gegenteil: Je länger ich – geleitet durch einen hilfreichen Audioguide (auf Deutsch, dankenswerterweise) – von einer der Seitenkapellen zur nächsten gehe, umso mehr bannen mich die Eindrücke. Selten habe ich einen Sakralbau gesehen, in dem jede Ecke, jeder Seitenraum, jede Nische eine Welt für sich ist und am Ende doch ein großes Ganzes bleibt. 19 Kapellen sind zu besichtigen, jede mit einer eigenen, völlig individuell gestalteten Kuppel. 38 Altäre gibt es, unfassbar filigrane Retabeln (wie der Altar in der Kapelle der Heiligen Anna, eine der 19 Kapellen) und – geradezu nebensächlich – großartige Gemälde wie eine bezaubernd schöne Maria Magdalena, die Giovanni Pietro Rizzoli (auch Giampietrino genannt) gemeinsam mit Leonardo da Vinci gemalt haben soll. Nackt steht sie da, ihre Brüste scheu durch hüftlanges, dunkles Haar wie mit samtigem Stoff verhüllt. Ihr Gesicht sowohl dem Himmel als auch den Blicken der Betrachter zugewandt – aber nicht ganz eindeutig, sondern mit einem Ruch von Ambivalenz. Das Lächeln um ihre Lippen ist nicht weniger geheimnisvoll als das der Mona Lisa in Paris. Hier, in Burgos, komme ich ihr ganz nahe – und sie mir.

Maria von Magdala, oft Maria Magdalena genannt, gehört den Evangelien zufolge zum Kreis der Jüngerinnen und Jünger Jesu. Es ist sicher, dass Jesus nicht ausschließlich Männer um sich geschart hat. Das Markusevangelium berichtet im 3. Kapitel, dass Jesus einmal von seiner Mutter und seinen leiblichen Geschwistern zur Rede gestellt wurde. Vielleicht passte es ihnen nicht, dass er ein Leben führte, das so ganz anders war als das ihre. Jesus stellte daraufhin die Blutsbande infrage »und sprach: Wer ist meine Mutter und meine Brüder? Und er sah ringsum auf die, die um ihn im Kreise saßen, und sprach: Siehe, das ist meine Mutter und das sind meine Brüder! Denn wer Gottes Willen tut, der ist mein Bruder und meine Schwester und meine Mutter.«. Unter den namentlich aus den Evangelien bekannten Jüngerinnen befindet sich in allen Listen Maria aus Magdala, einer kleinen Stadt am See Genezareth. Dem Evangelisten Lukas zufolge hat Jesus Maria »von bösen Geistern und Krankheiten« geheilt (aus seinem 8. Kapitel zitiert), genauer von sieben Dämonen, worauf das Bild in Burgos mit seiner ambivalenten Darstellung hindeutet. Maria folgt Jesus schon bei seinen Wanderungen in Galiläa und ist schließlich bei ihm, als er gekreuzigt wird. Und sie gehört auch zu den Frauen, die dem auferstandenen Jesus am Ostermorgen begegnen. Ihr zeigt sich der vom Tod Befreite sogar zuerst. Maria von Magdala, Maria, die Mutter des Jakobus (!), und Salome wollten am Morgen zum Grab gehen und den Leichnam Jesu salben. Doch, wo sie die sterblichen Überreste vermuten, vernehmen sie die Botschaft: Er ist nicht hier, er wird vor euch hingehen (nach Markus, im 16. Kapitel). Sie sind so erschrocken, dass sie das erst einmal für sich behalten.

Wenn ich also das Bild hier von Maria Magdalena betrachte und über die biblische Figur nachdenke, erkenne ich die erste Pilgerschwester: Sie folgt Jesus von Galiläa nach Jerusalem. Sie wird von ihren Lasten befreit. Am Ende will sie seinem Leichnam die Ehre erweisen und findet das Leben des Auferstandenen. Und als echte Pilgerin braucht sie viel Zeit, ihre Erfahrung zu verdauen und sich als Zeugin des Lebendigen zu zeigen. Maria – auf ewig eine Gestalt des Glaubens zwischen Verhüllung und Offenbarwerden, zwischen Gott und ihren Mitmenschen. Wer müsste da nicht lächeln?

Als ich mich vom Bild löse, gelange ich durch den Kreuzgang in eine Kunstausstellung, die endlich einmal zeitgenössische sakrale Kunst präsentiert, die nicht dem Kitschverdacht erliegt. Eine mannshohe geflügelte Holzfigur vom Bildhauer Stephan Balkenhol erweist der Gegenwart Reverenz.

Beflügelt verlasse ich die Kathedrale und gehe weiter zur Tourist-Information von Burgos. Die stolze Hauptstadt von Kastilien stellt jedem Pilger kostenlos ein Fahrrad zur Verfügung. Zweieinhalb Stunden lang kann man auf den Radwegen durch die ganze Stadt fahren, durch Parkanlagen entlang des Río Arlanzón, vorbei am neuen Museum der Evolution der Menschheit, vorbei an einer fülligen Doppelskulptur vom kolumbianischen Maler und Bildhauer Fernando Botero (eine davon ist Papst Johannes Paul II. gewidmet), zurück und in die andere Richtung über das Universitätsgelände bis hin zum Kartäuserkloster Santa María de Miraflores in einem wunderbaren, mittelalterlich anmutenden Stadtteil. Ermattet von so vielen Eindrücken und noch immer erfüllt von der Kathedrale mache ich für weitere Besichtigungen nicht mehr Halt. Ich setze ich mich in eine Tapasbar und genieße eine Sangría, ein gefülltes Blätterteighörnchen und einen Lauchsalat.

Den Tag beschließe ich, nachdem ich das Fahrrad wieder zurückgegeben habe, bei einer Pilgermesse in der Kathedrale – gemeinsam mit einer Pilgerin aus Hamburg – und einem Glas Wein.

Reha-Tage in der Meseta und der Gott von Hontanas – Tag 14

Nachdem mir wegen der vielen Eindrücke die Sinne übergehen, ist der gefürchtete Weg in die Meseta zunächst wie eine Reha-Maßnahme zur Entspannung und Entschleunigung. Hat man in der morgendlichen Dunkelheit dank Straßenlaternen und Muschelpfeilen am Boden erst einmal den Weg aus der Stadt Burgos gefunden, einige Male Eisenbahnschienen unter- und die Autobahn überquert, geht es nach einem Dutzend Kilometer endlich in Rabé de las Calzadas in die Weite. Genauer gesagt, erst einmal ziemlich steil in die Höhe, denn der Begriff »Meseta« geht auf das spanische Wort *mesa* zurück:

Tisch, Ebene, Platte. Eine Hochebene also, die von keinen Bäumen bewachsen und deshalb den Winden ausgesetzt ist.

Noch vor den ersten Kilometern bergan wird allüberall sorgenvoll geraunt, ob man sich diese Etappe auch wirklich zutraue. Nicht, weil sie sportlich eine besondere Herausforderung darstellt. Es ist die psychische Herausforderung, auf die die Reiseführer hinweisen: weit und breit kein Baum, der Schatten spendet. Ruhebänke und Rastplätze seien noch nicht einmal eine Seltenheit, es gebe sie schlicht nicht. Und dazu Langeweile, denn Abwechslung sei auf diesem Abschnitt des Weges ein Fremdwort.

Und es ist wirklich so. Nichts gelangt ins Blickfeld. Das hilft dabei, auf »Kopfprogramm« zu schalten. Mein Pilgerführer verspricht zwar ein »Vogelparadies«, aber davon merke ich nichts. Die Vögel sind wohl ausgeflogen. Aber auch das Kopfprogramm stelle ich heute erst einmal auf leise. Ich nehme mir nichts vor, was zu bedenken wäre. Ich muss nichts. Noch nicht einmal etwas denken.

Phasenweise setze ich mir die Kopfhörer auf und schalte Musik ein. Zu Hause hatte ich mir noch »Western Stars« geladen, das jüngste Studioalbum von Bruce Springsteen. Mit seinen erzählerischen Songs und einer streicherintensiven Orchestrierung wird es fast zu einem Soundtrack für die Westernlandschaft, die sich ringsherum ausbreitet. Der Himmel spielt heute mit Licht und Schatten. Die Wolken jagen wie aufgetürmte, aufgeblasenen Wattebäusche durch die Luft. Immer wieder geben sie der Sonne Gelegenheit, die spätherbstliche Landschaft mit ihren abgeernteten Stoppelfeldern in ein warmes Licht zu tauchen. Es wirkt, als würden Teppiche aus Blattgold über die Ebene bis zum Horizont stürmen. Zwischen Hornillos del Camino und Hontanas geht es mal sanft ein paar Höhenmeter empor durch sehr, sehr sanfte Hügel, dann wieder sehr, sehr langsam hinab in eine Senke.

Ich genieße es, so ganz allein zu gehen. Auf dem Camino hat man immer Gelegenheit, allein zu sein und muss sich niemandem erklären. Es ergibt sich – und die Kilometer heute sind genau die richtigen.

Und dann kreuzen doch wieder zwei Wegabschnittsgefährten meine Strecke. Und ohne sich erklären zu müssen, lässt man sich aufeinander ein. Heute sind das Eugen, der Südkoreaner, und Michael aus Saarbrücken. Als sie mich einholen, spielen sie sich gerade gegenseitig Songs aus Südkorea und Deutschland vor und lachen viel dabei. Sie schildern mir ausgiebig, dass »Bohemian Rhapsody« von Queen der perfekte Song zum Tag sei: »Carry on, carry on, as if nothing really matters …« Da haben sie recht.

In den folgenden Tagen ergeben sich auf den Etappen in der Meseta wechselnde Weggemeinschaften. Nicht immer genieße ich es, allein zu gehen. Nach einem Start in den Tag ganz für mich wird es mir mit mir selbst doch zu langweilig und ich warte, bis jemand vorbeikommt. Oder ich begegne jemandem, die oder der auf andere wartet. Die anderen Pilgernden sind, wie ich, ja nun schon eine Weile unterwegs, Kennenlerngespräche liegen hinter uns. Man trifft nicht mehr ständig neue Leute, jedenfalls nicht auf diesem Abschnitt des Weges. Wenn man jetzt auf eine andere Person wartet, hat man sich schon einmal gesehen und miteinander ein paar Worte gewechselt. So lässt sich gut anknüpfen an frühere Gespräche, manches kann man vertiefen oder einfach die Vertrautheit genießen. Man erzählt einander, was sich inzwischen geklärt hat oder was man sich vornimmt für die Zeit nach dem Jakobsweg. Nach Eugen und Michael stößt auch Stefan dazu, sodass wir zu viert gehen. Die Sonne leuchtet am Morgen hinter uns, wir werfen lange Schatten. Vier Schatten. Zunächst weisen sie den Weg voraus, später, als die Sonne nach Westen gezogen ist, werden sie uns verfolgen. Vertrauen wächst mit Vertrautheit. Wir werden einander vertrauter und können einander so manches anvertrauen. Das gemeinsame Gehen und die Möglichkeit, jederzeit wieder ein Stück allein pilgern zu können, sind Balsam für meine Seele. Langweilig ist mir nicht.

Nach 32 Kilometern Weg liegt plötzlich ein Dorf vor uns. Der Pilgerführer hat es zwar angekündigt, aber wir fragen uns, ob es wirklich existiert, denn lange sieht man nichts, nicht einmal eine Kirchturmspitze oder ein Storchennest. Der Blick über die Ebene bleibt bis zum Horizont ereignislos. Dann geht es urplötzlich in eine Talsenke, aus der auf der anderen Seite der sandige Wanderweg ebenso steil wieder hinausführt. Und dazwischen, wie in einem Loch, das Dorf. Für Autos scheint hier gar keine Zufahrt zu sein. Die Häuser, Höfe und die Kirche liegen da wie Spielklötzchen, die Riesen beim Würfeln in einer Kuhle liegen gelassen haben. Hontanas heißt der Ort, der allabendlich, wenn die Pilgerinnen und Pilger hier Station machen, Kost und Logis bietet. 71 Einwohner zählte die offizielle Statistik 2019, mit abnehmender Tendenz. Der Jakobsweg bringt dem Dorf weit mehr Menschen, als hier je wohnen könnten. Wer weiß, wie viele der Einheimischen sich schon in einen der vorüberziehenden Gäste verliebt haben und Hals über Kopf mitgezogen sind, raus aus dem Tal, durch die Meseta, hinein in ein verheißungsvolles Leben jenseits des Vertrauten?

Statt sich gegen die täglich neu losziehende Karawane der Pilgerinnen und Pilger abzuschotten, präsentiert sich Hontanas als einer der gastfreundlichsten Orte des Jakobswegs. Sechs Herbergen, Hostels und Pensionen nehmen die Wanderer auf. Das Essen in den Herbergen und Gasthäusern lässt keine Wünsche offen, zu trinken gibt es auch reichlich – und in der Bar in der Dorfmitte tritt sogar eine Liveband auf. Damit noch nicht genug: Die mitten im Ort gelegene Pfarrkirche der Unbefleckten Empfängnis ist eine Insel der Ökumene in einem Meer des Katholizismus. Im hell getünchten Inneren des Baus aus dem 14. Jahrhundert stehen nicht nur die üblichen harten Kirchenbänke, ausgerichtet auf ein barockes Retabel, sondern zur Linken der eintretenden Besucher ein Chill-out-Bereich. Behälter mit kalter Limonade und warmem Tee erfrischen. Bunte Kissen liegen am Boden, ein paar Hocker bieten Platz für die etwas Älteren. Wem kalt ist, kann sich eine der bereitgelegten Woll- und Fleecedecken nehmen, eine Kerze in einer großen Schale mit Sand entzünden und vor einem Taizé-Kreuz zur Ruhe kommen. Der Blick schweift an der hellen Mauer nach oben zu 16 Porträts von wichtigen Kirchenreformerinnen und -reformern und Heiligen: Mutter Teresa, Martin Luther King, Martin Luther, Mahatma Ghandi oder Desmond Tutu und andere Frauen und Männer, junge und alte. Zum ersten Mal fühle ich mich als Protestant direkt zugehörig zur Kirche der Pilgernden. Entspannung breitet sich aus und ich nicke, auf einem Kissen sitzend, ein. Kirchenschlaf ist der gesündeste Schlaf. Ich weiß noch nicht einmal mehr, ob im Raum leise Sakralmusik aus Boxen schallte. Der Eindruck, dass ich hier dazugehöre, bestätigt sich am Abend bei einer Pilgermesse. Das Textheft liegt in rund 25 Sprachen aus! Michael, Pilgerbruder aus Saarbrücken, ist mit mir gekommen. Der Pilgersegen wird uns zugesprochen und jeder und jedem wird eine Stoffkette um den Hals gelegt mit einem kleinen »Cruz patriarcal de San Juan de Ortega«, einem der orthodoxen Form mit doppeltem Querbalken angeglichenen Kreuz. Die Willkommensgeste überrascht mich so sehr, dass ich zu schluchzen beginne. Ist das der Heilige Geist oder ist es die Anstrengung des Weges? Das ist ein Gotteshaus, in dem Gott haust.

Es ist, als wäre der Ort Hontanas so etwas wie ein aus Staub und Sand geformter Psalm 23. In keinem anderen Psalm wird Gott selbst als Gastgeber geschildert, auch wenn der Psalm mit dem Bild des Hirten beginnt (»Der Herr ist mein Hirte …«). Hier auf dem Jakobsweg kann ich jedes Wort, jede Verszeile mit neuen Bildern unmittelbarer Erfahrung füllen: Ja, so werden meine grundlegenden Bedürfnisse gestillt.

… mir wird nichts mangeln. / Er weidet mich auf einer grünen Aue / und führet mich zum frischen Wasser. / Er erquicket meine Seele. / Er führet mich auf rechter Straße um seines Namens willen. / Und ob ich schon wanderte im finstern Tal, / fürchte ich kein Unglück; denn du bist bei mir, dein Stecken und Stab trösten mich. / Du bereitest vor mir einen Tisch / im Angesicht meiner Feinde. Du salbest mein Haupt mit Öl und schenkest mir voll ein. / Gutes und Barmherzigkeit werden mir folgen mein Leben lang, / und ich werde bleiben im Hause des HERRN immerdar. (Psalm 23)

Nur die Sache mit den Feinden habe ich hier nicht vorgefunden – Feinde waren in dem freundlichen Nest nicht zu sehen. Vielleicht ist die Steppe oberhalb des Tals voller wilder Hunde oder sich zusammenrottender Horden, aber in der Talsenke ist davon nichts zu spüren. Wer auf den letzten Wegstrecken von finsteren psychischen Nöten geplagt wurde, findet hier in der Kirche Trost, Freundlichkeit und Zuspruch. In einem solchen Gotteshaus bleibe ich mein Leben lang, auch dann noch, wenn ich wieder zurück in meinem Alltag sein werde. Aber jetzt bin ich noch hier, die Tische in der Herberge sind gedeckt, die Teller und Weinkelche sind reichlich gefüllt. Gutes und Barmherzigkeit sind die Tugenden der Gastgeber. Ob sie es wissen oder nicht: In den freundlichen Menschen von Hontanas erkenne ich, wie menschenfreundlich mein Gott ist. Kein Wunder, dass in der Kirche Bilder von Menschen zu sehen sind, die unermüdlich von diesem Gott geredet und in seinem Sinn gehandelt haben.

Wo Tauben hausen oder Von Tafelbergen und geheimnisvollen Lehmbauten – Tag 15 und 16

Gestärkt und durch ein üppiges Pilgermenü am Abend gut genährt steht einer weiteren Etappe von ca. 32 Kilometern nichts im Wege. Ich gehe früh am Morgen bei sehr kalten Temperaturen los, warm eingepackt in die lange Sportunterhose unter meinem Kilt und allen vorhandenen Langarmshirts unter der Windjacke. Ich trage während meiner Pilgerschaft einen Kilt, die ideale Wanderkluft bei allen klimatischen Bedingungen. Nur ganz in der Frühe kann es an den Knien schon ziemlich kalt werden, deshalb ziehe ich die lange Funktionswäsche an. Das sieht schon etwas eigenartig aus, muss ich zugeben. Aber so früh kann mich ja kaum jemand sehen. Es ist so finster, dass die mächtigen Mauern der Klosterruine San Antón nur schemenhaft zu erkennen sind, obwohl ich geradezu unter ihnen hindurchgehe. Hier wurden einst kranke Pilgernde gespeist und gepflegt, was gut zum gestrigen Eindruck eines fordernden Weges und herzlicher Gastfreundschaft passt. Vorbei geht es an Castrojeriz, wo Straßen und Kirchengebäude hell ausgeleuchtet sind. Aber für einen Kaffee ist es noch zu früh, die Bars sind noch *cerrado*, geschlossen. Dafür grüßt mich von einer Häuserwand der schlafenden Stadt ein Totenschädel mit gekreuzten Knochen wie von einer Piratenflagge: »Memento morte« – Denk daran, dass du sterben wirst! »Danke für die Ermutigung!«, denke ich mir: »Guten Morgen wünsche ich dir auch!«

Kurz hinter dem Ortsausgang geht es schon bald steil hinauf auf einen unglaublich platten Tafelberg. Der Aufstieg zieht sich 1,2 Kilometer mit durchgehend 12 Prozent Steigung hin. Die Pilgernden ziehen wie Wallfahrer hinauf, einige müssen mehrfach pausieren, die Radfahrer schieben. Oben, auf dem Tafelberg, ist es extrem windig und eisig, aber ich werde mit einem grandiosen Fernblick belohnt. Die wenigen Sträucher, die hier oben noch stur ausharren, sind vom Wind gepeitscht und zu Boden gedrückt. Dem Wind sind auch die Wandernden ausgesetzt und sie halten sich, sobald Fotos und Selfies gemacht sind, nicht lange auf. Wenn man die 600 Meter Tafelberg dann wieder verlässt, hinab in eine endlose, plane Ebene, muss man bei dem 18-prozentigen Gefälle aufpassen, dass man nicht ausrutscht!

Unten angekommen geht es weiter in die Ebene der Tierra de Campos. Abgeerntete Felder, abgewirtschaftete Höfe und Gebäude sind untrügliche Zeichen von Verarmung. »Spiegelung der Landschaft in der Seele«, schreibt Tobias Braune-Krickau. So lese ich das in einem Buch des Schweizer Theologen Ralph Kunz mit dem schönen Titel »Pilgern«[1]. Braune-Krickau beschäftigt sich in seinem Text »Lebenswenden und Schicksalswege«[2] mit dem Pilgern im Film und findet heraus, wie Ansichten der Landschaft sich mit den seelischen Prozessen verbinden – und zwar in beiderlei Richtung. Wie ich eine Landschaft wahrnehme, hängt ja auch davon ab, welche »innere« Brille ich eben aufgesetzt habe. Wie sehr das stimmt, wird mir hier deutlich. Die Landschaft ist mager, und sie verlangt auch von den Pilgernden ein Fasten, im übertragenen Sinn. Es ist eine magere Strecke, in jeder Hinsicht.

Der Malteserorden hat in einer kleinen, dem heiligen Nikolaus geweihten Kirche eine Station eingerichtet. Hier könnte ich meinen

Füßen etwas Gutes tun. Fußwaschungen für Pilgerinnen und Pilger werden angeboten. Mir ist heute aber eher nach Einsamkeit zumute, sodass ich den ganzen Tag allein gehe und mich nirgendwo lange aufhalten will. Ich fühle mich als ein kleines Glied in der endlosen Kette der Pilgernden, die heute bis zum nächsten Stopp aufgereiht ist.

Endlich kommt das Nest Boadilla del Camino in meinen Blick. Vor dem Ortseingang fallen mir rätselhafte, runde und fensterlose Bauten aus Lehm auf, etwa sechs Meter breit und vielleicht vier, fünf Meter hoch. Im Dach scheinen Löcher zu sein. Tauben fliegen ein und aus. Ein Teil der Gebäude ist noch intakt, andere Teile verrotten. Der Lehm löst sich auf. Einzelne Wände werden durch rohe Holzstämme abgestützt: Können sie den Verfall aufhalten? Ob es wohl Regen in dieser Landschaft gibt? Wie können die Lehmziegel den Wassergüssen standhalten, die hin und wieder hier niedergehen? Mit Stefan, der in dem kleinen Ort bereits ein Quartier gefunden hat, schaue ich mir die Bauwerke noch einmal etwas genauer an. In der späten Sonne des Nachmittags leuchten die Gebäude geradezu goldbronzen. Eine eingestürzte Außenmauer gewährt einen Einblick: Mauern auch im Inneren, sogar noch höher als die Außenwand, auch hier keine Fenster, keine Türen, nur ein Loch, durch das man kriechen könnte. Aber in den Lehm hinein sind vom Boden bis zu den Deckenbalken Nischen eingekerbt, als wären darin einst Gebeine und Totenschädel in Katakomben gelagert und irgendwann von Grabräubern entwendet worden. Ein wenig unheimlich, wie der Blick ausweglos der Rundung folgt und keinen Ausweg findet. Es muss ein stolzes Gebäude sein – oder zumindest gewesen sein –, aber wozu es dient, erschließt sich uns nicht. Wir ziehen also wieder ab und rätseln bei einem hart erwanderten Bier weiter.

Am kommenden Tag wird das Rätsel zu unserem Glück gelöst. Auf dem 25 Kilometer langen Traumweg über Frómista (und über eine beeindruckende alte Schleuse am Canal de Castilla) nach Carrión de Los Condes, im Pilgerführer als Nebenroute der »Pilgerautobahn« bezeichnet, machen Stefan und ich Mittagsrast in einer Bar. Apropos Carrión de Los Condes: Die wahre Logik der spanischen Ortsnamen erschließt sich mir erst hier in dieser menschenleeren Gegend: je provinzieller das »Nest«, desto länger der Name. Irgendetwas muss einem bei wirtschaftlicher, historischer oder kultureller Bedeutungslosigkeit ja Stolz vermitteln. Einen langen, klingenden Namen kann man so betont dramatisch aussprechen, dass jede, die aus Burgos oder León stammt, sich minderwertig fühlen muss. Wie soll man Stolz empfinden, wenn der Ort, in dem man lebt, nur sechs oder gar vier Buchstaben hat? Und wenn man davon noch nicht einmal einen richtig mit der Zunge rollen oder schnalzen kann. Da hilft auch ein kleiner Akzent (wie in »León«) nichts! Aber zurück auf den Weg zwischen Carrión de Los Condes und Villalcázar de Sirga.

Fünf Kilometer vor Ende der Tagesetappe machen wir Mittagsrast in Villalcázar de Sirga in der »Bar Palomar«. Sie steht direkt neben einem dieser rätselhaften Gebäude, ebenfalls rund, aber weiß gekalkt. Nachdem uns die Kellnerin der Bar eine aufwendig gemixte Sangría (die es in sich hatte!) serviert und uns auch noch eine frische Tortilla aufgetischt hat, gibt sie uns den Schlüssel für das Nebengebäude, das zu einem Museum ausgebaut wurde. Bei den riesigen fensterlosen Nischenbauten handelt es sich um Taubenhäuser, »Palomar« genannt. Weil die Menschen in der Meseta bettelarm waren und die Viehhaltung offenbar kaum zum Leben reichte, lockten sie durch die Luftöffnungen in der Decke Tauben in diese Häuser. Dankbar nahmen die nach schattigen Nistgelegenheiten suchenden Vogelpaare das Angebot an und legten ihre Eier in eine der Nischen. Es müssen Hunderte gewesen sein. Die alten Tauben kannten ja den Weg hinein und hinaus und versorgten den Nachwuchs mit Nahrung. Aber die jungen Tauben fanden, wenn sie flügge wurden, keinen Weg heraus. Sie wurden fetter und fetter, weil die alten nicht aufhörten, zu füttern. So wurden sie von den Bauherren schließlich »frisch geerntet«, geschlachtet und gegessen. Der angefallene Taubendreck wurde aufgekehrt und als Dünger auf die Felder gestreut. Ein bisschen schaudert es mich, wenn ich mir das vorstelle. Gut, dass die Sangría mich etwas beschwingt.

Heute jedenfalls lohnt sich die Taubenmast mit einem der baulich beeindruckenden Palomares nicht mehr. Die meisten sind dem Verfall ausgesetzt und werden von den Pilgernden kaum beachtet. Es sei denn, eine Sangría-Bar lockt die Wandernden mit betörendem Wein oder Aperitifs, mästet sie mit spanischer Kost und schickt sie dann in die Irrbauten. Schnell ergreifen Stefan und ich die Flucht. Den Weg hinaus finden wir noch.

Teil 3 – Der spirituelle Camino

Pilgeralltag in der Meseta: Buße tun – Tag 17 (bis Ledigos)

Der Camino war ja eigentlich ein Weg der Buße, gedacht als frommes Werk in der Hoffnung auf Erlass zeitlicher Strafen für begangene Sünden. Die körperliche Mühsal, die Gefahren auf einem Weg, bei dem man Wetter und Räuberhorden schutzlos ausgesetzt war, Schmerzen, Krankheiten, Askese und Entsagung, die notwendigen geistlichen Übungen – Pilgern war wohl niemals frommer Tourismus oder kulturell-erbauliche Abenteuerreise. Und heute ist es nicht anders. Auch wenn mancher sportlich motivierte Pilger oder manche esoterisch erwartungsvolle Pilgerin es sich so innig wünschen würden: Der Camino beschert keineswegs einen beständigen Adrenalinrausch, er ist kein anhaltendes Gipfelerlebnis und schon gar kein spiritueller Dauerorgasmus.

Das eigentliche Ziel des Unternehmens war ja auch nicht der irdische Ort am Ende des Weges, und schon gar nicht Zuwachs an Muskelmasse, Fettverlust oder spirituelle Schwärmerei. Es ging vielmehr um die Hoffnung auf Zugang zur himmlischen Heimat. Das Motiv zum Pilgern war der Ablass und die Befreiung von Kirchenbußen und der Last der Sünden. Ein Weg kann immer zu einem verlockenden Ziel hin- oder von einer Not wegführen. Viele Pilgernde in den Jahrhunderten waren zu dem Weg gezwungen. Sei es, weil sie vor Epidemien wie der Pest fliehen mussten, sei es, weil sie sich in ihrer Heimat nicht mehr sehen lassen konnten. Selbst Dank- und Bittwallfahrten sollten mit Beschwernis und Mühe verbunden sein, sonst wären der persönliche Einsatz und die Ernsthaftigkeit ja gar nicht nachvollziehbar.

Wie so oft hat sich Martin Luther zu Wallfahrten ganz allgemein, zum Pilgern nach Santiago im Besonderen in deftigen Worten geäußert. »Was zum Teufel habe ich in Santiago zu schaffen? Soll ich meinen Nächsten in Rom suchen? Meine Nächsten habe ich genug um mich – meine Frau, meine Kinder und arme Leute«, so sagt er in einer Predigt um 1533, wie der Theologe Roger Jensen es in seinem Buch »Weit offene Augen. Pilgern gestern und heute«[3] berichtet. Die Überhöhung der Wallfahrt zum Grab des Jakobus und dem Schrein, in dem seine Reliquien lägen, in dem vielleicht – wie Luther süffisant argwöhnte – aber auch nur ein toter Hund begraben sein könne, zu einem besonders frommen Werk, war dem Reformator ein Dorn im Auge. Denn der Pilger lässt das zurück, wofür er eigentlich sorgen sollte, nämlich die ihm zu Hause Anvertrauen, die während der Zeit seiner frommen Tour allein zurechtkommen müssen. Die protestantischen Kirchen im Gefolge des Wittenberger Reformators betrachteten das Pilgern daher mit höchster Skepsis. Vor allem standen sie dem Aspekt kritisch gegenüber, dass man sich durch die Mühsal und Anstrengung den Zugang zum Himmelreich »erlaufen« könne, Pilgern also ein »frommes Werk« sei, durch das man sich die Seligkeit verdienen könne. Der Besuch bei den Reliquien Heiliger und das Gebet an Reliquienschreinen war verbunden mit der Vorstellung, einen Ablass, eine Verminderung der Strafen für die eigene Sündhaftigkeit zu erlangen. Das »Liber Sancti Jacobi«, ein Pilgerführer aus dem 12. Jahrhundert (2008 als kleiner gelber Band »Der Jakobsweg« in Reclams Universal-Bibliothek gekürzt und auf Deutsch neu herausgegeben[4]) ergeht sich über viele, viele Seiten mit der Aufzählung der »Heilige[n] Leichname, die am Jakobsweg ruhen und welche die Pilger aufsuchen müssen«. Das Pilgern stand damit im Verdacht der Werkgerechtigkeit, der Hoffnung, sich göttliche Gnade erarbeiten zu können. Und diese Vorstellung traf die Reformation mitten ins Herz ihrer Lehre der Rechtfertigung aus Glauben allein, allein aus Gottes Gnade. Deshalb wurden die Gläubigen ermutigt, eher im Geiste, innerlich zu pilgern, indem sie sich beständig dem Studium der Heiligen Schrift widmeten. Ein geistlicher Weg, in anderer Weise mühsam, aber keine körperliche Leistung.

Ich bin nicht gepilgert, um mir etwas bei Gott zu verdienen. Es waren aber gerade die körperlichen Anstrengungen und die psychische Erfahrung, mir selbst – samt meinen Erinnerungen an Vergangenes, auch an belastende Erfahrungen der Vergangenheit – ausgesetzt zu sein, die mich dafür sensibilisierten, wie Pilgernde vergangener Zeiten ihren Weg als Bußleistung empfunden haben könnten. Die langen Wanderwege fühlen sich mitunter an wie ein Bußgang. Der geistliche Weg bleibt nicht aus, aber jeder Mensch muss ihn mit seinem Körper gehen, Schritt für Schritt. Pilgern ist eine leibliche Erfahrung. Oder, wie mein Freund und Kollege Ralph Kunz es formuliert: »Der Weg, den die Pilger machen, um zu ihrem Ziel zu gelangen, lässt sich nicht abkürzen, weil unterwegs etwas mit ihnen geschieht, das Zeit braucht.«[5]

Gehen, steigen, stocken, stolpern oder rasten sind körperliche Erfahrungen. Zu den Anstrengungen, die vor allem meinen Körper angehen, gehören die alltäglichen Verrichtungen, der Alltag des Pilgerns, der auch den Kopfmenschen, der ich nun einmal bin, auf seine grundlegenden Lebensvollzüge und existenziellen Bedürfnisse zurückwirft. Essen, trinken, schlafen, trocken und sauber sein, Sonne genießen und im Schatten Zuflucht vor zu viel Sonne finden. Um diese Bedürfnisse dreht sich der Alltag. Die Meseta, der man auf dem Weg von Carrión de los Condes bis Calzadilla de la Cueza in ihrer härtesten Variante ausgeliefert ist, bietet reichlich Gelegenheit, über die Mühen des Pilgeralltags nachzudenken. Obgleich das Wetter es am heutigen Tag sehr gut mit mir meint – mit Wolken und erträglichen 15 Grad –, sind die 18 Kilometer eine regelrechte Durststrecke. Keine Ortschaft lädt zu Rast und Ablenkung ein, keine Toilette lässt einen austreten, noch nicht einmal ein Baum oder Busch erlaubt es, menschlichen Bedürfnissen geschützt nachzugehen. Es ist eine echte Herausforderung, bei der sich unbequeme Gedanken in Dauerschleife im Hirn festsetzen: Wo krieg ich was zu trinken? Wann kann ich endlich Wasser lassen? Wann kommt eine Bank, um mich hinzusetzen? Werde ich wieder aufstehen können, wenn ich mich auf den Boden niederlasse?

Die Füße scheinen in eigene Gedanken zu verfallen. Sie setzen sich Schritt um Schritt voreinander, nur um hintereinander zurückzubleiben. Einer überholt den anderen. Einer wird vom anderen überholt. Dreißig-, vierzigtausend Mal am Tag. Stets geht es geradeaus. Stets tragen sie die ganze Last des schweren Körpers samt Rucksack, eingezwängt in eng geschnürte Schuhe. Die Sohlen an den Boden gepresst, die Zehen aneinander gezwängt wie Ferkel an der Muttersau. Es ist feucht im Schuh, die Füße sehnen sich nach Frischluft, aber müssen doch immer weiter. Über staubigen Schotter und harten Asphalt. In ihrem Leibgedächtnis erinnern sich die Füße an die Wege der vergangenen Tage, an das harte Pflaster in den Städten, an die ungleichmäßigen Pflastersteine der Römerstraßen und an die Wasserpfützen der Regentage. Ein Waldpfad! Was gäben die Füße in der Meseta für den laubweichen Untergrund in schattigen Wäldern! Aber weit und breit ist kein Wald zu sehen, nicht einmal Hecken, nur ein schärfer werdender Gegenwind macht sich unfreundlich bemerkbar. Die Füße erinnern sich der Beine, die auf ihnen lasten, der Blase, die sich einerseits entleeren und andererseits neu füllen will, der Arme, die mit Stöcken die Last mittragen möchten, und des Kopfes, der allmählich wieder zu seinen Sinnen findet.

Der Alltag des Pilgerns in der Meseta ist mühsam. Aus einer Gemeinschaft von Pilgerinnen und Pilgern wird auf solchen Strecken am Ende eine Gruppe aus Einzelkämpferinnen und -kämpfern. Jede und jeder bewältigt den Weg für sich, ist mit eigenen Fragen beschäftigt und hofft auf ein baldiges Erreichen des Tagesziels. Ich frage mich, wie das wohl bei 37 Grad und praller Sonne ist. Seufzen, Ächzen und Stöhnen. Bei vielen Pilgernden versagen auf diesen Etappen die Kräfte aufgrund von Blasen, Krämpfen und Ermüdung. Die Freuden und Hochphasen der ersten Wochen sind vergessen. Heute gibt es nur die Meseta und mich. Und meine Füße. Mir hilft die tägliche Dosis Magnesium gegen Krämpfe und der tägliche Hirschtalg gegen Blasen an den Füßen. Ich nenne die beiden schon scherzhaft Sankt Magnesium und Sankt-Hubertus-Talg – sie leisten Wunder. Aber vielleicht hilft mir als Protestanten ja sogar, was ich gestern aus dem katholischen Heiligenkalender gehört habe: Der gestrige Tagesheilige war Padre Pio, einer, der sich der Müden und Lahmen annahm. Jedenfalls verstehe ich an diesem Tag etwas genauer, warum der Camino nach Santiago als Bußleistung galt. Mir ist, als würde ich meiner eigenen Bedürftigkeit ansichtig – es ist wie eine Beichte mit den Füßen.

Mit dieser Erfahrung verstehe ich, wie das anhaltende Wandern auf Wüstenwegen in biblischen Texten zur Grundsituation existenzieller Krisen, aufwallender Gefühle und harter Auseinandersetzungen wird. Selbst dann, wenn sich auf dem Weg immer wieder Wunder ereignen und Urbedürfnisse gestillt werden. Die Wüstenwanderungen können einem dann auch unwirklich lange vorkommen, so wie die vierzig Jahre der Wanderung Israels durch die Wüste. Was als Befreiung aus Knechtschaft begann und zum Einzug in ein Land von Milch und Honig führte, war eine Qual für alle Beteiligten: Manna-Wunder hin und Wasser aus Felsenquellen her. Man lese nur einmal Psalm 78, den Psalm, der die Mitte des gesamten Buches der Psalmen bildet. So, wie ich auf dem Jakobsweg aktuell geradezu »in der Mitte« bin, zumindest mittendrin (Psalm 78 ist aber alles andere als ein Jubellied – schon die Hälfte geschafft! Jetzt nur noch die Hälfte vor mir!). Vielmehr hauen die einzelnen Verse den betenden Leserinnen und Lesern gehörig um die Ohren, was bislang alles schiefgelaufen ist. Und auch das Bild vom immer lieben Gott, der sanft und stets verzeihend mitgeht, wird einem nachhaltig dekonstruiert. Psalm 78 ist mit 72 Versen (ich will schon schreiben »72 Kilometern«!) der zweitlängste Psalm des Alten Testaments. Er wird als ein Lied beschrieben, das von der Klage zum Trost findet, aber Letzteres erst ganz allmählich am Ende. Vorher setzt sich der Beter mit allen Verfehlungen des eigenen Volks und der Glaubensgemeinschaft auseinander. Und immer wieder geht es um Durst und Hunger, Essen und Trinken, um Regen und Hagel auf dem Weg, um Schlafen und Gehen. Zum Beispiel hier: »Kann Gott wohl einen Tisch bereiten in der Wüste? Siehe, er hat wohl den Felsen geschlagen, dass Wasser strömten und Bäche sich ergossen; kann er aber auch Brot geben und seinem Volk Fleisch verschaffen?« (aus Psalm 78, Verse 19 und 20) Gott versucht, es den Israeliten immer wieder recht zu machen, aber kaum hat er sie genährt, getränkt, geweidet und beschützt, machen sie sich wieder auf eigene Wege, scheren sich nicht um Gott, sondern verfolgen ihre eigenen Zwecke. Er wird zornig und wendet seinen Zorn gegen die Starken und Führer. Er nimmt den Selbstgewissen ihren Stolz. Wer diesen Text betet, durchschreitet tatsächlich eine geistliche Meseta und wird kleinlaut und demütig. Wenn das nicht Buße ist! Aber dann kommen auch Verse zu Gehör wie dieser »Er aber war barmherzig und vergab die Schuld und vertilgte sie nicht und wandte oft seinen Zorn ab und ließ nicht seinen ganzen Grimm an ihnen aus. Denn er dachte daran, dass sie Fleisch sind, ein Hauch, der dahinfährt und nicht wiederkommt.« (aus Psalm 78, Verse 38 und 39) Was sind wir Pilger anderes als Fleisch. Wir haben Körper mit fleischlichen Bedürfnissen, wir sind Leiber, die über die Ebenen der Meseta hinwegeilen und nicht wiederkommen. Wenn wir das sind, nur das, und nicht mehr als das sein wollen, erwacht Gott aus seinem Schlaf und denkt an uns: »Und er weidete sie mit aller Treue und leitete sie mit kluger Hand.« (aus Psalm 78, der letzte, 72. Vers)

Es braucht diesen Weg, dieses Demütig-Werden in der Erfahrung des Hier und Jetzt, um ganz in der Empfindung von Gnade anzukommen. Man muss vor nichts mehr weglaufen, von dem man sich mit Bußleistungen befreien möchte, man muss nirgendwo hinlaufen, um irgendetwas Großes geleistet zu haben. Am eigenen Leib zu erleben, ausgeliefert und angewiesen zu sein, um einen Schritt vor den nächsten setzen zu können, ist zugleich ein Glück: Nicht ich gehe mehr, ich werde gegangen, er geht mit mir, er geht mich.

Und dann plötzlich, machen meine Füße mitten auf dem Schotterweg an einem Zeichen Halt. Ich schwöre, es ist nicht gefakt, nicht das Produkt von Photoshop oder frommen Wünschen. Einfach ein kleines Kreuz aus Zweigen, mitten auf dem Weg. Wer könnte sich so etwas ausdenken? Ein Kreuz als Zeichen auf dem Weg, ein Symbol der Gnade und Erlösung.

Irgendwann komme ich dann doch noch an. Wenn man frühmorgens losgeht, kommt man gar nicht so spät an. Aber auch dann dreht sich fast alles nur um den Alltag und die Grundbedürfnisse des Lebens. Herberge suchen, ein Bett für die Nacht, Pilgerpass stempeln lassen, das Lager für die Nacht vorbereiten, um nachts keinen Lärm zu machen und Mitpilgernde zu wecken. Man sucht eine Dusche, macht sich frisch und sauber, und vor allem wäscht man seine Wäsche. Denn die ist staubig, verschwitzt und eine Zumutung für alle im Umkreis von mindestens zwei Metern.

Manche Herbergen bieten ihren Gästen Waschmaschinen an, was sie sich selbstverständlich auch gut bezahlen lassen (warum auch nicht?!). Alle Herbergen haben aber Vorrichtungen für Handwäsche in Waschbecken, die ich bislang nur aus Freiluftmuseen kannte, mit einem Becken und einer geriffelten Fläche zum Kneten und Wringen der Wäsche. Kernseife und reichlich kaltes Wasser reichen. Danach werden Shirts und Socken, Hose und Kilt an Wäscheleinen aufgehängt und trocknen in der windigen Luft im Nu. Ich habe vier Wäscheklammern mitgenommen, das reicht.

Das Zweitschönste kommt zum Schluss: die Fußpflege mit Hirschtalg und Handcreme für die Arbeitshände. Und danach ein kühles Glas Weißwein. Das ist das Schönste. Am Abend dieses Tages sitze ich mit meiner Pilgerfreundin Belle in einer Herberge, die das feinste Pilgermenü serviert, das ich auf dem Camino essen werde. Zur Vorspeise Spaghetti mit Pilzen und Gemüse, als Hauptgericht ein vorzüglich zubereiteter Meeresfisch namens »Hake« (auf Deutsch: Seehecht) in Tomatenbutter und zum Nachtisch Bratapfel mit Schokoglasur und Vanillesauce, alles hausgemacht und frisch zubereitet für 12 Euro inklusive Wein. Für die Mühen des Tages werde ich reichlich entlohnt. Und doch empfinde ich es als Gnade, denn rechnen konnte ich nicht damit.

> »Kommt her zu mir, alle, die ihr mühselig und beladen seid; ich will euch erquicken«, sagt Jesus (im 11. Kapitel des Matthäusevangeliums). Und man weiß ja von ihm, dass er dies gern bei Brot und Wein praktizierte.

Das ist der Alltag des pilgernden Wanderers. Das ist der Pfad der Buße. Zumindest auf dem »mentalen« Teil des Camino. Kein Gipfel, aber wohl ein Erlebnis.

Kilometer 410 – Tag 18 (auf dem Weg nach Sahagún)

Heute ist ein Wunderwandertag. Vielleicht war der gestrige »Tag der Buße« die Vorbereitung für das, was mir heute passieren wird. Ich musste ganz leer werden, um offen zu sein für die Begegnung mit Jesus Christus.

Es ist fast frostig kalt in der Frühe, als ich Ledigos verlasse, lediglich acht Grad Celsius. Dafür geht eine klare Nacht zu Ende. Am Sternenhimmel steht der Große Wagen kopfüber auf halb zwei. Und eine Sternschnuppe streift den Horizont. Sternschnuppen empfinde ich seit meiner Kindheit als Wunder. Dabei habe ich als kleiner Junge nie eine gesehen, egal wie lange ich den Hals reckte, um in den nächtlichen Himmel zu starren. Ich hatte mir immer einen Wunsch überlegt (Schlittschuhe! Einen Wellensittich!), aber diese Wünsche blieben ebenso unerfüllt wie die Hoffnung auf den geschweiften Stern. Und jetzt, hier: Beim Wandern unterm Sternenhimmel zieht ein fallender Himmelsbote seinen Schweif hinter sich quer über das Firmament.

Mit einem Mal merke ich, dass mir etwas fehlt. Irgendetwas ist anders als sonst, aber was? Während ich unter dem Sternenhimmel gehe, den Boden ausreichend ausleuchte, vermisse ich etwas, das sonst immer bei mir ist. Nein: Im eigentlich Sinne vermisse ich nichts – ich spüre eher, etwas ist abhandengekommen, das eigentlich immer um mich ist, vom Aufstehen am Morgen bis zum Zu-Bett-Gehen in der Nacht. Aber nur in Augenblicken der völligen Stille macht es sich bemerkbar, pochend, pfeifend, rauschend. Jetzt wäre so ein Moment, aber es ist nicht da. Es ist nichts, was ich hätte liegen lassen können. Kein Wanderstock, nicht mein Hut, nichts. Mir fehlt das Pfeifen in den Ohren, das seit Jahren mein steter Wegbegleiter ist: das Rauschen und Fiepsen, das im Innenohr zuverlässig und unüberhörbar erklingt, sobald Außengeräusche nachlassen. Mein Tinnitus ist fort! Und das bleibt so – bis einige Tage nach meiner Rückkehr in Deutschland. Ein Wunder.

Hinter mir wird der Nachthimmel allmählich hell. Ich erlebe einen Sonnenaufgang, als hätte die Atmosphäre sich von Caspar David Friedrich inspirieren lassen. Eine dünne Mondsichel grüßt die aufgehende Sonne, geradezu huldvoll, bevor sie sich langsam in vornehmer Blässe in den erleuchteten Himmel zurückzieht. Das fast violette Rot lässt sich viel Zeit, über Rosa in Orange überzugehen und schließlich dem Himmel sein Blau zu überlassen. Aus den Bäumen am Wegrand (die gibt es doch tatsächlich wieder!) erklingt Spatzengezwitscher aus Hunderten Kehlen.

Da muss ich selbst einstimmen. Für solche Momente habe ich seit dem Kindergottesdienst und meinem Konfirmandenunterricht ein Repertoire von Kirchenliedern, eine protestantische »Mundorgel« angesammelt, die ich immer wieder mal auffrische. Eine Diakonisse, deren Namen ich nicht mehr erinnere, hatte gegen den Protest von uns Kindern, prophezeit: »Ihr werdet einmal dankbar sein, wenn ihr diese Lieder auswendig könnt.« »Das ist jetzt wahrscheinlich dieser Moment«, denke ich mir. So fange ich an diesem Morgen an, den Choral »Die güldne Sonne« zu singen, eines meiner Lieblingslieder. Doch nach eineinhalb Strophen hänge ich fest. Moderne Technik hilft! Denn selbst in der ödesten Ebene ist das Mobilfunknetz verlässlich, die Suchmaschine arbeitswillig und schon finde ich acht der zwölf Strophen. Nur die Spatzen und der Herrgott können mich hören, als ich in den Morgen hinein singe: »Mein Haupt und Glieder, / die lagen darnieder; / aber nun steh ich [ich singe natürlich: geh ich], / bin munter und fröhlich …« (das Lied findet sich zum Beispiel im Evangelischen Gesangbuch, Nr. 449).

Meine Fröhlichkeit liegt nicht nur am Wetter und der Morgenstunde. Ich passiere bald ein Dorf, in dem die Knitting Guerilla, die berüchtigte »Strick-Bande«, alle Bäume auf dem Dorfplatz farbenfroh und mit kreativen Mustern in Wolle gepackt hat. Meterhoch sind die Stämme bestrickt. Selbst die Wimpel zwischen Masten und Bäumen sind Strickwaren, ganz so als hätte es sich ein Kreis älterer Damen – in meiner etwas überkommenen Vorstellung stricken vor allem Frauen jenseits der 60! – es sich zur Aufgabe gemacht, eine europäische Version tibetischer Gebetswimpel zu fertigen. Vergnügt gehe ich weiter.

Ich bin schon auf dem schönen, hügeligen Weg nach Sahagún, als mir – es ist der 410. Kilometer des Camino – ein lustig aussehendes Männlein entgegen kommt. Mit seinen ungeschorenen, schulterlangen strohblonden Haaren unter dem ebenso hellen Strohhut und seinem ungestutzten Vollbart erinnert er mich an die Vogelscheuche aus »Der Zauberer von Oz«. Seine Augen strahlen, als er näherkommt. Ich habe mir unser Gespräch Wort für Wort gemerkt. Ich bin T, er ist W.

T: ¡Hola!
W: ¡Hola! ¡Buenos Dias!
T: Where are you going?
W: Home, Düsseldorf.
T: Dann können wir ja auch Deutsch sprechen.
W: Klar! Ich komme aus Düsseldorf. Und jetzt gehe ich wieder dorthin zurück.
T: Du bist den ganzen Weg bis Santiago gegangen …?
W: … und Finisterre.
T: … und gehst jetzt wieder zurück?
W: Und dauernd werde ich angehalten und die Leute sagen, wie toll sie das finden.
T (Ich pausiere kurz. Wie er das sagt, klingt es lustig, aber auch leicht genervt. Schließlich sage ich): Aber gehen musst du doch allein. Das ist dann nicht immer toll.
W (Sein Blick wird weiter.): So ist es. (Nun pausiert er, bis er weiterspricht.) Als ich in Finisterre an der Klippe stand, schwammen da zwei Delfine. Neben mir stand ein Spanier und sagt: »Ich komme seit Jahren jedes Wochenende hierher und habe noch nie Delfine gesehen.« Da sage ich: »Das sind meine Frau und mein Sohn, das weiß ich genau.«

T: Hm. (Mehr fällt mir erstmal nicht ein.) Darf ich ein Foto mit dir machen?

(Er nickt, aber ich warte mit dem Foto.)

T: Ich bin Traugott. Wie ist dein Name?

W: Wolfhard. Ich bin am 10. Juni in Düsseldorf losgegangen.

T: Deine Frau und dein Sohn sind … tot?

W (Er nickt erneut.): Zwei Jahre ist das her. Cadillac schlägt Polo. Meine Tochter hatte seither 16 Operationen. Die letzte an der Halswirbelsäule haben die Ärzte bei ihr zum ersten Mal in Deutschland überhaupt gemacht. Und jetzt geht es ihr gut. Endlich. Aber gegen einen Cadillac hat ein Polo keine Chance.

T: Verkehrsunfall …?

W: Er war ein Drogendealer, vorbestraft. Und nach der Gerichtsverhandlung kriegt er zwei Jahre. Auf Bewährung! Ich hatte ein Messer in der Tasche und wollte … Aber mein Anwalt hielt mich zurück: »Tu das nicht! Deine Tochter braucht dich noch!« Und das stimmt ja auch. (Sein Blick wird wieder weicher.) Meine Tochter ist so stark. Sie macht Reisen. Sie fliegt nach Thailand und taucht dort mit den Haien. Zu mir sagt sie dann: »Papa, was soll mir denn noch passieren? Mir kann nichts mehr passieren.« (Er strahlt und sieht mich mit seinen Augen durchdringend an, als blickte er auf meinen Seelengrund.)

T: Nein, Wolfhard, was soll euch noch passieren … Und deine Frau und dein Sohn sind bei dir. (Es kommt direkt aus mir heraus, als ich sage:) Ich bin Pfarrer. Darf ich dir ein Kreuz auf die Stirn zeichnen, Wolfhard?

Wolfhard schiebt den Strohhut zurück und neigt seine Stirn zu mir. Mit einem zitternden Daumen zeichne ich das Kreuzeszeichen. Da nimmt er mich in den Arm und hält mich fest. Wir beide weinen, aber es sind keine Tränen des Leids. Dann gehen wir auseinander, jeder weiter auf seinem Weg.

Ich glaube, ich bin Jesus begegnet. Und er hat mich mit dem Blick aus seinen Vogelscheuchenaugen gesegnet.

Er hat etwas gemüffelt, mein Jesus, gerade so wie ein Obdachloser, der viele Tage keine Seife gesehen hat. Aber obdachlos ist Wolfhard ja auch geworden, bis sein Herz Ruhe gefunden hat auf den Klippen von Finisterre. Nun ist er auf dem Weg zurück. Ich weiß es im selben Moment, als er seines Weges zieht, zurück bis nach Düsseldorf, und ich ihn aus dem Blick verliere. Ich bin Jesus begegnet. Ein Blick aus Augen, die vor Wut und Hass und Unrecht fast erblindet waren, die voller Sorgen um das Ringen seiner überlebenden Tochter bangten und die nach seiner Pilgerreise an den Rand der Welt zurückkehren und nun strahlen vor Liebe und Güte und Versöhnung. Und ich durfte ihn segnen, wo ich doch der bin, der sich durch ihn gesegnet fühlt! Das klingt hier vielleicht ganz klar, aber in mir sind noch gar keine so deutlichen Worte.

Ein Polo mag verlieren gegen einen Cadillac. Die Schwachen scheinen den Mächtigen immer zu unterliegen. Aber schon der Apostel Paulus hat Jesus sagen hören: »Lass dir an meiner Gnade genügen; denn meine Kraft ist in den Schwachen mächtig« (aus dem 2. Brief an die Korinther, 12. Kapitel).

Ich bin übrigens nicht der Erste, dem mitten im Leerraum der Wüste auf dem Weg Jesus entgegeneilt und sich segnen lässt. So ging es schon dem Täufer Johannes. Er war voller Zorn und Eifer in seinen Predigten, nannte die Menschen eine »Schlangenbrut« und drohte ihnen mit allem apokalyptischen Grauen. Bis Jesus zu ihm kommt und sich von ihm taufen lässt. Johannes weicht zurück, »und sagte zu ihm: Ich müsste von dir getauft werden und du kommst zu mir?« Lass es nur zu, meint Jesus. »Und siehe, da öffnete sich der Himmel und er sah den Geist Gottes wie eine Taube auf sich herabkommen. Und siehe, eine Stimme aus dem Himmel sprach: Dieser ist mein geliebter Sohn, an dem ich Wohlgefallen gefunden habe« (aus dem Matthäusevangelium, 3. Kapitel). Mir ist, als hätte ich in meinem Inneren diese Stimme gehört. Mir ist, als hätte aus diesem lustigen Männlein die neue Gerechtigkeit des Himmels gesprochen. Ich habe im Gesicht Wolfhards das Angesicht des Christus erkannt, des Mannes, der die Weinenden, Friedfertigen und Dürstenden und Hungernden nach der Gerechtigkeit seligpreist.

Am frühen Nachmittag schon treffe ich in Sahagún ein, einer Kleinstadt, deren Gründung bis in die Römerzeit zurückreicht. Schon in dem Pilgerführer aus dem 12. Jahrhundert wird Sahagún als ein Dorf erwähnt, das »durch Fruchtbarkeit hervorsticht. Auf einer dort gelegenen Wiese sollen sich einstmals«, so fährt der Pilgerführer fort, »die glänzenden Lanzen der siegreichen Kämpfer, die zur Ehre Gottes aufgestellt wurden, belaubt haben«[6]. Nur zweieinhalbtausend Seelen zählt die amtliche Statistik, aber der Stolz der Bewohnerinnen und Bewohner reicht immerhin für eine imposante Stierkampfarena am Ortseingang, knapp vor einer Eisenbahnbrücke. Sehenswerter ist die Kirche San Tirso, ein romanischer Backsteinbau mit einem stämmig-trutzigen Glockenturm. Im Inneren sind Modelle der Kirchen des Ortes und die lebensgroßen Prozessionsfiguren für die Semana Santa (die heilige Woche von Palmsonntag bis Ostersonntag) ausgestellt. Auf dem Ortsplatz trinke ich ein kleines Glas trockenen, kühlen Weißwein und lerne ein wenig Spanisch, bevor ich nach der Siesta in der Herberge ein Bett zugewiesen bekomme.

Die Herberge erweist sich als das letzte der vielen Wunder dieses Tages. Sie wird betrieben von einer kleinen Kommunität der Maristen, einige von ihnen Priester, die sich der neuen Herbergsbewegung angeschlossen haben. Beim Ankommen schon erhalte ich den Hinweis, dass wir am Abend gemeinsam essen wollen – wer möge, könne ja etwas beisteuern, wozu er oder sie Lust hat. Also gehe ich in einen kleinen Supermarkt, wie wohl manche andere auch. Um 17 Uhr sind wir zu einer Tasse Tee oder Kaffee eingeladen. Zwei Dutzend Pilgerinnen und Pilger finden sich ein und nehmen Platz. Zwei der Priester, einer knapp im Ruhestandsalter, der andere Mitte dreißig, ergreifen das Wort und heißen die Gäste willkommen. Man darf aus einigen Karten mit kleinen grafischen Symbolen eine auswählen und mit dieser etwas davon erzählen, was man auf dem Camino bislang erlebt hat. Die Runde ist international wie immer. Mir fallen zwei Deutsche auf, die neben einem englischen Ehepaar sogar im gleichen Schlafraum sind wie ich. Der eine, ein großer und stark gebauter Franke, ist Eppi, etwa in meinem Alter. Er hat sich auf dem Weg den beiden Briten angeschlossen, die im gleichen Tempo unterwegs sind wie er, etwas langsamer als viele andere, weil sie einige körperliche Beschwerden haben. Natürlich ist Eppi nicht sein Vorname, sondern ein Spitzname. Mich beeindruckt dieser Mann, der stark wirkt wie ein Berg, dem aber doch eine Verletzlichkeit anzumerken ist, die unter seinen Worten und in seiner Bedächtigkeit verborgen ist. Was mir Eppi außerdem besonders sympathisch macht, ist, dass er in der folgenden Nacht noch lauter schnarchen wird als ich. Das muss erstmal einer schaffen!

Der andere ist Jörg aus Mannheim. Zu ihm werde ich gleich noch etwas mehr schreiben, denn Jörg wird mit Stefan und mir von nun an fast den gesamten Weg gemeinsam gehen. Hier, in der Fünf-Uhr-Runde in der »Albergue de Santa Cruz«, hat Jörg einen Sarg als sein Symbol ausgewählt. Ich weiß gar nicht mehr genau, was er dazu sagt, aber es beeindruckt mich. Ich selbst wähle einen Regenbogen aus, als ein Zeichen der Hoffnung, das mich seit dem Tod meines ersten Lebenspartners begleitet, und als Symbol der Gay Community und ihrer Befreiung. Und dann erzähle ich von meiner Begegnung mit Wolfhard auf dem heutigen Weg bei Kilometer 410 – und alle, ausnahmslos alle, sind ihm begegnet und konnten ihn nicht vergessen. Obwohl wir uns bislang nicht kannten, teilen wir schon die Erinnerung an eine Begegnung.

Die Maristenbrüder bringen den Austausch zu einem guten Ende und laden uns zur Pilgermesse ein, bevor wir gemeinsam zu Abend essen (und vorher noch Speisen und Tisch vorbereiten). Der jüngere der beiden Priester leitet sie und spricht abwechselnd Italienisch und Spanisch, denn ein großer Teil der Gemeinde kommt aus Italien. Die Kirche San Lorenzo ist im Inneren mit einem überbordenden goldenen Barockaltar ausgeschmückt, aber die Warmherzigkeit des Priesters und die offene Einladung zur Teilnahme am

Abendmahl – sie gilt auch mir als Protestant – holen die Schlichtheit der Romanik zurück in diesen Raum. Danach gehen wir Herbergsgäste hinüber in den Speisesaal des Klosters, von wo aus wir in einer Kammer, die man nicht wirklich Küche nennen kann, ein üppiges Mahl zusammenstellen. Es gibt alles, was man sich wünscht, und mehr. Was übrig bleibt, kann man sich am nächsten Morgen für eine Brotzeit mitnehmen oder für die Gäste des nächsten Abends dalassen.

Wir nehmen nach einem Gebet im Stehen Platz an einer langen Tafel, essen, unterhalten uns und sind ausgelassen fröhlich. Die Geschichten, die wir einander beim Tee erzählt hatten, laden zum Nachhaken ein. Jörg schickt mir später ein Foto, das er vom Speiseraum der Kommunität gemacht hat. Eine lange, gedeckte Tafel, hölzerne Stühle, und genau in der Mitte an der Wand ein Bild von Jesus beim Abendmahl. Das ist es: Wir sind hier in dieser Kommunität Gäste, wir essen und reden und erleben eine Gemeinschaft, in der – ohne Drama und Aufheben – Christus präsent ist. Wir werden alle satt und ich werde reichlich beschenkt, vor allem mit neuen Freunden, mit denen mich ab diesem Abend ein besonderes Band verbindet, das mir wie eine Bruderschaft erscheint.

PILGERBRUDER **Jörg oder Einer wie Christophorus**

Jörg ist in Mannheim und in seiner Musikszene verwurzelt. Er schätzt wie ich die »Söhne Mannheims«, mit dem feinen Unterschied, dass er sie als Mannheimer auch wirklich kennt. Eines Abends zeigt er uns eine kleine Videobotschaft einer Freundin, die in Hamburg auf einer Party mit der Verleihung eines Medienpreises für Udo Lindenberg war und dem deutschen Rockmusiker von ihrem Kumpel Jörg erzählte, der gerade auf dem Jakobsweg sei. Lindenberg lässt sich nicht lumpen und nuschelt in die Handykamera: »Hey Jörg, ich wünsch dir einen geilen Jakobsweg. Würde ich auch gern machen. Mach ich vielleicht noch!« In Mannheim ist Jörg ganz daheim und doch immer irgendwie unterwegs. Bei seiner Frau und seinen Töchtern hat er Heimat, und doch treibt ihn etwas um. In seinem Beruf ist er erfolgreich und hat es zu Wohlstand gebracht, und doch sucht er Erfüllung in anderem. Ich kenne (außer meinem Bruder Manfred) kaum jemanden, der sich in seiner Region so auskennt, mit Hinz und Kunz bekannt ist und mit allen Leuten auch noch gut kann. Und doch treibt es ihn hinaus.

Sein Symbol in der Runde in Sahagún war wie gesagt ein Sarg. Ein Symbol der Vergänglichkeit, dabei kenne ich kaum einen Mann, der vitaler und präsenter ist als Jörg, 51 Jahre jung, leidenschaftlicher Ehemann von Stefanie, Papa von Clara und Helli und Sohn eines seit kurzer Zeit querschnittsgelähmten Vaters, um den Jörg sich kümmert. Er ist evangelisch, aber dank seiner Frau und seiner Töchter auch gut beheimatet in dem, was in der katholischen Kirche meiner Meinung nach richtig und gut ist. Nicht erst seit seiner Hochzeit führt er mit einem katholischen Diakon immer wieder intensive Gespräche, setzt sich mit Glaubensthemen auseinander und lässt sich, als Mann der Tat, für ehrenamtliches Engagement gewinnen. Den Camino geht er, weil er das Gefühl hat, seinem aufreibenden Job – er ist selbstständig, mit einem kleinen Team, mit dem er auch auf dem Camino zu fest vereinbarten Terminen telefoniert, um Bürokram zu regeln – endlich einmal entkommen zu müssen. Nicht erst die Situation seines Vaters (die Mutter ist schon länger verstorben) hat seine Welt verrückt. Er geht den Camino, um etwas klarer zu sehen, wohin sein Weg in der zweiten Lebenshälfte gehen soll.

Nathen charakterisiert Jörg später, an unserem letzten Abend, so: »You're the man I wish to become.« Ganz im Moment lebend, mit allen Sinnen präsent, alle Sinne gespannt wie das Seil eines Bogens. Eine seiner Leidenschaften ist die Jagd. Er betreibt sie, um kein Fleisch aus dem Supermarkt und der Massentierhaltung kaufen zu müssen. Morgens vor Sonnenaufgang ist er im Wald, sitzt auf dem Hochsitz, ganz den eigenen Sinnen vertrauend: wittern, lauschen, schauen. Er beschreibt den Blick eines Tieres, bevor er entscheidet über Leben und Sterben. Wenn er es nicht richtig macht und das Tier seinetwegen leiden muss, gebe er den Jagdschein zurück, sagt er. Was er geschossen hat, verwertet er komplett selbst. Das Fell gibt er weiter.

Mit Jörg kann ich über Gott und die Welt reden. Nichts Himmlisches und nichts Irdisches sparen wir aus. Gar nichts. Wir reden über Geschäftliches (sein Geschäft ist Immobilien- und Hausverwaltung), Familie, Kinder, Kommunalpolitik und Sex. Das Leben besteht ja nicht nur aus Geistlichem und Geistlichen. So rundet sich mein Bild von ihm. Fest verwurzelt im Leben, aber immer nach oben offen.

Viele Kilometer später sehe ich vor meinem inneren Auge für Jörg einen Weg vorher, den ich ihm mitteile. Ich sehe in ihm einen Christophorus, einen Christusträger. Die Legende von Christophorus erzählt ja, wie ein mit Kraft und Tatendrang reich gesegneter Mann danach sucht, dem Mächtigsten der Welt zu dienen. Nach einigen Hin und Her landet er etwas desillusioniert an einem Fluss. Eines Tages kommt ein kleines Kind und fordert ihn auf, es auf seinen Schultern über den Strom zu tragen. Als er das tut, wird er fast selbst von den Fluten hinweggerissen. Nur dank seines Stockes und der wertvollen Fracht auf seinen Schultern schafft er es ans andere Ufer und fragt erst dann danach, wen er da getragen habe. Es ist das Christuskind selbst, das einmal die Last der Welt auf seinen Schultern tragen wird. Wie die Christophorus-Legende erzählt, will auch Jörg nur dem Höchsten dienen, mit all der Kraft und Virilität, die ihm der Schöpfer mitgab. Er kann aber auch, wie Christophorus, in Gefahr geraten und im reißenden Strom weggespült werden. Dafür hat er seinen Stock, den er sich vor der Abreise nach Spanien selbst aus dem Wald geholt hatte und der ihn nun stützt. Am Ende des Camino schenkt er mir den Stecken und ich bewahre ihn auf, bis auch ich wieder losziehen kann. Das Kind auf seiner Schulter, Jesus Christus, lernt er jeden Tag besser kennen und achten, denn es ist ein Pilgernder wie er. Als wir später in der Schokoladenstadt Astorga Halt machen, vereinbart Jörg einen Termin im örtlichen Tätowierstudio. Bislang hat er noch keinerlei Tätowierungen, aber die Erfahrung auf dem Camino geht ihm unter die Haut. In seine Schulter lässt er sich darum eine Muschel stechen, genauso groß wie die, die ihm seine Töchter mit auf den Weg gaben. Noch Monate später greift er immer wieder an die Stelle, um zu spüren, was ihn trägt. Meine Erfahrung: Mit Jörg fängt man wieder an, zu glauben. An das Gute im Menschen und an die Kraft, sein Leben in den Dienst von etwas Größerem zu stellen.

In einer Untersuchung über das Phänomen Jakobsweg von Detlef Lienau[7] habe ich gelesen, dass Pilgerinnen und Pilger die Gemeinschaft anderer brauchen, aber nur zum Zweck einer gesteigerten Selbsterfahrung. Gemeinschaft werde lediglich genutzt, um Erfahrungen zu ermöglichen. Pilgernde seien aber nicht auf dauerhafte und verbindliche Gemeinschaft ausgerichtet, sie suchten die Gruppen nur für den Moment. Das halte ich, wenn ich an Jörg, Stefan und Belle, Michael, Eugen und Judith, Nathen und Eppi und die vielen anderen denke, mit denen ich den Weg gegangen bin, für eine grobe Fehleinschätzung, ja, sogar für eine überhebliche Missdeutung. Nicht nur aus eigener Erfahrung, sondern auch aus Erzählungen von Menschen, die den Weg vor Jahren gegangen sind, weiß ich, dass manche Verbindung bestehen bleibt und zu einer Gemeinschaft führt, die im Gebet, in Fürbitte und Wünschen (man könnte auch »Segen« sagen) gelebt und als Kommunikation über digitale Medien über Jahre hinfort gepflegt wird. Es ist eine weltumspannende Gemeinschaft nach dem Vorbild der Briefe des Völkerapostels Paulus.

> Meine Münsteraner Kollegin Christina Hoegen-Rohls hat sich eingehend mit der Kunst des antiken Briefeschreibens befasst. Sie hat mir in einem gemeinsamen Seminar gezeigt, wie sehr Paulus in den Briefen an seine Gemeinden und Freundinnen und Freunde die Gespräche in schriftlicher Form geradezu inszeniert. Auf diese Weise hält er Gemeinschaft und pflegt geradezu eine Familie der Freundschaft. Man muss nur einmal in den Anfang, ins 1. Kapitel des Briefs an die Philipper hineinlesen, um zu verstehen, was ich meine: »Ich danke meinem Gott, sooft ich euer gedenke – was ich allezeit tue in allen meinen Gebeten für euch alle, und ich tue das Gebet mit Freuden –, für eure Gemeinschaft am Evangelium vom ersten Tage an bis heute; und ich bin darin guter Zuversicht, dass der in euch angefangen hat das gute Werk, der wird's auch vollenden bis an den Tag Christi Jesu.«

Das erlebe ich mit Jörg und Stefan und den anderen Pilgergeschwistern, mit denen ich in regem digitalbrieflichen Austausch stehe. Ich bin von Herzen dankbar, dass ich sie kennengelernt habe. Ich bete für ihr Wohlbefinden und weiß, dass sie auch an mich denken, mit Freuden. Gerade in den Zeiten der Corona-Pandemie stehen wir in engem Austausch und unterstützen einander, so gut es geht. Ich erlebe mit, wie die Erfahrungen des Jakobswegs ihr Leben nachhaltig verändert haben. Es ist nicht so anders als das, was Paulus schreibt. Wir werden uns vielleicht nie wieder in Person begegnen können. Wer weiß? Aber ich bin guten Mutes: Die Zukunft ist in einer anderen, einer guten Hand.

Brüder und Schwestern habe ich gefunden. Sie gaben meinem Camino Würze, Leben, Echtheit.

Ich bin kein Schotte. Aber ich gehe trotzdem im Kilt – Tag 19

Vom ersten Tag meines Camino an gehe ich im Kilt. Es handelt sich nicht um einen schottischen Kilt mit Tartan, einem traditionellen Karomuster (so einen besitze ich zum Zeitpunkt meiner Pilgerfahrt noch nicht), sondern um einen schwarzen »Utility Kilt« aus Denim-Stoff. Ich habe ihn mir vor zwölf Jahren gekauft, als ich ein Jahr in Kanada lebte. In Nordamerika, vor allem in Seattle, wo sie erfunden wurden und heute hergestellt werden, erfreuen sie sich großer Beliebtheit und haben zu einer Renaissance des Kilttragens unter Männern geführt. In Deutschland habe ich ihn nur selten getragen, weil ich ein wenig zu feige war, mich den neugierigen Blicken der Menschen in meiner Umgebung auszusetzen. Dabei handelt es sich um das bequemste und hygienischste Kleidungsstück überhaupt. Die Beinfreiheit ist phänomenal – und es schützt perfekt vor Wärme und Kälte gleichermaßen. Weil der Utility Kilt auf den Hüften getragen wird, braucht es weder Hosenträger (unangenehm unter den Rucksackriemen) noch einen Gürtel, der einem, wenn man wanderbedingt abnimmt (bei mir immerhin acht Kilo) die Luft abschneiden würde.

Also entschied ich mich vor Abreise, den Kilt aus der Mottenkiste zu holen und ihn ab Bayonne zu tragen. Erst später lese ich im Reiseführer aus dem 12. Jahrhundert, dass die Männer des Baskenlands einstmals ganz ähnlich gekleidet waren: »Die Navarresen tragen schwarze Kleider, die so kurz sind, dass sie nach schottischer Art nur bis zum Knie reichen.«[8] Einen Nebeneffekt hat das Kleidungsstück: Der Wiedererkennungswert ist ähnlich hoch wie der Bademantel von »Bathrobe-Bob«. Und wie er muss auch ich immer wieder auf die gleichen Fragen Antwort geben. Mache ich gern, aber nicht auf alle. Sollte meinen Leserinnen und Lesern also ein Pilger im Kilt begegnen, seien die folgenden Zeilen als Etikette empfohlen.

Es gibt drei Fragen, die man einem Mann im Kilt nicht stellen sollte. Zur Prophylaxe seien hier folgende Antworten genannt. Dann muss man die Fragen eben nicht mehr stellen.

Frage Nr. 1: Sind Sie Schotte?

Antwort-Variante 1: Nein. Ich bin aus Deutschland. (Das ist einfach, aber es folgt in der Regel Frage Nr. 2)

Antwort-Variante 2: Nein, in Preußen lebend. Aber ich sehe, Sie tragen eine knöchellange Hose. Sind Sie vielleicht Franzose oder gar Revolutionär? (Das wird verständnislose Blicke ernten, macht aber darauf aufmerksam, dass die heute übliche Form der langen Hose von den Sansculotten eingeführt wurde und preußischen Beamten untersagt war. Als Sansculotten (französisch: »Sansculottes«) bezeichnete man die Arbeiter und Kleinbürger, die die Französische Revolution unterstützten und die keine Seidenstrümpfe und Kniebundhosen trugen – also die »ohne Kniebundhosen«. Aber diese Antwort sollte man nur geben, wenn man auf eine Lektion in Modegeschichte Lust und dafür Zeit hat.)

Frage Nr. 2: Warum tragen Sie dann einen Kilt? (Falls Sie Ihren Mund nicht halten können und Fragen 1 und 2 stellen, verwenden Sie bitte den Terminus technicus »Kilt«. Es ist kein Rock.)

Antwort-Variante Nr. 1: Weil ich kann. (Könnte als unfreundlich und schmallippig empfunden werden.)

Antwort-Variante Nr. 2: Weil es bequem ist. (Entspricht den Tatsachen.)

Antwort-Variante Nr. 3: Fragen Sie das auch Leute, die gern schottischen Whiskey trinken, obwohl sie keine Schotten sind? (Das verlangt von den Fragestellenden die Fähigkeit und Bereitschaft, um die Ecke zu denken, denn es stellt ihre Frage infrage: »Ja, warum frage ich das eigentlich?«) Muss man Schotte sein, um ein für Schottland typisches Kleidungsstück zu tragen? Immerhin trugen schon die Basken einstmals ihre Kleidung »nach schottischer Art« (siehe oben).

Antwort-Variante Nr. 4: Ich trage meinen Kilt als eine Verneigung vor den iroschottischen Mönchen, die Deutschland vor dreizehn- oder vierzehnhundert Jahren christianisiert haben. Im Gefolge des Heiligen Patrick von Irland missionierten Columban von Iona oder Bonifatius bis in meine Heimat hinein. Den Iroschotten verdanken wir in Deutschland also das Christentum. Und übrigens wird auch der Heilige Jakobus, zu dem wir pilgern, nur selten in Hosen dargestellt. Ist Ihnen das schon einmal aufgefallen? Warum also sollte ich Hosen tragen? (Ich gebe zu, diese Antwort habe ich nie gewagt, denn damit wäre mein Gegenüber mundtot und ich stünde wie ein beleidigter Besserwisser da. Aber als Antwort in meiner Fantasie hat es wunderbar gewirkt.)

Antwort-Variante Nr. 5: Es gab vor ein paar Jahren eine Studie zum geeignetsten Kleidungsstück für das Pilgern. Der Kilt schnitt dabei für Männer nachweislich am besten ab. Hygienisch, klimatisch ideal und extrem bequem. Wenn Sie mehr wissen wollen, kann ich Ihnen gern eine Webseite im Internet empfehlen: www.sectionhiker.com/hiking-kilts-for-men (Das ist die evidenzbasierte Antwort des Wissenschaftlers und Sportmenschen.)

Frage Nr. 3: Was trägst du unter dem Kilt? (Die Frage ist unausweichlich. Sie ist in den Hirnwindungen eigenartigerweise mit dem Anblick eines Mannes im Kilt verbunden. Wahrscheinlich haben die meisten zu viele Filme wie »Braveheart« geschaut. Die Fragestellenden können nichts dafür, aber es ist dennoch eine unanständige Frage. Ich würde sie niemals einer Frau stellen.)

Antwort-Variante Nr. 1: Was ist denn das für eine blöde Frage?

Antwort-Variante Nr. 2: A Dirk. (Auf diese original schottische Antwort hat mich ein Pilgerfreund mit schottisch-australischen Wurzeln gebracht. Wichtig ist, dass man sie mit entsprechender Betonung ausspricht, denn dann klingt es wie »Dick«, meint aber den Dolch am Unterschenkel. Treibt den Fragestellenden die Schamesröte ins Gesicht oder eröffnet bei hier nicht weiter zu explizierenden Gelüsten die Möglichkeit für mehr.)

Antwort-Variante Nr. 3: Schuhe und Socken. (Mein Favorit, ehrlich und doch diskret.)

Im Kilt zu pilgern, ist die bequemste Art, zu wandern. Mein Utility Kilt hat insgesamt vier Taschen, zwei große aufgenähte Taschen an der Seite, zwei Taschen wie bei einer normalen Five-Pocket-Jeans am Gesäß. In die Seitentaschen passt unglaublich viel hinein und bleibt vor Regen und Wind geschützt. In der linken habe ich beständig das Camino-Buch von Raimund Joos (»Spanien: Jakobsweg Camino Francés«) und mein Handy griffbereit, in der rechten Geldbeutel, Pilgerpass und Schweißtuch. Ich muss dafür keinen Reißverschluss umständlich öffnen. Einen Apfel, ein Taschenmesser, einen Kugelschreiber und eine kleine Taschenlampe habe ich verborgen in der Bauchtasche, die ich am zweiten Tag kurz verloren glaubte.

Amerikanische und schottische Männer, die mir begegnen, sagen, sie hätten auch daran gedacht, ihren Kilt mitzunehmen. Wie viele Männer mir erzählen, dass sie auch einen Utility Kilt oder einen »richtigen« schottischen Kilt aus Wolle und im Tartan-Muster besitzen, hätte ich nicht für möglich gehalten. Sie trauten sich aber nicht oder hatten Angst, sich einen Wolf zu laufen. »Ja, haben die denn noch nie was von Unterhosen gehört?«, frage ich mich. Oder dass man sich die Oberschenkelinnenseite auch mit Hirschtalg einreiben kann und so bestens vor unangenehmen Reibereien geschützt ist? Das erübrigt sich bei mir zudem schon nach einer Woche, wegen der Gewichtsabnahme und weil ich dann eingelaufen war. Ich hatte keinen Wolf.

Nur zweimal ging es mir zu weit. Bei einer Gruppe aus Wanne-Eickel (dazu später). Und als mir eine sehr laute Oberpfälzerin blöd daherkam. Sie meinte, morgens um halb acht über einen Rastplatz plärren zu müssen: »Höh! Du trägst ja einen Rock!«

»Das ist ein Kilt! Blöde Kuh!« – Ich gebe zu, das war keine ganz souveräne Antwort.

Pausentag – Fleischeslust und der Heilige Gral (eineinhalb Tage in León)

Am Ende der Strecke von Sahagún erwartet mich León, die frühere Königsstadt. Zu meiner kleinen Zweiergruppe mit Stefan, meinem Harley-Davidson-Biker-Freund aus Oldenburg, hat sich nun Jörg gesellt. Wir gehen von der Herberge aus direkt los. Stefan wartet schon vor der Klosterpforte auf uns, er hatte in einem anderen Quartier übernachtet. Der Weg kommt uns kurz und kurzweilig vor.

Ich zeige den beiden eine Textnachricht von meinem Mann zu Hause. Es ist der Liedtext eines deutschen Popsongs von »Silbermond« mit dem bezeichnenden Titel »Leichtes Gepäck«.

> Eines Tages fällt dir auf
> Dass du 99 % nicht brauchst
> Du nimmst all den Ballast
> Und schmeißt ihn weg
> Denn es reist sich besser
> Mit leichtem Gepäck
> […]
> Du siehst dich um […], siehst
> Das Ergebnis von Kaufen und Kaufen von Dingen,
> Von denen man denkt man würde sie irgendwann brauchen, siehst

so viel Klamotten die du
Nie getragen hast und die du
Nie tragen wirst und
Trotzdem bleiben sie bei dir
[…]
Die Armee aus Schrott und Neurosen
Auf deiner Seele wächst
Immer mehr hängt immer öfter
Blutsaugend an deiner Kehle
Wie geil die Vorstellung wär, das alles loszuwerden
Alles auf einen Haufen […]
Und eines Tages fällt dir auf
Dass du 99 % davon nicht brauchst
Du nimmst all den Ballast
und schmeißt ihn weg
Denn es reist sich besser
Mit leichtem Gepäck, mit leichtem Gepäck
[…]«

Jörg nimmt es wörtlich. Ihm fährt der Text direkt ins Herz. Als er in León ankommt, geht er als Erstes zur Post und packt Überflüssiges in ein Päckchen, das er direkt nach Hause schickt, sogar den geheimen Trostspender mit schottischem Whiskey.

Wir drei Kerle, Stefan, Jörg und ich, haben viel Zeit und Stoff zum Quatschen. Es ist toll, wie wir drei aus völlig verschiedenen Welten zueinanderfinden. Wenn man über 50 ist, gibt es ja auch viel zu erzählen. Wir gleichen einander darin, dass wir alle eine Neuorientierung für unser Leben, vielleicht auch nur Vergewisserung und Stärkung suchen.

Wir wohnen in León in unterschiedlichen Quartieren. Ich beabsichtige, einen Tag länger zu bleiben, und habe mich deshalb in einem modernen Hostel eingemietet. (Leòn bietet viele Unterkunftsmöglichkeiten. Viele Mitpilgernde empfehlen die Studentenwohnheime.) Mir kommt das Hostel gerade gelegen, denn dort kann ich auch tagsüber ein- und ausgehen. Nach dem Duschen und Wäschewaschen haben wir drei Freunde uns in der Altstadt zu Weißwein und gemeinsamem Abendessen verabredet.

Am Schaufenster einer Traditionsgaststätte bleiben wir stehen und bestaunen in der Auslage ein riesiges Stück rohen Fleisches: Dry Aged Beef. So etwas habe ich noch nie gegessen. Es ist genau 20 Uhr, als wir das Lokal betreten. Wir ernten verständnislose Blicke der Belegschaft ob unserer Absicht, zu so früher Stunde schon dinieren zu wollen. Als wir dem Chefkellner bedeuten, dass wir es nicht auf ein billiges Touristenmenü abgesehen haben, sondern dass wir es ernst meinen und wie Einheimische essen wollen, aber eben jetzt schon – fast noch nachmittags –, erhalten wir einen Sitzplatz. Der Kellner entwickelt zunehmend väterliche Gefühle für uns. Ein herrlich üppiger und tiefroter Wein ist schnell geöffnet und degustiert. Die schöne Speisekarte vor Augen, wollen wir Vorspeisen und dann vom Beef bestellen sowie Salate und Beilagen. Mit dem Dessert wollen wir noch warten. Da stellt sich der Kellner breitbeinig vor uns und verbietet uns ohne Umschweife, Vorspeisen zu essen, und rät zudem von jeglicher Beilage ab. Was wir frisch zubereitet bekämen, würde bei Weitem reichen. Er bezweifelt sogar, dass unser Pilgerhunger ausreiche, überhaupt das ganze Mahl zu verspeisen. Ein wenig frisches Brot und eine kleine Vorspeisenportion mit spanischer Blutwurst für uns alle drei gemeinsam lässt er sich dann doch noch abringen, ansonsten lehnt er mit der Standhaftigkeit eines Torero alle Bitten und Aufträge ab.

Knapp zwei Kilo wiegt das Stück Fleisch, das eine kundige Köchin mit scharfem Hackmesser vom großen Stück trennt und direkt vor unseren Augen auf dem Holzkohlegrill zubereitet. Auf einer Platte wird es uns in Scheiben vorgesetzt. Unsere Augen sind groß wie Untertassen vor Staunen und archaischen Gelüsten. Jörg belehrt uns als erfahrener Jäger über die notwendige Achtung vor dem Tier, dem wir unser abendliches Mahl verdanken, aber dann wetzen wir die Steakmesser und essen. Andächtig und genussvoll! Es ist köstlich. Mehr kann ich gar nicht sagen. Es ist, wie es sein sollte. Ohne Beiwerk. Ehrlich. Ich habe kein schlechtes Gewissen. So eine Portion pures Fleisch gibt es für mich so schnell wahrscheinlich nicht mehr.

Als wir fertig sind, liegt noch eine letzte Scheibe auf der Servierplatte. Es geht nichts mehr. Der Kellner lächelt zufrieden und mit dem Stolz eines Vaters, der seinen Jungs eine Lehre erteilt hat. Ohne sich zu zieren, geht er schließlich sogar auf unsere Bitte ein, das übrige Stück nicht wegzuwerfen. Stattdessen verdrückt er es auf unsere Einladung hin selbst. Glücklich verlassen wir das Lokal und gehen schließlich unserer Wege. Stefan und Jörg werden morgen weiter pilgern. Ich lege einen Pausentag ein, um die Füße etwas zu schonen und mir die Stadt anzusehen.

Endlich kann ich einmal ausschlafen. Erst um 8 Uhr erhebe ich mich als einer der letzten in dem Mehrbettzimmer aus dem Bett. Um 10 Uhr will ich zum »barbero« gehen, um die inzwischen wuchernde Kinnmähne etwas stutzen zu lassen und den Haarkranz um meine Glatze wieder abzurasieren. In einem Tattooshop mit angeschlossenem Barbershop setze ich mich vor eine Wand aus Totenschädeln und Lautsprecherboxen mit Rock der härteren Gangart. Es duftet gut und alles ist peinlich sauber. Hier bin ich richtig. Eine geschlagene Stunde arbeitet ein junger Venezolaner mit Scheren, Rasiermesser, Kopfmassage, Cremes etc. an meinen spärlichen Haaren. Ich fühle mich wie König Alfonso V. von León und gebe mich dem Wellnessprogramm völlig hin. Was die Totenköpfe sollen, frage ich mich irgendwann nicht mehr. Ich fühle mich lebendiger denn je. Am Ende lasse ich mir noch den Katalog mit Tattoomotiven zeigen – wer weiß, vielleicht sind da ja Pilgermotive drin?

Den Rest des Tages verbringe ich mit ausgiebigem Sightseeing. Zwar wollte ich die Füße schonen und habe deshalb meine mambagrünen Flip-Flops angezogen, aber am Ende habe ich doch 15 Kilometer beisammen. Die alte Königsstadt ist weitläufig und bietet vieles Sehenswürdige. Ich muss nur lernen, die spanischen Öffnungszeiten zu respektieren (so viel Kultursensibilität dürften auch Deutsche aufbringen können): Morgens vor 11 Uhr lohnt es sich hier nicht einmal, in einen Supermarkt zu gehen, ab 14 Uhr sind Tapas, Cerveza und Vino angesagt samt Partystimmung. Irre viele Menschen beim Pausemachen. Läden und Museen öffnen dann erst wieder um 17 Uhr. Dazwischen tote Hose (mein Kilt hat heute Pause, ich habe ihn an Bund und empfindlichen Teilen gewaschen und zum Trocknen aufgehängt). Ab 20:30 Uhr denke ich beim Apéro über das Abendessen nach. Dann ist – zumindest am heutigen Donnerstag – schon wieder Party angesagt. Alles ist auf den Straßen und feiert bis fünf Uhr früh, mit Musik, Beats, viel Geplauder. Es scheint noch nicht einmal ein besonderer Feiertag zu sein. Diese Zeiten sind mit dem Pilgerleben nicht recht kompatibel, weshalb viele der inzwischen vergeistigt Wandernden ängstlich aus der Stadt fliehen, um wieder in die ländliche Einöde zu gelangen. Aber ich habe heute Pausentag, Vergeistigung ist erst morgen wieder dran.

Die Kathedrale in León ist – trotz des Ruhmes, der ihr voraneilt – für mich eine Enttäuschung. Sie gilt als erster und schönster gotischer Sakralbau Spaniens, mit prachtvollen Glasfenstern. Mich kann der Bau nicht berühren, vielleicht weil er mittlerweile schon viel zu museal ist. Und dann wird durch eingezogene Wände mit protzigen Renaissanceschnörkeln das großartige Gefühl der gotischen Raumkonstruktion (Höhe! Leere! Heiligkeit!) völlig zerschlagen. Warum man nicht gleich noch die Decke abgehängt hat? Auch das angeschlossene Museum bietet eher Abgestelltes, recht einfältige Gegenwartsmalerei und Gebrauchskunst. Der Eintritt zu beidem ist teurer als das Quartier im Hostel. Egal. Ich will raus hier und wandere durch üppige Grünflächen der Stadt, esse Kuchen und Eis und trinke schließlich vor dem Museum San Isidoro einen Weißwein.

Der Heilige Isidor von Sevilla gilt nach Jakobus als zweitwichtigster Heiliger und mein mittelalterlicher Reiseführer verpflichtet den Pilger oder die Pilgerin zu einem Besuch an seiner Grabstätte, aber ich bin heute nicht kirchlich gestimmt. Dafür betrete ich das zugehörige Museum, weil Raimund Joos in seinem heutigen Camino-Führer darauf beharrt: »Das ist ein Muss für jeden Pilger!« – und es entpuppt sich als eine Sensation, gänzlich unerwartet. Man darf nur im Rahmen einer Führung eintreten. Zur englischsprachigen Führung ist neben mir nur noch ein weiterer Besucher gekommen. Wir bekommen eine Privatführung für eine ganze Stunde. Schade eigentlich, aber für uns beide natürlich ein Luxus.

In einem der ersten Räume, völlig abgedunkelt, befindet sich in einer Glasvitrine ein einzelner Kelch, der Kelch der Doña Urraca. Seine ganze Geschichte zu erzählen wäre zu lang, aber sie verbindet Jerusalem, Ägypten und León miteinander und reicht vom ersten über das vierte bis ins zwölfte Jahrhundert. Der Kelch ist mit Gold und Edelsteinen geschmückt, ist aber in seiner Originalform noch zu erkennen. Ein Onyxkelch – ein Kelch aus einem marmorähnlichen Schmuckstein – mit Deckel, der ursprünglich einmal den Fuß gebildet hat. Aus Ägypten stammend wurde er seit dem vierten Jahrhundert in Jerusalem als der Kelch verehrt, mit dem Jesus das letzte Abendmahl gefeiert hat. Mir stockt der Atem. Wenn ich mir die Prachtverzierung wegdenke, sieht das hier tatsächlich aus wie der Heilige Gral, den Harrison Ford als Indiana Jones mit seinem Vater, gespielt von Sean Connery, gefunden hatte! Aber das hier ist kein Film. Das ist echt. Saladin hatte den Kelch einst im Besitz. Zwischen den Mauren und den Christen in Spanien wurde er, so erzählt uns der kundige Guide, im zehnten oder elften Jahrhundert als Friedensgeschenk ausgetauscht. Die Mauren brachen wohl eine kleine Scherbe heraus, um seine Heilkraft (ewiges Leben!) zu brechen. Zum Zeichen der Verehrung wurde er dann mit Gold und Geschmeide geschmückt. Egal, wie viel Legende und Erfindung sich mit ihm verbindet, erzählt der Kelch doch von der Wertschätzung des Mahles, das mit ihm gefeiert wurde. Mit Ehrfurcht im Herzen gehe ich weiter. Das Fotografierverbot kann ich verstehen. So etwas sieht man eh nur mit dem Herzen gut.

Nach einigen weiteren sehenswerten Exponaten wartet schließlich das »Pantheon der Könige« auf uns, die Grabstätte der kastilischen Königsfamilie, von Napoleons Soldaten einst schändlich geplündert. Ein ganzer Saal, nicht allzu hoch, mit Säulen, alles reinste Romanik. Die Sarkophage der Königsfamilie befinden sich hier dicht gedrängt, aber geschützt vor direktem Sonnenlicht und doch immer an der frischen Luft. Die Decke ist mit originalen bunten Fresken aus dem 11. Jahrhundert bemalt, viele, sehr viele Szenen aus dem Leben Christi. Die Farben mussten nie erneuert werden, weil sie nicht direktem Sonnenlicht ausgesetzt sind und durch den Schutz des klösterlichen Kreuzgangs auch jeglicher Straßenschmutz ferngehalten wird. Im Gemälde des letzten Abendmahls ist just der Onyxkelch zu erkennen, den ich eben im Original gesehen habe, aber ganz ohne den Zierschmuck. Das nenne ich Museumdidaktik! Die Toten, die unter dem steinernen Bilderhimmel ruhen, harren hier nur aus, bis sie einst im Reich der Himmel zu Gast sein werden. So viel Symbolik macht diesen Tag nun doch wieder zu einem religiösen Erlebnis. Ich kann mich kaum lösen, so fein und schön ist das alles.

León bietet auch darüber hinaus noch vieles mehr: Das Hotel San Marco zum Beispiel, eine berauschend schöne Renaissancefassade mit Kirche. Früher war es ein Klosterkonvent, heute gehört es zu einer Luxushotelkette. Als ich daran vorbeiflaniere, turnt ein Fitnessklub auf über 50 Hometrainern vor dem Prachtbau, wobei ein Animateur mit Wahnsinnslautstärke die Sportsüchtigen anfeuert. Die spinnen, die Spanier.

Schnell eile ich noch zum Museum für zeitgenössische Kunst. Ein toller Bau aus Glas und Beton, und im Innern wirklich zeitgenössische Kunst, sehr viel Konzept und Abstraktion, das reinste Kontrastprogramm zu dem Gold- und Renaissanceprunk. Mir tut's gut. Keine großen Namen, keine Massen. Das muss man nicht gesehen haben, aber es ist mir jetzt Seelenmassage. Zum Abend suche ich nach einer Essgelegenheit. Nach dem gestrigen Highlight für Carnivoren will ich es mit einer Paella versuchen, lande aber leider in einer Tourismusabzocke. Schwamm drüber. Es war furchtbar. Schade um jedes Korn Reis. Ich hatte es vor 20 Uhr versucht. Das sollte man in León schön bleiben lassen.

Endlich im Flow – Tag 20 (auf dem Weg nach Hospital de Óbrigo)

Am Ende des folgenden Tages erlaufe ich mir die erste wirkliche Blase, am linken Fuß, knapp oberhalb der Ferse. Ich bin selbst schuld, denn in der Frühe um halb sechs bin ich einfach zu faul, die Füße mit Hirschtalg einzureiben. Eine der Erkenntnisse des Jakobswegs: Man muss seine Füße lieb haben und ihnen das auch zeigen.

Aber bevor ich jammere: Andere haben viel mehr Blasen. Komisch mutet es mich aber an, dass das gerade heute passiert. Ich gehe um 6 Uhr los, um die Großstadt León mit ihren Industrie- und Wohngebieten hinter mich zu bringen. Das bedeutet immerhin: sieben Kilometer Asphalt. Erst gegen 8 Uhr kann ich den wanderfeindlichen Straßenbelag hinter mir lassen. Ich folge einer Wegalternative, die mein Camino-Büchlein heftig bewirbt, auch wenn sie 40 Minuten länger dauert. Es verspricht dafür eine landschaftlich reizvolle Route, während der übliche Jakobsweg eine Nationalstraße entlangführt. Autolärm und Abgase statt Kontemplation und Landschaftsgenuss. Stefan hatte am Abend noch mit einer Textnachricht davon abgeraten. Ich wähle also den Umweg über eine Hochebene durch Mais- und Gemüsefelder, alles noch nicht abgeerntet. Ein weiterer wunderschöner Sonnenaufgang belohnt für die nächtlichen Kilometer auf Asphaltwegen.

Es ist flach. Stare sammeln sich zu Schwärmen, Rabenkrähen krächzen, einzelne Bussarde suchen nach Mäusen. Die Berge in der Ferne, über die ich wahrscheinlich bald gehen muss, rücken mit jedem Schritt näher. Ich gehe allein, nur wenige andere Menschen treffe ich auf dem Weg. Bis endlich ein Dorf kommt, in dem ich einen Cafe Americano trinken kann, ist es 10 Uhr. Danach geht es weiter, Schritt für Schritt, recht zügig vorbei an Häusern mit Gemüsegärten und imposanten Baumgruppen. Hier scheint man etwas wohlhabender zu sein als auf der östlichen Seite Leóns.

Allmählich komme ich in den Flow, von dem Jogger und Marathonläufer erzählen. Es ist, als würde ich gar nicht mehr gehen, vielmehr geht *es* sich fast von selbst. Mein Kopf wird frei, der Tinnitus ist ja weg. Die Gedanken können sich entwickeln. Ich denke über meine Arbeit in Münster nach, an der ich viel Freude habe und die manchmal auch etwas mühsam ist, verbunden mit administrativen Dingen, der Verantwortung für die Gottesdienste an der Universitätskirche und manchmal auch mit Reibereien und Zickenkrieg. Ich denke über einen Ruf an eine Kirchliche Hochschule in Bayern nach, den ich im Sommer erhalten habe. Ich überlege, was mich dort reizt, was dort möglich wäre und was ich in meiner alten Heimat gerne machen würde. Ich könnte meiner Mutter näher sein, die dort in einer Senioreneinrichtung wohnt. Ich bedenke auch, dass mein Ehemann Daniel und ich uns im Münsterland ein Haus mit Garten eingerichtet und ein paar Freunde gefunden haben. Aber hier und heute muss ich glücklicherweise nichts entscheiden, ich kann ohne Druck einfach den Gedanken folgen, denn meine Füße gehen in ihrem eigenen Tempo, ohne dass ich irgendwas dazu tun müsste. Beim Pilgern geht es, so meine Beobachtung, auch darum, sich ein wenig aus der Welt und ihren Anforderungen zurückzuziehen, ganz im Sinne einer Weltflucht. Deren Ziel ist letzten Endes allerdings die neuerliche Hinwendung zur Welt, eine geläuterte Rückkehr, um sich dann den Aufgaben und Entscheidungen stellen zu können. Das ist mir bewusst und gerade deshalb kann ich die Gedanken zur Seite schieben. Aufgeschoben ist nicht aufgehoben.

Mit einem Mal sind 32 Kilometer gelaufen, bei strahlendem Sonnenschein und einem Anstieg der Temperaturen von 5 auf 25 Grad! Nun endlich ist es Zeit für eine Pause, endlich etwas essen, 1 Uhr mittags ist längst vorbei. An einem Bach packe ich aus meiner Brotzeit-Box ein Stück Käse von gestern aus, der bereits reiflich gereift ist und ordentlich stinkt. Dazu ein Rest Brot und eine halbe Gartengurke. Ich ziehe die Schuhe aus und genieße den Moment. Besser könnte das keine Achtsamkeitsmeditation schaffen. Ich bin im Flow.

Als ich die Schuhe allerdings wieder anziehen will, um die verbleibenden fünf Kilometer in Angriff zu nehmen, merke ich, dass etwas nicht stimmt. Also nochmal den Schuh ausziehen, die Socke runter. Eine Blase!!! Vorbei ist es mit dem Flow, die Schritte werden unrund, ich eiere vielmehr.

Egal, weiter! Ich stecke mir Kopfhörer in die Ohren und höre Musik über mein Handy. Gut, dass das Internet auch hier funktioniert, ich habe Zugriff auf einen Streamingdienst und lausche Johnny Cash. Immerhin passt der Titel »Hurt« zu meinem linken Fuß. Er ist auf den American Recordings von Johnny Cash zu finden, die mich über die Kilometer begleiten und das Fußmalheur vergessen machen. Bald habe ich das Ziel des Tages erreicht: Hospital de Órbigo, mit einer unglaublich langen, alten Römerbrücke über den Fluss. Über 36 Kilometer waren das heute. Meine Füße haben genug, aber platt fühle ich mich nicht. Ein Ort, der »Hospital« heißt, scheint mir für heute angemessen.

Ein Bett finde ich in der »Albergue Verde«, einer alternativen, esoterisch angelegten Herberge, die mit Buddha-Figuren ausgeschmückt ist und in der vegetarisch gekocht wird. Am Nachmittag findet im Garten für alle, die mögen, Yoga unter freiem Himmel statt. Ich hätte gern teilgenommen, aber eine der überall angebrachten Hängematten hat mich voll im Griff und lässt mich nicht mehr frei. Ich bin eben im Flow, ganz im Hier und Jetzt. Nur die Glocke zum Essen bringt meinen Körper für den Tag ein letztes Mal in Wallung.

Alle Sinne weit offen – Tag 21 (auf dem Weg nach Astorga)

Bis halb eins schlafe ich gut unter Buddhas Schutz, dann ist die Nacht für mich vorbei. Die beiden süßen kleinen Hunde in der Nachbarschaft entpuppen sich in der Nacht als Höllenköter, die sämtliche Einbrecher im Umkreis von 10 Kilometer verbellen wollen. Bis 5 Uhr in der Frühe geht es pausenlos weiter. Kleine Köter sind und bleiben Köter. Die anderen Pilgerinnen und Pilger um mich herum scheinen sich nicht daran zu stören. Wahrscheinlich hatte die Yoga-Übung am Nachmittag eine besänftigende Wirkung: Wir sind alle eins! Und wenn es ein kläffender Hund ist, so ist auch in ihm ein Funke der allumfassenden Wesenheit vorhanden. Es gibt keine veganen Zornfantasien und Mordgelüste! Ich stehe lieber auf und trolle mich. Das hier ist nichts für mich. Meine negativen Schwingungen treiben mich auf die Straße.

Abmarsch im Dunkeln, heute aber ganz sicher mit Hirschtalg an den Füßen. Nach nur 100 Metern ist mir bereits klar, dass die Blase am linken Fuß und mein Wanderschuh auf dem Kriegspfad sind. Ich hatte meinem Mann Daniel am Abend noch ein Foto geschickt. Er schrieb umgehend zurück und erweist sich als echter Fernheiler, der aus der Ferne Anweisungen für Therapiemaßnahmen geben kann. »Stich die Blase auf mit einer Nadel. Aber Achtung: Du musst die Nadel unbedingt sterilisieren! Pflaster vorsichtig lösen, Blase aufstechen, die Flüssigkeit ausfließen lassen!« Genauso mach ich es auch, unter dem fahlen Licht einer Straßenlaterne. Dort steht eine Parkbank, auf der ich mich niederlasse, das Erste-Hilfe-Set für Wanderungen aus dem Rucksack krame und eine Sicherheitsnadel mit Alkoholtupfern sterilisiere.

15 Minuten dauert die Prozedur. Die Flüssigkeit ist aus der Blase gedrückt, das Ganze nochmal desinfiziert und mit Blasenpflaster verpackt. Endlich kann ich den Weg fortsetzen. Ich hatte mich schon im Taxi sitzen sehen, aber nun geht es weiter, ohne Wehklagen, auch wenn es gute fünf Kilometer dauert, bis ich den Fuß einigermaßen fest auf den Boden zu setzen wage. Ich werde für ein paar Tage ziemlich unrund gehen, immer bemüht, die schmerzende Stelle zu entlasten. Das übliche Pilgerschicksal halt.

Nach dem schwierigen Start erweist sich die heutige Strecke als eine der schönsten, der Tag als einer der besten Wandertage. Der Weg bis Astorga ist nur etwas über 20 Kilometer lang – und dort warten schon meine Freunde Stefan und Jörg. Jörg hat angeboten, dass ich in dem feinen Hotel am Platz vor dem Gaudí-Palast das zweite Bett nutzen darf. Echte Bettwäsche, luxuriöse Dusche, ein eigenes Bad mit frischen Frotteetüchern warten auf mich. Ich habe allen Grund, mich auf den Weg zu machen. Zorn hin, Blase her.

Als der Morgen graut, kämpfen die Sonnenstrahlen gegen wabernde Nebelschwaden an. Eine geradezu mystische Stimmung. Um mich von meiner Fersenblase abzulenken, stecke ich mir wieder die Kopfhörer in die Ohren und höre Musik. Der Effekt, vielleicht auch ein Ergebnis der gestrigen Entspannung, ist, dass ich alles mit ungeheurer Intensität erlebe. Alle Sinne sind offen, weit offen. Immer wieder halte ich auf dem Weg inne, bleibe stehen, um etwas zu fotografieren. Beim Durchqueren eines Bauernhofs schließe ich kurz Freundschaft mit einem Kalb, dem ich freilich verschweige, was ich kürzlich in León gegessen habe … Wer kann einer sanften Kalbszunge widerstehen, wenn sie andächtig am Handrücken schleckt? Langsam lichtet sich der Nebel. Ich durchquere ein Bauerndorf mit dem stolzen Namen Santibáñez de Valdeiglesias. Die Bar der örtlichen Herberge hat geöffnet und bietet schon Kaffee an. Es ergeben sich kurze Begegnungen am Weg und ich entdecke Hinweise, denen ich nachgehen kann. Den schmerzenden Fuß kann ich so sehr gut vernachlässigen. Da ist ein Schild auf dem Weg, auf Spanisch steht dort: »Jesus liebt dich.« Die örtliche Pfarrkirche hat ihre Tür geöffnet, schon morgens um acht. Ein alter Mann in weißem Polohemd und roter Fleecejacke heißt mich nach einem Moment des Zögerns in der Kirche herzlich willkommen. Der Innenraum wurde in den 1960er-Jahren umgebaut, ich fühle mich wie in den Mehrzweck-Kirchen meiner Kindheit, die Gemeindesaal und Sakralraum in einem sein wollten und doch nichts von beidem waren. Aber ein Glasfenster aus der gleichen Zeit mit einer ungewöhnlichen Darstellung der Heiligen Dreifaltigkeit lohnt den Besuch schon. Die Kirche ist schließlich der Trinität geweiht! Ein Foto dieser Glasmalerei kann ich sicher einmal in einer Vorlesung gebrauchen. Der Ehrenamtliche freut sich über mein Interesse und stempelt gern meinen Pilgerpass. Dann schickt er mich mit einem Segenwunsch weiter auf den Weg.

Die Straße, die aus dem Dorf hinausführt, ist ein breiter Schotterweg auf rotem Grund. Links öffnet er sich zu einem ehemaligen Sandsteinbruch, in dessen Steilwände Tausende von Vögeln ihre Nisthöhlen gebaut haben, vermutlich Bienenfresser. Leider kann ich keinen der bunt schillernden Flugkünstler entdecken, die Brutzeit ist ja längst vorbei.

Das Schöne an dem sandigen Weg, auf den es seit einigen Tagen nicht mehr geregnet hat, ist, dass man die Spuren der Pilgerinnen und Pilger der letzten Tage erkennen kann. Mindestens ein Dutzend Profilmuster der Wanderstiefel sind lesbar. Manche der Pilgernden legen auch kleine Fährten mit Zeichen für die Nachfolgenden: Pfeile, Gesichter oder einen Fisch aus kleinen Steinen. Die Wallfahrenden kommunizieren auch dann untereinander, wenn sie allein unterwegs sind. Wem die Sinne weit geöffnet sind, der kann die Botschaften entziffern. Der Horizont hat sich inzwischen geklärt: Rotbraun ist die Erde, die abgeernteten Felder leuchten im Sonnenlicht in satten Ockertönen, Steineichen am Wegrand steuern ein bläulich-graues Grün dazu und der Himmel ist Blau wie die Bilder des Malers Yves Klein. Vereinzelte Birken stellen ihre Stämme silbrig-weiß kerzengerade als Mittler zwischen die Welten.

Die Musik aus meinen Kopfhörern füllt mich an, ohne meine Augen und Gedanken zu vereinnahmen. Es ist wie ein Soundtrack, der die visuellen Eindrücke und die olfaktorischen Reize untermalt und verstärkt. Meine Playlist umfasst ein ganzes Album von Leonard Cohen, das er noch kurz vor seinem Tod veröffentlicht hat (Titel: »You want it Darker«), ein paar Musikstücke von Arvo Pärt (»Spiegel im Spiegel«, »Summa« und »Fratres«). Keine leichte Kost, aber dafür Musik, die Zeit und Raum benötigt. Jeden Ton höre ich und ich spüre, wie sich Resonanzen mit meinen Emotionen bilden. Auch das ist ein Segen: die Streamingdienste.

Trotz meiner schmerzenden Blase am Fuß sind all meine Sinne heute auf Schönheit getrimmt. Mir kommen Psalmworte in den Sinn (das liegt vielleicht auch an der Musik von Leonhard Cohen, die immer wieder auf Biblisches anspielt, ohne das allzu aufdringlich zu tun):

»Lobe den HERRN, meine Seele! HERR, mein Gott, du bist sehr groß; in Hoheit und Pracht bist du gekleidet. Licht ist dein Kleid, das du anhast. […] Du lässest Brunnen quellen in den Tälern, dass sie zwischen den Bergen

> dahinfließen, dass alle Tiere des Feldes trinken und die Wildesel ihren Durst löschen. Darüber sitzen die Vögel des Himmels und singen in den Zweigen. [...] HERR, wie sind deine Werke so groß und viel! Du hast sie alle weise geordnet, und die Erde ist voll deiner Güter.« (aus Psalm 104)

Camino-Originale – **der Diogenes von Santo Tobio**

Auf einmal, wie aus dem Nichts – es ist halb elf und bereits sehr warm und sonnig – taucht kurz vor Santo Tobio eine Fata Morgana am Wegrand auf. Etwas, das so völlig irreal ist, dass man es nicht glauben mag. Eine Lehmhütte mit einer großen, einladenden Liegematte, eine Hängematte zwischen Bäume gespannt, ein Yogaplatz, ein Steinlabyrinth und ein großer Stand mit Bergen von Obst aller Art, zum Teil aufgeschnitten in handliche Portionen: Bananen, Melonen, Äpfel und Birnen, Trauben, Orangen und Pflaumen. »La llave de essencia es la presencia« steht in bunten Lettern auf einem Schild: »Der Schlüssel zum Sein ist das Dasein«. Ich stehe noch etwas ratlos und denk mir fantasielos: »Krieg ich hier auch 'nen Kaffee?«, als mich der Betreiber anspricht: »Bediene dich, alles kostenlos! Lass es dir gut gehen, ruh aus, solange du willst, und iss und trink, so viel du willst und kannst!«

So in etwa muss es im Paradies zugehen.

Zwei Scheiben Melone und eine zuckersüße Kiwi sind mein Oasenfrühstück. Seit zehn Jahren wohnt der junge Spanier dort und macht Pilger und Pilgerinnen glücklich. Er schläft auf einer Matratze, rechts vor einer kleinen Baracke, unter freiem Himmel, und gibt gelegentlich auch mal Yoga-Unterricht. Gelebte Pilgerphilosophie, ein Diogenes in Spanien, der in einem Vorratsspeicher ein selbstgenügsames Leben führt, die Spenden der Vorübergehenden in Speisegeschenke für andere Vorübergehende investiert und die Wandernden nicht fragt, wer sie sind und was sie so in ihrem Leben machen. Ich könnte mir bestens vorstellen, dass er, wenn man ihn fragt, ob er etwas brauche, antwortet, wie es der sagenumwobene Philosoph Diogenes gegenüber dem mächtigen Alexander dem Großen tat: »Geh mir nur ein wenig aus der Sonne!«

Nicht mehr lange dauert es, bis ich zu Klängen des Filmkomponisten Hans Zimmer (Musik zu Gladiator, da fühlt man sich gleich einiges größer, als man ist) und der Trip-Hop-Band »Massive Attack« in Astorga eintreffe. 26 Kilometer unrunder Gang unter dem herrlichen Firmament des Schöpfers: Es ist erst halb zwölf, als ich ankomme und Jörg vor seinem Hotel treffe. Luxus pur in Astorga, der spanischen Schokoladenhauptstadt! Mit Stefan und Jörg verbringe ich den Mittag mit einem schönen Glas leichten Weißweins (wie immer nur ein Deziliter).

In Astorga haben Jörg und Stefan einen Ruhetag eingelegt. Jörg hat schon ein paar Tage vorher einen Termin beim örtlichen Tätowierer vereinbart. Er hatte bislang noch nie daran gedacht, sich Tinte unter die Haut stechen zu lassen. Bis jetzt. »Someday is today!«, sagt er und nimmt Stefan und mich mit ins Studio, zum Händchenhalten, wie wir lachend kommentieren. Mit allen Sinnen ist man auf dem Jakobsweg, nun auch mit der Haut und darunter. Eine Jakobsmuschel hat er sich als Motiv ausgewählt, sie strahlt schließlich von seinem Schulterblatt, obwohl die dunkle Tinte ja eigentlich nichts Strahlendes hat. Die Strahlen gehen von einem Zentrum aus, das nach oben hin offen scheint. Ein klares Bild, ein starkes Symbol, auch wenn es einem auf dem Camino ständig in den Blick gerückt wird. Nun hat Jörg es sich sozusagen einverleibt, er muss es gar nicht mehr sehen, er kann es spüren. Es ist schön geworden.

Nach den großartigen Kirchen auf dem bisherigen Weg verzichte ich auf die Besichtigung der Kathedrale von Astorga und des zuckerbäckersüßen Bischofspalasts, den der berühmte Architekt Antoni Gaudí geplant hat, und widme mich meinen Freunden und der Schokolade.

Der Tag klingt ebenso glücklich aus, wie er bisher verlaufen ist, als wir drei auch noch Wegabschnittsgefährtinnen und Mitpilger wiedersehen. Als hätten wir uns in Astorga verabredet, treffen nacheinander Debbie aus Kalifornien und Stefania aus Mexiko ein – beide seit Roncesvalles Gefährtinnen auf dem Weg –, Nathen aus Vancouver, dann Dave, der Australier mit schottisch-italienischen Wurzeln, Alvin aus Toronto, Judith aus Wolfsburg und Tim aus Hamburg, ein Südkoreaner namens Wey und eine Japanerin, deren Namen ich nicht weiß, die aber die schönste Frau ist, die ich auf dem ganzen Camino gesehen habe. Am Abend sitzen zwölf Menschen von fünf Kontinenten an einer langen Tafel im Nebenraum eines Lokals zusammen. Dave, der Australier, ein Herzenskatholik, bittet mich, das Tischgebet zu sprechen. Es ist dieser eine Moment, der mich – für den Rest meines Weges – daran erinnert, was meine Berufung ist: Ich bin Pfarrer und will nichts anderes sein als nur das, mit dem Wort, an einer Zwölfertafel. Das Leben ist vollkommen. Lobe den Herrn, meine Seele.

Kreuzweg oder Loslassen können – Tag 22 (am Cruz de Ferro)

Zweiter Tag der vierten Woche. Noch ahne ich nicht, dass es heute ein »Kreuzweg« wird, dessen Tragweite mir erst später ins Bewusstsein dringen wird.

Im Federbett des fürstlichen Hotels von Astorga habe ich himmlisch geschlafen. Anders als Jörg, mein Bettnachbar und Gastgeber. »Du kannst nichts dafür«, sagt er, als ich aufwache: »Aber deine Kieferschiene bringt nicht viel gegen das Schnarchen …« Ach je, ich hatte es so gehofft, dass diese Schiene, die eine ordentliche Stange Geld gekostet hat, sich positiv auswirken würde. Aber vielleicht lag es ja am Rotwein des gestrigen Abends, dass mein Gaumensegel sich so kräftig aufblähte? Jörg ist nicht nachtragend und wir machen uns früh auf den Weg hinaus aus Astorga durch eine hübsche, hügelige Landschaft.

Die Dörfer werden immer schmucker. Eine Frau hat ihre kleine Kirche geöffnet und freut sich, wenn man darin Kerzen für andere anzündet. Der Weg ist mit eingelassenen Jakobsmuscheln gepflastert, die Bauern winken freundlich von ihren Traktoren. Auch wenn – je näher man dem Ziel kommt – immer mehr Pilgernde unterwegs sind, bleiben die Einheimischen freundlich und auch die Preise in den Gastbetrieben bleiben niedrig. Das scheint eine uralte Tradition zu sein. Schon mein mittelalterlicher Pilgerführer aus dem 12. Jahrhundert schärft den Einheimischen ein, die Pilgernden nicht auszunehmen, sondern ihnen mit Anstand zu begegnen: »Die Pilger, seien sie nun arm oder reich, die vom Grab des hl. Jakobus zurückkehren oder dorthin unterwegs sind, müssen von allen Menschen barmherzig aufgenommen und hochgehalten werden. Denn wer jene aufnimmt und mit Eifer beherbergt, wird nicht nur den hl. Jakobus, sondern den Herrn als Gast haben.«[9]

Jörg und ich sind in Gespräche vertieft und merken gar nicht, wie schnell wir vorankommen. Die Landschaft mit ihren zunächst weiten Feldern und Hecken ändert sich langsam. Die Kirchen grüßen Pilgernde mit Schaufassaden und einwandigen Glockentürmen mit Durchbrüchen für die Glocken. Ihnen fehlt allerdings der Resonanzraum großer Glockenkammern, weshalb das Geläute oft etwas schwachbrüstig und scheppernd daherkommt. Vielleicht singen die Menschen hier schöner? Oft ziert die Spitze des Glockenturms ein Storchennest, das Ende September leider verwaist ist. Ich muss zu einer anderen Jahreszeit noch einmal hierher kommen, denke ich mir. Ab Rabanal del Camino lässt es sich schließlich nicht mehr leugnen: Die Bergkette, die ich vor Kurzem noch in der Ferne gesehen habe, liegt vor uns und verlangt nach Überwindung. Es sind die Berge von León, auf denen einer der berühmtesten Punkte des Camino Francés liegt: das Cruz de Ferro. Die guten Gespräche und die Schönheit der Umgebung sorgen dafür, dass wir, ohne es zu merken, 1500 Meter über dem Meeresspiegel erreicht und 32 Kilometer hinter uns gebracht haben. Eine zweite Blase, wieder am linken Fuß, an der Spitze der Mittelzehe, zeigt sich, schmerzt aber nicht weiter.

Unmerklich wird der herrliche Waldweg nun rechts von einem Drahtzaun gesäumt. Je länger wir an ihm entlanggehen, desto mehr bemerken wir, dass Pilgernde kleine Kreuze aus Holz, aus Kettchen oder Bändern, sogar aus Panzerband in den Zaun geflochten haben. Es sind unzählige kleine Erinnerungsstücke aus dem, was gerade da ist, zusammengesetzt und zum Kreuz gebunden. Sogar ein Auferstehungskreuz, mit nach oben gereckten Querbalken, ist dabei. Das lässt eine eigenartige Atmosphäre entstehen: ein Kreuz-Schwarm wie von Staren in der Luft oder Heringen im Meer, hier im Drahtnetz eingefangen und aufbewahrt. Und dennoch ist kein Kreuz dem anderen gleich, jedes ist das Zeugnis eines Menschen, der es hier eingeflochten hat.

Schließlich kommen wir in Foncebadón an, einem Ort, der zum Ende des letzten Jahrtausends ziemlich verlassen nur mehr aus Ruinen bestand. Vor wenigen Jahren erst wurde er wieder zum Leben erweckt. Seitdem stellt er einen wichtigen Stützpunkt der Pilgerinnen und Pilger dar, der allerdings so klein ist, dass ihm schnell die Betten ausgehen. Wir finden zwei der letzten und sind dankbar, nicht mehr weiterziehen zu müssen. Denn so haben wir Gelegenheit, die zweieinhalb Kilometer zum »Cruz de Ferro« in Ruhe, ohne Rucksack und mit viel Zeit zu gehen. Das Cruz de Ferro (auf Deutsch: Eisenkreuz) ist der Ort, an dem schon in vorchristlicher Zeit Menschen Steine ablegten, Symbol für eine Last, von der sie sich befreien wollten. Viele Pilgernde streben auf diesen Ort zu mit einem Stein im Gepäck, den sie eigens mitgebracht haben, um ihn hier abzulegen. So auch ich. Und auch Jörg. Zwei Steine, zwei Lebensgeschichten, zwei Lasten. Wir wollen uns beide auf den jeweils eigenen Stein konzentrieren und entscheiden uns dafür, getrennt voneinander zu gehen. Ich will erst noch etwas Körperhygiene betreiben und meinen Füßen Reverenz erweisen. Jörg hält es nicht lange aus, er rennt geradezu die zweieinhalb Kilometer zum Kreuz mit den Steinen.

Als ich mich schließlich auf den Weg mache, taucht die Nachmittagssonne die Landschaft in ein atemberaubendes Licht. Das Panorama ist überwältigend: Man blickt bis hinüber nach León, über eine unendlich weit scheinende Ebene, der man geradezu entrückt zu sein scheint. Beim Blick zurück wird mir bewusst, wie weit ich mittlerweile gegangen bin und dass das Ziel meines Weges nun näherkommt, Schritt für Schritt. Aber jetzt steht erst einmal das berühmte Metallkreuz auf dem hohen Holzpfahl vor mir.

> Berge sind auch in biblischen Texten besondere Orte. Von vielen biblischen Figuren wird erzählt, wie sie auf einen Berg stiegen, um dort fern vom Alltagslärm offen zu werden für eine

Begegnung mit Gott. Nicht immer in einem verklärten, spirituell-vergeistigten Sinn. Manchmal auch als Herausforderung, als Prüfung oder gar als Bewahrung. Es gibt so viele Geschichten, über die ich nachdenken möchte. Aber vielleicht ist die wichtigste für mich die Geschichte von der sogenannten Verklärung Jesu, wie sie mein Lieblingsevangelist Markus im 9. Kapitel erzählt. Bei einer »Verklärung« wird eine Person in eine überirdische Sphäre entrückt und gleichzeitig ihr Inneres für andere sichtbar: »Jesus [nahm] mit sich Petrus, Jakobus und Johannes [also seine engsten Jünger] und führte sie auf einen hohen Berg, nur sie allein. Und er wurde vor ihnen verklärt; und seine Kleider wurden hell und sehr weiß, wie sie kein Bleicher auf Erden so weiß machen kann. […] Und es kam eine Wolke, die überschattete sie. Und eine Stimme geschah aus der Wolke: Das ist mein lieber Sohn; den sollt ihr hören! Und auf einmal, als sie um sich blickten, sahen sie niemand mehr bei sich als Jesus allein. Als sie aber vom Berg herabgingen, gebot ihnen Jesus, dass sie niemandem sagen sollten, was sie gesehen hatten, bis der Menschensohn auferstünde von den Toten.« Das, was dort passiert, hatten die Jünger nicht erwartet. Für das, was sie sahen und hörten, hatten sie keine Worte und sie waren sich einig, dass sie damit auch nicht prahlen durften. Was sie aber erfuhren, war wahr, in einem ganz tiefen und geheimnisvollen Sinn. In der Geschichte will Petrus am liebsten gleich auf dem Berg bleiben und die Stelle mit einem Bauwerk markieren, aber Jesus lässt es nicht zu. Man kann es nicht festhalten und wenn man ein Steingebäude darauf errichtet, macht man die Erfahrung zunichte. Ganz klar aber ist, dass den Jüngern hier oben aufgeht, mit wem sie es zu tun haben.

Der Ort, auf dem das Cruz de Ferro steht, wirkt geradezu unscheinbar. Ein Parkplatz mit Bushaltestelle raubt ihm beinahe jede Heiligkeit. Als Ausflugsort für Busreisen wirft er scharenweise Menschen aus, die nur eben schnell ein Selfie machen wollen. Motorradfahrer machen ebenfalls gern Halt. Ich habe aber Glück. Als ich dort eintreffe, ist nur Jörg zu sehen und ein Autofahrer, der eine Drohne mit Kamera fliegen lässt. Sonst nichts, sodass ich mich unbefangen nähern kann. Direkt an den Parkplatz schließt sich ein Steinhaufen an. Ein Hügelchen aus Steinen, vom kleinsten Kiesel bis zum faustgroßen Stein, wenige so groß wie ein Kinderkopf. Auf dem Scheitelpunkt des Steinhaufens ist ein Holzmast, fünf Meter hoch, mit Metallringen aufgerichtet, auf dessen Spitze ein simples kleines Eisenkreuz aufgesetzt wurde. Völlig unspektakulär. Ist das alles? Gut, ich hatte ja schon Fotografien gesehen, aber dann ist es doch ernüchternd. Ich nähere mich, bleibe am Rand des Hügels stehen und betrachte nicht das Kreuz, sondern die Steine. Es müssen Abertausende sein, jeder einzelne Stein von einem anderen Ort auf dieser Welt mitgebracht und hier abgelegt. Mit jedem Stein verbindet sich eine Geschichte, denn fast jede Pilgerin und jeder Pilger ist seit der Abreise zu Hause auf diesen Moment vorbereitet. Manche, die keinen Stein eingepackt haben, packen sich noch einen Stein auf dem Weg ein, manche legen etwas ab, ohne dies mit einem Stein tun zu müssen.

Die Sprachregelung und Sprechweise ist übrigens nicht eindeutig: Manche nennen das Kreuz »Cruz de Hierro«, in der Sprache Leóns heißt es »Fierro«, offiziell sagt man »Ferro«. Uneindeutig ist auch der genaue Ort: Es heißt, die Stelle wurde vor einigen Jahren verlegt. Das würde erklären, weshalb das Kreuz nicht auf dem höchsten Punkt liegt, sondern in Straßen- und Parkplatznähe. Selbst das Eisenkreuz am Ende des Holzmasts ist eine Nachbildung des Originals im Pilgermuseum Astorgas, nachdem Vandalen mehrfach ihr Unwesen trieben. Aber was ist wahr? Was ist Legende? Klar ist nur: Die Steine, die hier zum Haufen aufgeschichtet sind, sind echt, eine Schädelstätte eigener Art, Knotenpunkt unzähliger Kreuzwege.

Es ist nicht das Kreuz auf dem Eichenstamm, sondern der Weg dorthin, der den Camino zwischen Foncebadón und Manjarín zum Kreuzweg macht. Die Stationen, Schritt für Schritt, sind ein Prozess, ein äußerlicher und ein innerlicher. Draußen bläst ein heftiger Wind, denn es ist der Kamm des Gebirges, mehr als 1500 Meter hoch. Und wenn ich es recht bedenke: In mir drinnen stürmt es auch.

Vieles geht mir durch den Kopf. Was lege ich eigentlich dort ab? Muss ich etwas finden, was mich belastet? Gibt es eine Bürde, die mich beschwert? Was ist meine Sünde? Auf dem Weg bis hierher habe ich mit vielen darüber geredet, ob sie einen Stein dabeihaben und wenn ja, warum bzw. wofür. Eine Pilgerin bringt einen harten Brocken von einem anderen Kontinent mit, er steht für ihr Leid infolge einer Vergewaltigung. Einer sammelt auf dem Weg scharfkantige Steine, die er an diesen Ort schmeißen will, um sich von Altem zu trennen. Einer hat keinen Stein, aber jede Menge Schrott im übertragenen Sinn zum Abladen dabei.

Es ist nur ein Hügelchen, aber jedes Steinchen, das den Hügel eins ums andere wachsen lässt, ist ein Brocken im Leben eines Menschen. Wer darüber hinweggeht – was nicht wenige achtlos tun, um ihren Stein ganz in die Mitte an den Stamm zu legen – trampelt auf dem herum, was anderen auf der Seele lastet.

Ich habe von zu Hause einen »Hühnergott« mitgebracht, den Daniel und ich einmal am Meer gefunden hatten. Er ist nicht groß, auch nicht sonderlich schön, aber mit dem Loch, das sich durch Sand und Meeresströmung durch seine Mitte gebohrt hat, unverwechselbar. Schließlich werfe ich ihn, mit klaren Gedanken und Dankbarkeit im Herzen auf den Steinhaufen. Es gibt im Augenblick nichts, was mich drückt, belastet oder mit Schuldgefühlen verbunden ist. Ich denke darüber nach, ob mich noch Trauer beschwert. Das war das Thema der vergangenen fünfzehn Jahre, seit innerhalb kurzer Zeit vier zentrale Männer in meinem Leben starben: zuerst mein Vater an seiner Herzkrankheit, dann Michael Schibilsky, mein Chef und Betreuer meiner Habilitation (die er nicht bis zum Schluss begleiten konnte), an Lungenfibrose, dann mein Mann Jürgen an Krebs und zuletzt mein Bruder Otto an Sekundentod. Die ständigen Krankheiten, Tode und Trauererfahrungen haben sowohl meine Arbeit als Seelsorger in der Palliativarbeit als auch meine akademische Forschung und Lehre bestimmt. Zudem waren sie allesamt Themen meiner bisherigen Bücher. Aber jetzt, hier, heute am Cruz de Ferro fühle ich die Trauer ohne Schmerz und ohne Last. Ich weiß mich vielmehr getragen und getröstet. Ich bin am Leben. Ich habe seit Jahren eine neue Liebe, die auch ihr Auf und Ab kennt, mit Schmerzen und Sorgen verbunden ist, und doch lebt und atmet und bleibt. Ich danke für das Zusammensein mit dem Mann, mit dem ich verheiratet bin und der mich diesen Weg in aller Freiheit gehen lässt. Und ich danke für meinen Beruf, ich danke Gott dafür, dass ich Pfarrer bin. Fürwahr, so heißt es in der Bibel, der am Kreuz hing, trug unsere Last. Wie wahr. Ich muss sie nicht auf ewig selbst tragen.

Ich gehe weg vom Kreuz, auch das noch ein Teil des Kreuzweges. Da ist Jörg vor mir, er ist geblieben, sitzt schon seit zwei Stunden hier. Nun steht er auf. Wir fallen uns in die Arme, ohne Worte, beide von Herzensgrund schluchzend, für einen Moment nur. Ein Hügelchen ist dieser Ort nur, mit einem hässlichen Parkplatz, und doch ist es ein spürbar heiliger Ort. Wir sind wie die Jünger Jesu, die am Berg etwas erleben, das wahr ist. Stefan, der dritte im Bunde schickt just in dem Moment eine SMS: mein 59-jähriger Pilgergefährte seit nunmehr drei Wochen, der fest in der Bikerszene verwurzelt ist. Er hat ausdrücklich erlaubt, dass ich ihn zitiere.

»Lieber Traugott, lieber Jörg
[…]
Als ich beim Cruz de Ferro ankam hat eine Pilgerin, ich weiß gar nichts von ihr, das heulende Elend erstmal in den Arm genommen. Mein absolut emotionalster und schönster Tag.
Hoffe, euch geht es gut, wenn der alte Mann das schafft, dann schafft ihr jungen Hüpfer das auch.
[…]
LG Stefan
Buen Camino«

Später, beim Wiedersehen wird er erzählen, wie ihm, als er sich völlig alleingelassen fühlt, eine Gruppe brasilianischer Frauen entgegenkommt. Eine fängt ihn auf, als er von Gefühlen überwältigt wird, die er bis dahin nicht kennt. Frauen unter dem Kreuz, die die Tränen der Männer trocknen, die da sind und nicht weichen. Es ist eine alte Geschichte.

Jörg und ich sitzen jeder für sich, etwas entfernt voneinander und doch nebeneinander und lassen den Ort wirken. Nur noch wenige pilgern vorbei. Ich lehne mich an einen Baum, schreibe eine Nachricht an Daniel und bin still. Ich weiß, dass ich diese Momente als einen der glücklichsten Momente meines Lebens erinnern werde. Muss ein Kreuzweg immer schwer sein?

Zwei Tage später dann weiß ich, was ich am Cruz de Ferro dem Kreuz zu Füßen gelegt habe. Es ist mein verstorbener Mann Jürgen. Den Ring, den er mir an den Finger steckte, als wir wussten, wir bleiben zusammen, bis der Tod uns scheidet – heiraten durften zwei Männer damals ja nicht –, und in den wir eine Woche vor seinem Tod das Datum unserer kirchlichen Segensfeier eingravieren ließen, habe ich bis hierher getragen, dreizehn Jahre über seinen Tod hinaus. Ich habe ihn nicht abgelegt, als mir Daniel einen Ring an denselben Finger steckte. Daniel war immer etwas traurig, dass ich mich vom ersten Ring nicht trennen konnte. Jetzt, wo ich am Kreuz weiß, dass Jürgen von einer größeren Liebe umfangen ist, kann ich ihn gehen lassen. Ich nehme den Ring ab, Jürgen braucht ihn nicht mehr. Die Trauer bleibt, aber sie tut nicht mehr weh. Wir werden uns wiedersehen. Dort, wo es keine Kreuze mehr gibt.

Lektionen in Gastfreundschaft – Tag 23 und 24 (auf dem Weg von Foncebadón nach Ponferrada)

Zwei Wandertage liegen nun hinter uns seit dem Cruz de Ferro. Ich gehe nicht mehr allein. Nun bin ich meist mit meinen Pilgerfreunden Stefan und Jörg unterwegs, von Foncebadón an auch mit Judith aus Wolfsburg und etwas später mit dem jungen Tim aus Hamburg. Das Wetter hat sich geändert. Es ist deutlich kälter und wolkiger, als wir den Abstieg angehen. Wir starten bei stürmischem Wind und sehr kalten sechs Grad. Lange Funktionswäsche ist notwendig, das Halstuch wird zum Ohrenwärmer. Noch einmal kommen wir im Morgengrauen am Cruz de Ferro vorbei, hinter uns die wolkenverhangene unendlich scheinende Landschaft Leóns. Erste Sonnenstrahlen blitzen durch einen klitzekleinen Wolkenschlitz zwischen Himmel und Erde.

Am Cruz de Ferro herrscht hektisches Treiben. Viele morgendliche Pilgerinnen und Pilger lassen ihre LED-Strahler vom Stirnband nervös über die Steine auf dem Berg der Bürden gleiten. Die im Finstern körperlosen Kopfleuchten flitzen wie hypernervöse Glühwürmchen hin und her über den Steinhügel, ihr Lichtstrahl gleitet mit kaltem Licht über die Haufen von Steinen hinweg. Nicht mehr viel ist zu spüren, dass jeder Stein für eine Last dort liegt. Eine eisige, unbarmherzige Atmosphäre. Ich bin froh, dass ich gestern in Stille und wärmendem Abendlicht hier war. Mit meinen Kameraden ziehe ich zügig weiter.

Beim nächsten Ort Manjarín, einem kleinen Weiler, hat sich ein Pilger niedergelassen und eine Herberge eingerichtet, die das Leben der Tempelritter feiert, indem alles so eingerichtet ist, wie es in früheren Jahrhunderten war, einschließlich der Sanitäranlagen. Man kann dort, bei Tomás, auch übernachten. Michael aus Saarbrücken und die beiden französischen Brüder haben das getan und erzählen beeindruckt, wie rustikal es dort ist, vielleicht nicht schön, aber zumindest einprägsam. Am Eingang zur Herberge sind viele Wegweiser an einem Pfahl übereinander angeschlagen. Sie weisen den Pilgernden nicht nur die Richtung der Orte, sondern auch die Distanzen – 5000 Kilometer sollen es bis Jerusalem sein, 1785 Kilometer bis in die Südpfalz, bis Mexiko sind es 9636 Kilometer. Ob das Luftlinien-Kilometer oder Fantasie-Angaben sind? Mir reichen schon die etwas über 30 Kilometer, die an diesem Tag vor uns liegen und die zunächst recht schnell 900 Höhenmeter bergab führen. Es braucht viel Konzentration, weil der Weg sehr uneben ist und zum Teil aus vertikal stehenden Schieferplatten besteht, über deren scharfe Kanten man besser nicht stolpern sollte. Wann immer man den Blick geradeaus richtet oder zur Seite in die Ferne schaut, blickt man über die Gipfel der Bergkette. Eine reiche, von üppigen Wäldern bewachsene Landschaft, die Kargheit der Meseta ist endgültig überwunden, vor uns scheint ein Land zu liegen, in dem Milch und Honig fließen. Oder besser: Wein. Und davon reichlich und von bester Güte, wie sich schon bald zeigen wird.

Weiter geht es durch malerische Dörfer mit gepflegten Häusern und Kapellen, aus Natursteinen gemauert, die so auch in den Winzerdörfern der Pfalz oder des Elsass stehen könnten. Es wirkt wie eine Filmkulisse. Dazwischen immer wieder grüne, fruchtbare Täler mit Eichen und Edelkastanien. Mehrfach bleibe ich stehen und nehme ein Foto mit der Handykamera auf, als könnten sich nicht nur meine Augen, sondern auch meine Hände nicht sattsehen. Eines der Täler wird »Nachtigallental« genannt, und tatsächlich ist viel mehr Vogelgesang zu hören als in den letzten Tagen. Mein Jägerfreund Jörg stellt sich in den Wind und nimmt einen tiefen Atemzug durch die Nase. Er wittert, dass Wildschweine in der Nähe sein müssen. Kurz darauf kreuzt eine Hirschkuh eine Lichtung. Die Wildschweine halten sich fern, aber der aufgewühlte Boden unter Hagebutten- und Brombeersträuchern ist eine untrügliche Spur ihrer nächtlichen Fressorgien.

Weil wir uns beim Abstieg weiterhin konzentrieren müssen, werden nur wenige Gespräche geführt. Der Kopf braucht nach den vielen Gedanken und Emotionen der letzten Etappen eine Verschnaufpause. Nach einer Mittagsrast mit Cerveza lemón, Pimientos (den kleinen gebratenen scharfen Paprikaschoten) und Miesmuscheln schottischer Art (in einer tomatigen Soße) nehmen wir die letzten acht Kilometer nach Ponferrada in Angriff. Dort hat uns Stefan in ein Apartment eingeladen, dessen Balkon direkt zur Templerburg aus dem Hochmittelalter ausgerichtet ist.

Das Abendprogramm ist schnell geklärt: nach duschen, Wäsche, Apéro ein Schnellrundgang durch die Templerburg, Blasenpflaster kaufen in der Apotheke, Geld abheben und Einkäufe für ein Mittagspicknick am nächsten Tag erledigen. Nach der Pflicht kommt die Kür: ein eingehendes Studium der uns noch fremden Kultur der Region

Bierzo, die vor uns liegt. Ich hatte noch nie von dieser Region gehört, aber sie wird ihrer Landschaft und ihres Weines wegen zu meinem Lieblingsabschnitt des Camino Francés. Der Wein ist erstklassig, überall hier ökologisch angebaut, was man den Weinbergen ansehen kann. Zwischen den Reben wachsen allerhand Kräuter und Gräser, die Stöcke sind viel niedriger als in der Rioja und lassen sich nicht maschinell ernten. Rosenstöcke blühen und sind zugleich ein Frühwarnsystem gegen Pilzbefall. Erst die junge Winzergeneration hat den Bierzo als Weinanbaugebiet wieder stark gemacht, alte Weinstöcke und Sorten rekultiviert und in Höhen zwischen 500 und 1000 Metern angepflanzt. Geschützt durch die Berge Leóns, die wir gerade überwunden haben, sowie die Berge auf der Grenze zu Galicien und im Norden zu Asturien, ist die Region Bierzo mit weinfreundlichem Mikroklima gesegnet: genügend Regen aus Richtung Meer, vor starkem Wind geschützt durch die Berge und viel Sonne, die die fruchtbaren Böden in den Tälern und die schiefrigen und kalkigen Böden in den Höhenlagen bescheint. Neben saftigen Weintrauben gibt es Obst aller Art, Feigen in vielen Varianten, Äpfel, sogar Granatäpfel.

Die Käseplatte, die wir zu einer Flasche roten Viñademoya 2016 bestellen, ist mit Feigen dekoriert und wird später durch frittierte Tintenfische und gebratene Lammleber ergänzt. Wir drei sind, vom köstlichen Genuss angefeuert, ausgelassen, besprechen aber auch, wie es nach der Rückkehr in das normale Leben weitergehen wird, was wir anpacken wollen. Die Läuterung des psychischen Camino und der Geist des spirituellen Camino wirken. Es liegt nicht nur am Wein, dass wir selig nach Hause gehen.

Am nächsten Morgen nähern wir uns der 200-Kilometer-Marke des Jakobswegs bis Santiago. 600 Kilometer zu Fuß über Berg und Tal, Meseta, Stein und Sand sind geschafft. Bislang ist keine Langeweile aufgekommen, jede Region überrascht mich durch ihr eigenes Gepräge.

Vor allem die Bewohner der Region Bierzo beeindrucken mich durch ihre Gastfreundschaft. 300000 Menschen pilgern hier Jahr für Jahr durch ihre Orte, aber sollten die Bewohner genervt oder auch nur gelangweilt von den Rucksackträgern sein, die in endloser Folge einer nach der anderen auf derselben Straße an ihren Häusern und Läden vorübergehen, dann zeigen sie es nicht. Sie verdienen kaum etwas an den Wandersleuten, die keine Souvenirs kaufen, die für eine Übernachtung in der Regel nur zwischen 5 und 8 Euro ausgeben und die den herrlichen Wein nur Gläserweise trinken. Keiner kann eine Kiste davon in einen Kofferraum packen. Ich nehme mir fest vor, später bei meinem Münsteraner Weinhändler nach Bierzo zu fragen. Jedoch, zu Hause in Deutschland angekommen, merke ich, dass selbst ausgesuchte Weinhändler die Region kaum kennen. Neben den großen, dominanten spanischen Regionen ist der streng ökologische Tropfen noch unentdeckt. Vielleicht trinken sie ihn lieber selbst oder teilen ihn mit den Pilgernden? Die Gasthäuser und Bodegas schenken ein Glas Wein mit feiner Qualität oft für 1,50 Euro voll und legen dann sogar noch eine schmackhafte Beilage dazu.

Wir passieren Cacabelos, eines der malerischen Winzerdörfer. Das Gasthaus »Moncloa de San Lázaro«, das der gehobenen Preisklasse zuzurechnen ist und eine eigene Bodega besitzt, ist unter Pilgerinnen und Pilgern gut bekannt. Wenn man eintritt und – auf Spanisch natürlich – sagt: »Habt ihr für einen bald vor Durst sterbenden Pilger etwas zu trinken, por favor?«, erhält man ein Glas des hiesigen Tropfens und eine Tortilla geschenkt.

Unser Pech ist allerdings, dass die Uhr bei unserer Ankunft erst halb elf zeigt und es für ein Glas Wein definitiv zu früh ist. Wir beschließen, für die Mittagsrast einfach eine Flasche Rotwein zu kaufen. Weil wir im Rucksack aber außer unseren Jakobsmuscheln keine Gefäße dabeihaben, wollen wir kleine Becher kaufen. Die beherzte Kellnerin, die mit ihren sinnlichen Rundungen aus einem Gemälde Botticellis entstiegen sein könnte, schenkt uns prompt drei gläserne Becher und gibt jedem noch dazu einen dicken Schmatz auf die Wange. Wir sind schon fast aus dem Laden raus, da läuft sie uns hinterher und reicht uns eine frische Tortilla in einer Pappschachtel hinterher, noch ein Bussi links und rechts: »¡Buen Camino!«

Im Alten Orient und im gesamten Mittelmeerraum der Antike galt Gastfreundschaft als eine Tugend. In einer Zeit, in der Fremdlinge nicht mit einer funktionierenden Infrastruktur von Gasthäusern und Herbergen rechnen konnten, war Gastfreundschaft die einzige Garantie für Schutz vor Wetter, Feinden und Hunger. Schon die Worte für »Gast« im Hebräischen gehen auf die Verben *hlk* oder *'rḥ* zurück, das heißt, »laufen« oder »unterwegs sein«, »wandern«. Wer den Fremdlingen sein Haus oder Zelt für eine Nacht anbietet und ihnen Essen zubereitet, gilt als gottesfürchtig. Kein Wunder, dass manche Geschichten sogar davon berichten, dass Engel oder gar Gott selbst in Gestalt vorbeiziehender Fremder zu Gast sind. Die Gastgeber erwarten nichts von den Gästen, sie rechnen mit nichts und geben manchmal mehr, als sie eigentlich können. Zu den Pflichten des Gastes gehört allerdings, dass er die Gastfreundschaft nicht *über*strapaziert – also länger bleibt, als er muss – und dass er die Freundschaft auch als solche wertschätzt und nicht für selbstverständlich hält. In einer berührenden Geschichte im Alten Testament wird erzählt, dass der Prophet Elia einmal einer Witwe begegnet und sie um ein wenig Wasser im Gefäß bittet. Weil sie so nett ist, bittet er auch um ein Stück Brot. Er scheint sehr hungrig zu sein, denn die alleinerziehende Mutter (sie kann nicht alt gewesen sein) erklärt ihm, dass sie gerade Brot für ihren Sohn backen wollte. Elia drängt sie, erst ihm etwas zu geben und dann ihrem Sohn. Wahrscheinlich will er gleich weiter. Die Frau tut, worum er bittet. Elia scheint es dort gut zu gefallen, er bleibt ein paar Tage. Da muss er miterleben, wie der Junge sterbenskrank wird und ihm der Atem schwindet. Das kann doch nicht sein, sagt sich Elia, das kann Gott doch nicht zulassen. In seinem Gebet beruft er sich auf die Gastfreundschaft der Mutter: »HERR, mein Gott, tust du sogar der Witwe, bei der ich ein Gast bin, so Übles an, dass du ihren Sohn tötest?« Was soll Gott anderes tun als »Und der HERR erhörte die Stimme Elias, und das Leben kehrte in das Kind zurück, und es wurde wieder lebendig.« (aus dem 17. Kapitel des 1. Buch Könige). Auch im Neuen Testament steht Gastfreundschaft hoch im Kurs. »Gastfrei zu sein vergesst nicht; denn dadurch haben einige ohne ihr Wissen Engel beherbergt.« (aus dem Hebräerbrief, 13. Kapitel) Engel sind wir bestimmt nicht, aber ich hoffe für die Menschen des Bierzo sehr, dass ihnen reich vergolten wird, wie sie den Menschen gesinnt sind.

Als es endlich Mittag ist, setzen wir drei uns zu einem Picknick auf eine Bank. Die Tortilla und der Wein ergänzen vorzüglich das, was wir miteinander teilen. Ein Bauer auf einem kleinen Traktor hält an und reicht uns von seinem Anhänger noch dazu Äpfel und Weintrauben.

Der Camino verändert die Menschen. Stefan nutzt den Augenblick und sagt, er habe für jeden von uns etwas. Warum länger damit warten? Er packt ein Geschenk für Jörg und eines für mich aus seinem Rucksack: »Someday is today!« Mir schenkt er einen LED-Kugelschreiber, wie er ihn manchmal in der Frühe zum Ausleuchten des Weges nutzt. Unsere Gespräche hätten ihm ermöglicht, in manche Dunkelheit zu schauen und sie auszuleuchten. Ich weiß, was er meint, und danke ihm. Für Jörg hat er ein Kreuz ausgesucht, einen Anhänger. Es ist das erste Kreuz, das Jörg in seinem Leben geschenkt bekommt. Stefan hat gar keinen kirchlichen Hintergrund und wurde auch nicht getauft. Jetzt ist er es, der ein Kreuz verschenkt. Er überrascht uns alle, und ich glaube, sich selbst am allermeisten.

Auch ich habe den beiden etwas mitzuteilen. Denn es ist genau in diesem Moment, dass ich weiß, was ich am Cruz de Ferro hinter mir lassen konnte. Ich erzähle es ihnen. Es ist wieder eine dieser Mahlgemeinschaften des Jakobswegs, die mir wie eine Pilgermesse vorkommen.

Gestärkt setzen wir den Weg fort, bei starker Sonne und nehmen einen Umweg auf uns, abseits der Bundesstraße, durch Weinberge und kleine Dörfer. Wir können wie im Schlaraffenland Früchte von riesigen Feigenbäumen am Wegrand pflücken, sie sind reif und süß wie aus einem Konfitürenglas. Der Blick in die Umgebung präsentiert uns Panoramen, als wanderten wir durch einen Reisekatalog. Weiß getünchte Kirchen im Schatten hoher Pinien, auf kleinen Anhöhen, deren Seiten von Weinbergen überzogen sind. Im Hintergrund die Gipfel der Mittelgebirge. Der Bierzo ist schön wie die Toskana, die Schweiz und Südtirol in einem. Trunken von Schönheit wird man an einem solchen Tag. Keine Landschaft auf dem Jakobsweg kommt ihm gleich, finde ich.

Ziel des Tages ist das »kleine Santiago«, eine Stadt namens Villafranca del Bierzo. Wenn Pilger damals von den Strapazen des bisherigen Weges am Ende ihrer Kraft waren und die Anstiege der nächsten Etappen nicht mehr lebend zu überstehen drohten, dann kamen sie in einem Hospiz unter, in dem sie gepflegt wurden und versorgt sterben konnten. Deshalb erhielten sie schon hier in einer uralten romanischen Kirche mit beeindruckendem Portal, der Puerta del Perdon, ihre Compostela, den vollständigen Ablass ihrer Sünden. Auf einem nahegelegenen Friedhof wurden sie dann beerdigt. Unsere Herberge »Ave Fenix« ist sehr einfach und wird von Ehrenamtlichen betreut, die ausschließlich Spanisch sprechen. Ihr altes Gemäuer aus Natursteinen umgrenzt einen sonnendurchfluteten Innenhof mit Becken für die Handwäsche der verschwitzten Kleidungsstücke, Wäscheleinen und Sitzgelegenheiten. Die Schlafsäle reichen bis in einen Dachstuhl mit eindrucksvollen Balken. Einfache Duschen bieten Erfrischung und in einem großen, geräumigen Speisesaal setzen sich die hungrigen Gäste an mehrere langen Tafeln und schöpfen Suppe aus großen Schüsseln. Die Herberge steht direkt neben einer alten Kirche mit einem beeindruckenden gotischen Nordportal, dessen fünf Säulenbögen eine leider verschlossene Holztür mit uralten Nägeln rahmen. Es ist vollständig erhalten und flößt mir ordentlich Ehrfurcht ein, mit Betonung auf Furcht. Wenn sich die Türflügel dieses Portals öffnen, dann nicht ohne Grund. Und wenn sich die Türflügel schließen, dann auf Dauer. Man kann sich vorstellen, wie in dieser Herberge sterbenskranke Pilger Aufnahme fanden, ein letztes Mal auf die Gastfreundschaft der Einheimischen und Pflegeorden angewiesen, bis sie an die Holztüre klopfend ihre letzte Reise antraten, dank der kleinen Compostela ohne Angst vor höllischen Strafen, befreit von allem Ballast und liebevoll umsorgt. Jetzt verstehe ich zum ersten Mal mit allen Sinnen, weshalb die moderne Hospizbewegung sich auf die Tradition der Pilgerhospize beruft und weshalb Patientinnen und Patienten als Gäste bezeichnet werden.

Das erinnert mich an Erlebnisse während meiner Zeit als Seelsorger auf einer Hospizstation. Für manche Patientinnen und Patienten war das Erreichen bestimmter Ziele lebenswichtig oder heilsentscheidend – zumindest entscheidend für ihr Wohlbefinden und das Finden inneren Friedens. Im Herbst nannten manche »Weihnachten« als das Ziel, das sie noch erleben wollten, im Kreis der Lieben, mit den Kindern, sogar mit Ehepartnern, von denen sie längst geschieden waren. Wenn die Krankheit sehr aggressiv voranschritt, waren die Aussichten, den 24. Dezember noch zu erleben, sehr gering. Dann richteten wir, die Pflegekräfte und alle anderen auf Station, es gemeinsam mit der Familie so ein, dass wir den Heiligen Abend einfach nach vorn verlegten und Weihnachten eben schon im November stattfinden ließen. Im Angesicht der Ewigkeit sind Daten und Koordinaten doch sehr relativ.

Auch wenn ich mich im Augenblick nicht siechend fühle, gehe ich auf das letzte Angebot der Gastfreundschaft an diesem Tage ein. Ein örtlicher Physiotherapeut bietet in einem Zimmer der Herberge eine Massage an. Eine knappe Stunde knetet er meine Waden, Füße, Schultern, Nacken und Rücken und fragt lediglich nach einer Spende. Sein Einkommen hat er, da er regelmäßig in einem Gesundheitszentrum Madrids seinem Beruf als Physiotherapeut nachgeht. Hier verlangt er nichts. Manche Pilgerinnen und Pilger können sich keine Massage leisten, andere können dafür mehr geben. Der junge Mann, der mit seiner Familie in Villafranca del Bierzo wohnt, übt seine Kunst mit Können aus. Ich wusste nicht, wie dankbar meine Muskeln und Gelenke sein würden.

Ich bin mir sicher, dass der Pilgerführer aus dem 12. Jahrhundert eine Herberge wie die in Villafranca del Bierzo vor Augen hatte, als er zu einem Loblied anstimmte: »Diese Häuser sind dort errichtet, wo sie nötig waren; es sind heilige Orte, Häuser Gottes, den Pilgern zur Erquickung, den Ermatteten zur Ruhe, den Kranken zum Trost, den Toten zum Heil und den Lebenden zur Hilfe.«[10]

Höhe machen! – Tag 25

Stefan geht diesen Tag allein an und wählt den Weg entlang einer dicht befahrenen Nationalstraße. Hape Kerkeling hat diese Straße in seinem Buch ausführlich beschrieben. Hier rasen die Autos in einem Affenzahn um Haaresbreite an den Pilgern und Pilgerinnen vorbei. Es muss wohl auch Todesfälle gegeben haben, weshalb inzwischen eine hässliche, aber nützliche Betonmauer den Fußweg und die Autostraße trennt. Dennoch ist es laut und, weil die Straße im Tal verläuft, mit Abgasen verpestet. Ich schließe mich Jörg an, um die längere Nebenroute zu gehen. Die ist allerdings körperlich fordernd: Sie beschert uns 450 zusätzliche Höhenmeter hinauf und ebenso viele wieder hinunter, ergänzend zu 800 Höhenmetern himmelwärts später, am Nachmittag. Nicht umsonst wird diese Strecke der »Camino Duro« genannt – »der harte Weg«. Die Entscheidung müssen wir bereits in der Ortsmitte von Villafranca del Bierzo treffen. Ein paar Schritte nach einer Brücke über den Río Búrbia geht es einen Kilometer eine Rampe extrem steil empor. Der Blutdruck schnellt in die Höhe, der Puls rast, der Schweiß rinnt, und wir sind noch keine Stunde unterwegs. Aber was wäre die Alternative? Umdrehen und überfahren werden?

Oben, auf dem Kamm einer kleinen Hügelkette angekommen, werden wir mit einem Blick über das ganze Tal entlohnt, leider kein malerischer Sonnenaufgang, sondern recht wolkenverhangen. In das enge Tal ist neben der Nationalstraße noch eine Autobahn gezwängt, der Lärm ist bis hier oben zu hören. Aber auf dem Kamm fühle ich mich frei. Die Gegend hier ist ganz anders als gestern. Es wirkt geradezu alpin, die Nebenroute zum Jakobsweg ist ein Pfad, wie ich ihn vom Bergwandern kenne. Charakteristisch sind hier allerdings die Wälder aus Esskastanien, deren Ernte kurz bevorsteht. Allmählich ist es Zeit für einen Kaffee, den ersten des Tages. Es gibt ihn im einzigen Bergdorf weit und breit, in einer kleinen, privat geführten Herberge. Während wir hineingehen und um eine Tasse Kaffee bitten, verlassen die letzten Übernachtungsgäste ihr Quartier. Die familiäre Atmosphäre ist mit Händen zu greifen, es fühlt sich an wie in der Küche meiner verstorbenen Tante Paula. Sie betrieb mit ihrem Mann Otto eine Mühle nahe Donauwörth. Wenn ich mit Schulkameraden und Freundinnen eine Radtour machte, konnte man bei ihr ohne Umstände übernachten und saß in der Küche bei schwäbischen Gerichten und frischem Kaffee. Ich fühle mich sofort wie zu Hause und scheine damit nicht der Einzige zu sein. Jörg kommt ins Gespräch mit einem jungen Pilger, der aussieht wie ein Jesus bei den Oberammergauer Passionsspielen.

Camino-Original **Leche – gestrandet auf dem Weg**
Jörg und ich nennen ihn, mit etwas Boshaftigkeit, »Leche«, also Milch. Lange braune Haare fallen ihm über die schmalen Schultern, sein Kinn ziert ein sorgsam von den eigenen zarten Händen immer wieder gestreichelter Flaum, der in absehbarer Zeit ein Bart werden könnte. Er wolle heute hierbleiben, er fühle sich nicht so gut, spüre eine Erkältung aufziehen, habe schon eine Fiebernacht hinter sich. »Ich bleibe noch hier«, sagt er und nippt vom Tee, den ihm die Herbergsmutti mit frischem Thymian aus ihrem Gewürzgarten gebraut hat. Er ist seit Mitte August unterwegs von Saint-Jean-Pied-de-Port, also schon einen Monat länger als wir. Die ersten zehn Tage sei er wie seine Freunde auch normale Tagesetappen gegangen. Dann merkte er, dass es ihm zu schnell geht. Jeden Tag läuft er seitdem halb so viel wie am Tag vorher. Einmal sogar nur zwei Kilometer, als ihn eine Familie zum Essen einlud. Zu Hause in Hamburg habe er den Job gekündigt, seine Wohnung geräumt, seine Sachen irgendwo auf einem Speicher verstaut. Und seine Beziehung sei zerbrochen. Seine Stimme ist sanft wie Milch mit Honig (deshalb unser Spitzname). Nun überlege er, ob er sich nicht mit einem Amerikaner um die bisher verschlossene Kapelle am Cruz

de Ferro kümmern will. Es ist ihm anzumerken, dass er eigentlich gar nicht in Santiago ankommen möchte, sondern am liebsten irgendwo in diesen Hügeln hängen bliebe. Die Compostela-Urkunde müsse er sich halt doch noch besorgen, um sie später in seinen Laden hängen zu können als Authentizitätszeugnis. So wie die Herbergsmutter zur Regression lädt, wird er nicht der Erste und nicht der Letzte sein, der den Rückweg in die verlorene Heimat nie mehr antritt.

> »Leche« lebt das, was einer der größten Liedermacher des Christentums in Verse gereimt hat. Wenn ich diesen nachsinne, erkenne ich, dass Leche eigentlich eine spirituell tiefe Erfahrung lebt. Paul Gerhardt dichtet in seinem Choral »Ich bin ein Gast auf Erden« etwas, was die innersten Gedanken des jungen Mannes mit dem Milchbart sein könnten:
> » […] die Welt bin ich durchgangen, dass ich's fast müde bin. / Je länger ich hier walle, / je wen'ger find ich Freud, / die meinem Geist gefalle; / das meist ist Herzeleid.
> Wo ich bisher gesessen, / ist nicht mein rechtes Haus. / Wenn mein Ziel ausgemessen, / so tret ich dann hinaus; / und was ich hier gebrauchet, / das leg ich alles ab, / und wenn ich ausgehauchet, / so scharrt man mich ins Grab.«

Nach dem Kaffee ziehen wir weiter. 400 Höhenmeter geht es nun sehr steil in Kehrtwendungen bergab, bis der Pfad doch auf der gefürchteten Nationalstraße landet und ihr zwölf Kilometer folgt. Als wir diese endlich verlassen, um in ein anderes Tal mit Forellenteichen und saftigen Kuhweiden zu gehen, landen wir an der krönenden Herausforderung der heutigen Killeretappe. 800 Höhenmeter geht es gnadenlos bergan. Es gibt wohl Pilger und Pilgerinnen, die ein Pferd mieten, um sich bis nach O Cebreiro tragen zu lassen. Wir sehen vier Pferde, die müde vom Berg zurück ins Tal trotten. Man flüstert unter den Herbergsgästen im Umland, dass die Reitpferde nicht sonderlich gut gehalten werden. Die Wege wirken sehr unsicher, lockere Steinbrocken lassen am sicheren Tritt zweifeln –

dem eigenen sowie dem Huf eines der Reittiere. Das Reiten auf Pferden ist für uns keine Alternative.

Der Anstieg scheint kein Ende zu nehmen. Jeder Brunnen bietet willkommene Kühlung von Kopf, Hals und Armen. Die Trinkflaschen werden mehrfach gefüllt und die kurzen Verschnaufpausen häufen sich. Als wir vier Kilometer vor Erreichen des Zieles kurz an einer Natursteinmauer rasten, knipst Jörg ein Foto von mir. Ich lehne an der moosbewachsenen Mauer, hinter mir ein Baum, der um die 800 Jahre zählen und vielfach gestutzt sein dürfte. Der dicke Stamm treibt immer wieder neu aus, ein Zeichen der Durchhaltekraft. Unter dem Schatten seines Laubes sitze ich völlig ermattet, lasse die Arme hängen, habe den verschwitzten Schlapphut vom Kopf genommen und lasse auch sämtliche Gesichtsmuskeln hängen. Irgendwie sehe ich älter aus als der Baumgigant hinter mir. Es ist die körperlich härteste Etappe. Alles in allem sind es an diesem Tag 35 Kilometer, 49000 Schritte. Aber dafür geht mein linker Blasenfuß endlich wieder beschwerdefrei.

Schließlich queren wir die Grenze zu Galicien und sind am späten Nachmittag endlich am Ziel in O Cebreiro, einem Dorf auf 1300 Metern Höhe, das aussieht wie das Heimatdorf von Asterix und Obelix: runde, gedrungene Steinhäuser mit Strohdächern und eine ebenso gedrungene Steinkirche, die älteste Kirche auf dem Jakobsweg, die bis in das 9. Jahrhundert nach Christus datiert ist und Ort eines Wunders sein soll. Zweieinhalbtausend Jahre schon siedeln hier Menschen, was mich nicht überrascht, wenn ich den Blick in alle Himmelsrichtungen lenke. Auf der Mauer, neben einer Sirene aus Bronze, sitzt Bademantel-Bob, der die Szene genauso zu genießen scheint.

Camino-Original **Bademantel-Bob**

Der Typ hat sogar einen eigenen Instagram- und Facebook-Kanal, auf dem er Bilder postet, wo auf der Welt er gerade unterwegs ist und was er erlebt. »Bathrobe Bob« ist eine Berühmtheit auf unserem Camino. Unter den Pilgerinnen und Pilgern wird überall schon von ihm erzählt, bis man ihn dann wirklich sieht, den jungen Kerl, Ende zwanzig vielleicht, der aus San Diego in den USA stammt. Er geht den gesamten Camino – und nicht erst den Camino, sondern seit Jahren auch andere Wege – in einem Bademantel und in Schlappen, als käme er eben erst aus der Dusche. Seit einiger Zeit trägt er auch noch einen indischen Wickelrock, den er von irgendwem geschenkt bekam. Einen Rucksack sehe ich nie an ihm, nur einen Stock in der Hand. Seine dichten dunklen Haare und der Flaum am Kinn machen trotz allem einen einigermaßen gepflegten Eindruck. Er scheint für sich zu sorgen und die Fürsorge seiner Jüngerinnen und Jünger – denn solche sammelt er um sich – annehmen zu können. Später in Santiago begegnen wir uns wieder und haben Gelegenheit für ein längeres Gespräch. »Warum und seit wann machst du das schon?«, frage ich ihn. Es ist nicht – wie ich zunächst vermutete –, weil er seinem sterbenden Vater versprochen hat, seinen Bademantel auszuführen. Er sagt, er gehe seit acht (!) Jahren nur noch so herum. Einfach, weil es so »comfy« sei, so bequem. Bob ist einfach easy, ziemlich sogar. In Santiago vertieft er seinen Comfy-Zustand mit reichlich Bier und Räucherwerk. Morgens um drei finde ich ihn etwas verloren an einer Häuserecke, er wisse nicht mehr, wo seine Unterkunft sei und wie er dahin gelange. Aber statt panisch wirkt er reichlich entspannt. Sein Lebensmotto könnte die unvergessliche Hildegard Knef gesungen haben: »Für mich soll's rote Rosen regnen!« Und es scheint, als täte es genau das – Bob wirkt bei jeder Begegnung, als habe er soeben den Hauptpreis gewonnen.

Jörg und ich schicken eine Nachricht an Stefan, von dem wir vermuten, dass er in der Nähe der Forellenteiche ein Quartier bezogen hat und den harten Aufstieg nach O Cebreiro morgen in Angriff nehmen wird. Nachdem wir eines der wenigen verbleibenden Betten in einer Herberge ergattert haben, gehen wir hinüber in die alte Iglesia Santa Maria, um an der Pilgermesse teilzunehmen, von der ich gleich in einem eigenen Kapitel berichten muss. Denn statt eines Hostienwunders erlebe ich ein ökumenisches Wunder.

Der Pilger lebt nicht vom Brot allein

Das pulsierende Herz meiner Pilgererfahrung sind die vielen neuen Begegnungen mit der christlichen Mahlfeier. Das umfasst mehr als frommen Hostienverzehr, aber auch dieser gehört dazu. In O Cebreiro erleben Jörg und ich eine für uns stimmige Eucharistiefeier, die die Gottesdienstgemeinde untereinander und mit ihrem Stifter verbindet. Sie ist der vorläufige Höhepunkt aller Mahlgemeinschaften, die als geheime Liturgie meine Reise von Anfang bis zum Ende bestimmen und immer gerade dann an den spirituellen Camino erinnern, wenn sich der physische oder der psychische in den Vordergrund zu schieben versuchen. Das Angebot der Pilgermessen an vielen verschiedenen Orten ist ein wichtiger Dienst. Dabei muss berücksichtigt werden, dass viele, ja, die meisten Pilgernden nicht mehr mit der kirchlichen Abendmahlsfeier vertraut sind. Die Gemeinden der Pilgermessen sind sehr heterogen zusammengesetzt oder anders gesagt: Es ist ein bunter Haufen, der sich da einfindet, aus aller Herren Länder, aus vielen Religionen und Weltanschauungen und mit sehr unterschiedlichen Lebensstilen. Das ist aber nicht immer im Bewusstsein derjenigen, die zur Messfeier einladen. Meine eigenen Erfahrungen sind ambivalent, um es vorsichtig zu formulieren.

Am Portal der schlichten und altehrwürdigen Dorfkirche von O Cebreiro steht schon lange vor 19 Uhr ein junger und gutaussehender Franziskanerpater und begrüßt jede Pilgerin und jeden Pilger mit Handschlag. Heute ist Franz von Assisi der Heilige des Tages, was vielleicht das Strahlen des Paters erklärt. Vielleicht strahlt er aber einfach auch nur deshalb, weil er sich freut, dass seine Kirche – während er wenige Wochen lang den Dienst hier oben verrichtet – jeden Abend zum Bersten gefüllt ist. Die persönliche Begegnung erlaubt einen kurzen Gedankenaustausch. Ich frage ihn, ob ich als lutherischer Christ am Abendmahl teilnehmen dürfe. Er bejaht dies nicht nur, scheinbar verwundert über meine Frage, er bittet mich auch, im Gottesdienst die Lesung aus einem Paulusbrief auf Deutsch zu übernehmen. Sechs oder sieben Pilgernde, so viele Sprachen eben vertreten sind, werden in ihrer Landessprache nachher auch den Pilgersegen sprechen, sogar auf Koreanisch. Vorab hat er für seine Ansprache in einigen Sprachen eine Kurzfassung erstellt, sodass wirklich alle Gottesdienstteilnehmenden die Gute Botschaft in ihrer Sprache erleben. Der junge Priester meint es ernst mit der Gemeinschaft. Diejenigen, die zum Lesen gebeten wurden, sitzen im Chorraum auf Hockern, die Gemeinde auf Kirchenbänken gegenüber, in der Mitte der Altartisch, schlicht geschmückt, alles auf das Nötigste reduziert. Durch die Lesungen der Bibeltexte und die Ansprache in vielen Sprachen wird allen bewusst, dass hier nicht einfach ein Ritual vollzogen wird. Diese Pilgermesse entsteht dadurch, dass aus den vielen unterschiedlichen Menschen eine Gemeinde wird, so wie viele Farben erst miteinander zum Regenbogen werden. Die Leitung hat auf ganz natürlich scheinende Weise der junge Priester inne, wie ein Dramaturg die Inszenierung. Auf geheimnisvolle Weise spüren wir, dass Christus anwesend ist, ohne liturgische Zauberei, sondern im Prozess, im gesprochenen Wort, in den Zeichen, im Teilen von Brot und Wein. Es ist so klar, dass mich während der Austeilung im Kreis die Tränen überkommen. Sicher bin ich heute allein schon aufgrund der körperlichen Anstrengung dünnhäutig: Die Dramaturgie hat also leichtes Spiel. Aber wenn ich mich umsehe, geht es nicht nur mir so – viele der Feiernden um mich herum lassen sich bereitwillig und dankbar zum Tisch des Herrn einladen, viele mit wässrigem Blick. Dabei ist mir bewusst, dass es nicht nur diese eine, besondere Eucharistie auf dem Jakobsweg ist, die diese Gefühle in mir auslöst, sondern dass dieses Mahl mit vielen anderen Mahlfeiern meines Lebens zusammen der einen großen Einladung des Lebendigen folgt. Es ist ein Fest der Freude, der Offenheit und des Willkommens. Was für ein Unterschied zu anderen Pilgermessen, die ich leider auch erlebt habe! Sie verblassen hier aber angesichts der starken und stärkenden Erfahrung.

In Roncesvalles, nach der Überwindung der Pyrenäen, vergessen die zelebrierenden Priester nicht, darauf hinzuweisen, dass nur Katholiken und im Sakrament der Ehe oder als Priester zölibatär Lebende – jedenfalls keine »G'schlamperten« – würdig seien, das Sakrament zu empfangen. Damals ist es Nathen, der streng katholisch aufgewachsene Musiker aus Vancouver, dessen Ehe gescheitert war, der mich zur Teilnahme ermuntert: Es seien nicht die Kerle dort vorn, sondern ein ganz anderer, der eigentlich einlade. Wenn eine Bekanntschaft so beginnt, schafft sie eine Verbundenheit, die einen gesamten Camino hält. Die Kleriker können uns nicht vom Tisch des Herrn ausschließen, auch wenn wir sicher nicht ihren Normen entsprechen. Sollte ich ihnen durch meine Teilnahme geschadet haben, nehme ich die Verantwortung gern auf meine Schultern, auf die liebende Gnade Jesu vertrauend.

Inmitten der Meseta, im kleinen Ort Carrión de los Condes, erlebe ich einen Ausschluss der anderen Art. Die Kirche, in der die Pilgermesse gehalten wird, ist ein romanischer, durch und durch sakraler Bau. Die Messe wird von einer Schwesternschaft des Augustinerordens musikalisch und bei den Lesungen mitgestaltet, in sehr ansprechender Weise. Durch die weit geöffneten Türen strömen viele der Pilgernden, immerhin hat die Meseta ihre Psyche ordentlich durcheinander gewirbelt. Ich nehme mit vier anderen teil: mit einer litauischen Krankenschwester, einer hartgesottenen Katholikin mit trockenem Humor und einem dröhnenden Lachen, mit Belle aus Kanada, die einer reformierten Pastorenfamilie entstammt, als zwölftes Kind der strenggläubigen Eltern. Sie ist vor Langem schon am Kirchenglauben der Familie verzweifelt. Belle ist seit Jahren zum allerersten Mal wieder in einem Gottesdienst. Immer wieder blickt sie ängstlich zu mir herüber, denn wir haben schon mehrfach unser beider Aufwachsen als Pfarrerskinder besprochen. Und dann ist da noch Jacques aus Toulouse dabei, ein Lebenskünstler Ende 20, blitzgescheit, mit einem kleinen Sprachfehler und großem Herzen. Er ist französisch-katholisch sozialisiert und hat wohl einmal Philosophie studiert. Er achtet bei diesem Gottesdienst besonders auf Anna aus den USA, die in der Kirchenbank sitzt und am ganzen Körper zittert. Sie erzählt später, dass sie Angst hatte, durch ihre Anwesenheit die gesamte Gemeinde zu »besudeln«. Sie wird nicht sagen, weshalb, aber traumatisierende Erfahrungen haben die fatale Wirkung, tiefliegende Schamgefühle zu erzeugen.

Die Augustinerschwestern singen freundlich zur Gitarre, der Priester predigt. Die Schwestern verschenken beim Pilgersegen selbstgebastelte Sterne. Vorher aber wird die Eucharistie gefeiert. Ich fasse Belle bei der Hand, es ist die erste katholische Kommunion ihres Lebens, ihr Vater würde im Grab rotieren, flüstert sie mir zu. Hinter uns folgt Jacques. Als wir zu unserer Bankreihe zurückkehren, eilt die jüngste der Augustinernonnen – auf dem Strahl eines stahlscharfen Blicks des Priesters gleitend – Jacques nach, denn dieser hat seine Hostie nicht unmittelbar nach Spendung geschluckt. Vielmehr hält er sie wie ein Heiligtum in seiner Hand, um sie mit Anna zu teilen: »Für dich gegeben …« will er sagen. Da geht mit einem laut vernehmlichen Kreischen die Nonne dazwischen, reißt ihm die Hostie aus der Hand, steckt sie in den eigenen, wahrscheinlich reinen Mund und schluckt sie herunter. Belle ist verwirrt, Jacques ist verstört und Anna fühlt sich besudelt. Rasa, die Litauerin, wird nachher die Logik des Handelns erklären – schließlich sei der Priester um den Schutz des Allerheiligsten besorgt gewesen. Ich erlebe das Geschehen unmittelbar mit und spüre, wie die priesterliche Gewalt wie ein Faustschlag in das Herz von Jacques und die verwundete Seele Annas trifft. Jacques hat aus Liebe gehandelt – nicht aus Verliebtheit, denn er ist schwul. Er weiß, dass Anna ein sinnliches Zeichen der liebenden Annahme mehr benötigt als sonst jemand hier. Bevor er verstört aus den weit geöffneten Pforten der Kirche stürmen kann, halte ich ihn auf, lege ihm die Hände auf und spreche ihm einen Segen zu. Ich bin überzeugt: Wem der Segen versagt wird, der fühlt sich verflucht. Das darf, das kann nicht geschehen. Wir alle werden unsere Mahlgemeinschaft andernorts fortsetzen.

So wie in Sahagún zum Beispiel. Die Maristenpriester laden offenherzig ein zum Abendmahl bei der Pilgermesse und zum gemeinsamen Abendessen in der Herberge. In Astorga sitzen wir im Hinterstübchen eines Restaurants und essen ein Pilgermenü. Frauen und Männer von fünf Kontinenten an einem langen Tisch. Tränen, Freude, Brot brechen, reichlich Wein und ein gutes Wort des Segens. Wir sind Pilgernde auf einem Weg und werden in diesem Leben so wohl nicht mehr zusammen feiern. Unser Camino wird nicht in Santiago enden, sondern erst dann, wenn wir alle zusammen sein werden zum großen Fest am Ende der Zeiten. Ich gehe fest davon aus, dass Brot und Wein und die Köstlichkeiten nur ein schaler Vorgeschmack sind. Erst später, nachdem wir Astorga schon verlassen hatben, fällt mir frühmorgens das Mahl noch einmal ein: »Wie viel waren wir in Astorga zum Essen, Jörg?« Er überlegt kurz: »Zwölf …«

Zwölf. Das war ein Mahl, wie es Jesus mit seinen Jüngerinnen und Jüngern wohl oft hatte. Wie bei den Emmausjüngern gehen uns erst im Nachhinein die Augen auf, dass er mitten unter uns war und das Brot mit uns brach.

> Die beiden Jünger waren von Jerusalem aus zu Fuß auf dem Weg nach Emmaus. Sie unterhielten sich und beklagten voller Trauer und Erschütterung das Schicksal ihres Lehrers Jesus von Nazareth. Ein Fremder gesellt sich zu ihnen, hört ihnen zu und deutet ihnen schließlich das, was sie ihm erzählt haben, aus den Schriften. Sie laden ihn ein, mit ihnen zu essen. »Und es geschah, als er mit ihnen zu Tisch saß, nahm er das Brot, dankte, brach's und gab's ihnen. Da wurden ihre Augen geöffnet, und sie erkannten ihn. Und er verschwand vor ihnen. Und sie sprachen untereinander: Brannte nicht unser Herz in uns, da er mit uns redete auf dem Wege und uns die Schrift öffnete?« (Aus dem 24. Kapitel des Lukasevangeliums)

Der junge Franziskaner in O Cebreiro hat dieses Brennen, das Resonanz findet in unseren Herzen. Es ist wie der Gruß am Ostermorgen, wenn eine sagt: »Der Herr ist auferstanden!« Und die anderen antworten: »Er ist wahrhaftig auferstanden!« Aus den Augen des Franziskanerpaters strahlte die Freundlichkeit des Heiligen Franziskus, ein Wiederschein der Freundlichkeit Gottes.

Es gibt ein Lied von George Michael, das etwas von dieser Freundlichkeit erzählt.

Kindness in your eyes
I guess you heard me cry
You smiled at me
Like Jesus to a child
I'm blessed I know
Heaven sent and heaven stole
You smiled at me
Like Jesus to a child
(»Jesus to a Child« von George Michael)

Mystischer Spaziergang mit Pfannkuchen – Tag 26

23 Kilometer bei 700 Höhenmeter Abstieg vom höchsten Punkt des Tages, Alto do Poio. Am Sternenhimmel ist die Milchstraße zu sehen, als Jörg und ich losziehen. Zwei Sternschnuppen huschen über den Horizont. Eine Stunde später macht die Morgenröte ihrem Namen alle Ehre und taucht den halben Himmel in ein Farbenmeer. Die feuchte Luft des Herbstmorgens bildet zarte Nebelschleier, die sich auf die Auen legen und an Hecken hängen bleiben. Der Weg wird von Trockenmauern aus Natursteinen gesäumt. Ich fühle mich wie in Yorkshire. Auf den Weiden grasen hellbraune Rinder mit riesigen, gewaltigen Hörnern. Sie wirken sanft und friedlich, wenn sie nicht durch Städte getrieben oder in Arenen gereizt werden. Auf einem großen Schieferbrocken hat jemand – wohl ein Pilger oder eine Pilgerin – in feinster Kalligrafie und auf Deutsch ein Psalmwort geschrieben: »Schaffe in mir, Gott, ein reines Herz!«

Immer wieder stehen uralte Eichen am Wegrand. Ihrem Wuchs merkt man an, dass das Klima rau und wechselhaft ist. Mancher Stamm ist an der Basis so stark, dass ihn drei Erwachsene nicht umfassen können. Die Rinde ist aufgesprungen, man meint, jeden Moment eine Wichtelfrau und einen Wichtelmann aus ihnen herausschlüpfen zu sehen. Der noch mit Fell überzogene Schädel eines

Wildschweins liegt am Weg, samt rechter Klaue. Ob es die Reste nach einer Jagd, nach einem Unfall oder einer Hatz sind, weiß ich nicht. Die ledrigen Knochen sind Spuren archaischen Lebens. Über den Pass Alto do Poio hinweg müssen wir noch einmal bergansteigen und danach wieder abwärtsgehen. Hinter einem Bergabhang formt sich aus Nebeltropfen ein mächtiger Bogen, über eine Straße, Büsche und Wiese – groß und leuchtend wie ein Regenbogen, aber aus reinweißem Wassernebel. Ein Nebelbogen, den ich fotografieren muss, um nicht nachher zu meinen, ich hätte mir das zusammenfantasiert. Wer weiß, was gestern im Weinkelch von O Cebreiro war?

Eine Pilgerberühmtheit holt uns nach diesem Erlebnis schnell zurück auf den Boden der Tatsachen.

Camino-Original **Pfannkuchen-Carmen**

In Fonfría, einem Kuhdorf (das ist wörtlich gemeint), mitten im Schlamm einer unbefestigten Straße lauert vor dem Eingang ihres Kuhstalls Carmen den Vorbeipilgernden auf. Sie sieht aus wie Witwe Bolte, trägt eine etwas abgetragene Kittelschürze, ein Kopftuch und ein ziemlich zahnloses Lächeln. Kommt einer der Jakobsjünger auf der ungeteerten Dorfstraße des Weges, bringt sich Carmen in Stellung – es gibt kein Vorbeihuschen. Auf ihrer rechten Hand balanciert sie eine Porzellanplatte, vollgestapelt mit Pfannkuchen, in der linken schüttelt sie einen Zuckerstreuer, als handelte es sich um Kastagnetten. Jedem Vorbeiziehenden streckt sie den Teller mit Pfannkuchen entgegen, streut Zucker darauf. Irgendwie kriegt sie im Handumdrehen mit, woher ihr Gegenüber stammt, sodass sie zu jeder und jedem in der richtigen, je eigenen Sprache »Pfannkuchen« sagt. Klar, dass man da nicht Nein sagen kann. Ich finde ihren Pfannkuchen sehr lecker und bin mir da mit allen anderen einig. Nur die Holländer sind anderer Meinung, denn niemand, schon gar nicht eine Bauersfrau aus Galicien, kann es mit dem holländischen Nationalgericht Pannekoeken aufnehmen! Das kann ich verstehen. Ich würde es ja auch nicht akzeptieren, wenn mir Carmen hier oben einen Kartoffelknödel anbieten würde, der besser wäre als in meiner fränkischen Heimat! Natürlich vergisst Carmen nicht, darauf hinzuweisen, dass alles auf Spendenbasis funktioniert. Aber warum sollte sie auch darauf verzichten?

Da Carmen tatsächlich Kultstatus unter den Pilgerinnen und Pilgern besitzt – und ihr wirklich alle begegnet sind, mit denen wir uns im Lauf des Tages unterhalten – fragen wir uns, ob Carmen überhaupt eine einzelne Person ist. Vielleicht handelt es sich um eine Gruppenidentität? Vielleicht sind alle Frauen im Dorf Carmen? Eine von ihnen muss jeweils raus auf die Straße, während die anderen in ihren Küchen fleißig Eier, Mehl und Salz mit Milch vermischen und zu leckeren Pfannkuchen braten. Für ein kleines Dorf am Rande Galiciens ist das eine schlaue Geschäftsidee – und auf Spendenbasis steuerfrei. 300000 Passierende, von denen vielleicht jeder Zweite einen Euro locker macht. Da bleibt was hängen. Egal, es ist eine klasse Idee, die vielen ein Schmunzeln ins Gesicht zaubert und ein kurzes Gefühl der Sättigung schenkt.

Es ist ein unaufgeregter Tag, der uns mit dem rustikal urigen Galicien bekannt macht. Es ist zu spüren, dass wir mit jedem Schritt dem Ziel der Pilgerreise näherkommen. Auf dem Weg sind inzwischen mehr und mehr vertraute Gesichter. Stefan stößt wieder zu uns. Er hat den Anstieg nach O Cebreiro ohne Schwierigkeiten bewältigt, weil er sich an die Route für die Fahrradpilgernden gehalten hat. Dave aus Australien ist da, ebenso wie Nathen und Judith. Wir wissen, dass wir unsere gemeinsamen Abende allmählich abzählen können wie die Tage zwischen viertem Advent und Heiligabend. Melancholische Euphorie macht sich breit.

Die Herbergen sind jetzt häufiger ausgebucht, denn zu den Pilgern und Pilgerinnen, die seit Wochen unterwegs sind, stoßen jetzt auch solche, die nur mehr die letzten hundert Kilometer gehen möchten. (Viele Menschen gehen den Camino auch in Etappen von ein oder zwei Wochen.) Aber jeder von uns findet Platz, wenn auch nicht immer in derselben Unterkunft. Am Abend verabreden wir uns in einem einfachen Dorflokal in Triacastela und bestellen schon vorab eine große Paella, danach packt Nathen seine Gitarre aus und spielt für uns Musik. Wir singen dazu, brasilianische Herbergsgäste reagieren zunächst abweisend, bis sie sich von Nathens Können gewinnen lassen und mit einstimmen.

Brotbeutel-Pilger oder Die letzten hundert Kilometer! – Tag 27 und 28 (über Sarria und Portomarin)

Am heutigen Tag erreiche ich mit meinen Pilgerfreunden den galicischen Ort Sarria, von dem aus die »100-Kilometer-Sünder« losziehen. Wir lernen eine von ihnen aus Berlin kennen, die uns das Lästern wieder austreiben wird. Der Ort ist deshalb berühmt, weil es von hier aus noch etwa 100 Kilometer bis Santiago de Compostela sind. Die Compostela wird Fußpilgernden ja unter der Bedingung ausgestellt, dass sie durch die Stempel im Pilgerausweis nachweisen können, die letzten 100 Kilometer zu Fuß zurückgelegt zu haben. »Ha! Was wissen die schon vom Pilgern?«, lästern wir, erfüllt von der Arroganz der Besserpilgerinnen und -pilger. Vielleicht ist es einfach auch der stille Ärger, dass manche Menschen mit weniger Aufwand denselben Lohn erhalten sollen wie andere, die achtmal so lange unterwegs waren und so viel getan haben. Wenn die dann auch noch in den gleichen Herbergen unterkommen und sich, weil sie gut vorausplanen konnten, dort Betten reserviert haben, dann kann man schon mal gehässig werden.

Die Anzahl der Pilgernden nimmt jedenfalls deutlich zu und wir sehen, wie enthusiastisch die Neuen dabei sind. Leider sind sie noch wenig eingestellt auf den Weg, den auch sie wandern müssen. Stefan prägt den bösen, aber zutreffenden Begriff »Brotbeutel-Pilger«, weil manche nur ein hauchdünnes Stoffsäckchen auf dem Rücken tragen, in dem vielleicht gerade so ein Gesundheitsriegel Platz findet. Das recht umfangreiche Gepäck der Brotbeutel-Pilgernden – Trolleys, Schalenkoffer und anderes Fluggepäck – wird mit Kleintransportern von Station zu Station gekarrt. Aber vor Blasen schützt das nicht, sodass manche der Novizen schon am ersten Abend peinvoll durch den Duschbereich der Herberge humpeln.

Die einzige Antwort auf unseren Hochmut ist ein Gleichnis Jesu, das er kurz vor Ende seiner Pilgerschaft nach Jerusalem erzählt. Wie auch wir uns mit dem Ziel der Compostela um unseren Weg ins Himmelreich sorgen, so klärt Jesus im Matthäusevangelium im 20. Kapitel mit seiner bildlichen Erzählung über das Himmelreich auf. »Denn das Himmelreich gleicht einem Hausherrn, der früh am Morgen ausging, um Arbeiter anzuwerben für seinen Weinberg.« So fängt Jesus an. Den ersten Arbeitern, die er morgens früh für den Tag anwirbt, verspricht er einen anständigen Silbergroschen als Lohn. Sie lassen sich darauf ein, wie Pilgernde, die wissen, dass ihre 800-Kilometer-Tour bis zur Compostela über die Pyrenäen und durch die Meseta führt und anstrengend ist. Der Winzer findet, sein Weinberg biete Platz für mehr Arbeiter, also geht er drei Stunden später, sechs Stunden und sogar neun Stunden später nochmal, also kurz vor Tagesende – oder 100 Kilometer vor Santiago! – hinaus, um Arbeiter zu werben. Am Abend ist es Zeit, den Lohn zu verteilen. »Da kamen, die um die elfte Stunde angeworben waren, und jeder empfing seinen Silbergroschen. Als aber die Ersten kamen, meinten sie, sie würden mehr empfangen; und sie empfingen auch ein jeder seinen Silbergroschen. Und als sie den empfingen, murrten sie gegen den Hausherrn und sprachen: Diese Letzten haben nur eine Stunde gearbeitet, doch du hast sie uns gleichgestellt, die wir des Tages Last und die Hitze getragen haben.« Der Weinbauer weist das Murren zurück: »Mein Freund, ich tu dir nicht Unrecht. Bist du nicht mit mir einig geworden über einen Silbergroschen?« Ja, was sollen wir murren und lästern und die anderen niedermachen, nur weil sie weniger Kilometer machen? Das letzte Wort Jesu in dieser Geschichte ist das berühmte »So werden die Letzten die Ersten und die Ersten die Letzten sein.«

Wer meint, die letzten hundert Kilometer seien ein Spaziergang, wird eines Besseren belehrt. Mir kommen die Etappen wie eine komprimierte Version des gesamten Camino Francés vor, mit allen Mühen und Anstrengungen, aber auch den Freuden, die wir seit Tagen und Wochen kennen. Für diejenigen, die hier beginnen, sind die Wege sehr beschwerlich, denn sie sind noch nicht eingelaufen. Sie holen sich die gleichen Blasen und Entzündungen, die sich andere in den Pyrenäen oder auf den langen Durststrecken zuzogen. Der einzige Unterschied ist, dass die Dichte der Cafés, Bars und Shops deutlich zunimmt. Es wird touristischer.

In dem Augenblick, in dem man Sarria betritt, wird man von Werbung, Touristik- und Outdoorläden überfallen. Wir machen nur kurz Halt, essen ein schönes Bocadillo, trinken einen frisch gepressten Orangensaft und ziehen vier Kilometer weiter bis Barbadelo.

Nicht einmal mehr 100 Kilometer sind es also bis Santiago. So unermüdlich wie das Duracell-Häschen, das in der berühmten Werbung trommelt, so stapfen Jörg und ich mit Judith voran. Jörg nennt uns deshalb Duracell-Pilger. Gemeinsam haben wir die magische Marke passiert, ein Foto gemacht und sind weitergelaufen. Wie aufgezogen. Unter uralten Bäumen, Eichen, Linden und Kiefern ist ein Steinirrgarten ausgelegt. Der Eindruck eines magischen Waldes drängt sich auf, man meint, den alten Ent Baumbart aus Tolkiens »Herr der Ringe« flüstern zu hören. Die Landschaft Galiciens überrascht mich erneut – ich habe mir Spanien wirklich nicht so vorgestellt! Man glaubt sich in Cornwall, fruchtbar, vielfarbig, uralte Steinmauern, Hecken, Weiden, Nebel. Sogar ein weiterer Nebelbogen ist dabei. Ich staune mir den Auslöseknopf am Handy kaputt.

Am Nachmittag erreichen wir schließlich unsere Herberge, über der Cornwall-Landschaft gelegen und mit einem hollywoodgleichen Pool ausgestattet. Den Rest des Tages verbringen wir dort bei Weißwein, freuen uns, dass alte Bekannte eintreffen: Debbie und Alvin, die inzwischen als Paar auf dem Weg sind und auf ihr Glück mit einem Gin Tonic anstoßen. Auch Nathen ist wieder mit dabei. Inzwischen ist seine Guitalele häufig in Gebrauch.

Vor und nach dem Abendessen packt er sie aus und lädt unsere ansehnliche Runde zum Singen ein. Nathen ist unverwüstlich bei der Musik. Obwohl er von Anfang an mit wechselnden Beschwerden und Entzündungen läuft, meist schon ab vier Uhr morgens, weil er nur langsam vorankommt, spielt er mit und für uns. Er kann fast alles begleiten, und was er nicht auf Anhieb kann, lässt er sich kurz vorsingen/-spielen und steigt dann ein. Und so ergibt sich eine Setlist, die von Frank Sinatra über Judy Garland bis in den Beatles- und Rolling-Stones-Katalog reicht. Das unvermeidliche »Halleluja« von Leonard Cohen und »Hey Jude« bringt die gesamte Herberge zum Singen. Wir werden immer dreister und trällern bald »American Pie« von Don McLean, Queen, Fleetwood Mac, den Pilgerschlager »500 Miles« und sogar »What's Going On« von Marvin Gaye.

Wir alle singen mit, auch wenn wir alles andere als ein All-Star-Chor sind. Wir krächzen, treffen die Töne nicht, aber es ist egal. Manche Texte nehme ich zum ersten Mal wirklich wahr und verstehe sie ganz neu. Nathens Leidenschaft ist es, Vertrauen in die eigene Stimme zu gewinnen – und einen Zugang zum höchst eigenen Song-Katalog, zur Seelenmusik zu finden. Wie sich zeigt, ist das ein Thema mit Abgründen.

Am Nachmittag ruft er Stefan, Judith, Jörg und mich und bittet uns: »Let's sing together.« Judith wünscht sich »Tears in Heaven« von Eric Clapton. Das hätte sich ihre Mutter für ihre Beerdigung vor wenigen Jahren gewünscht. Als Nathen – mit uns gemeinsam – singt, ist die Trauer ganz nah. Dafür hat der Musikpilger uns wohl in der kleinen vertrauten Runde zusammengerufen, damit wir uns in den Liedern öffnen können.

PILGERSCHWESTER **Judith**

Judith lerne ich kurz nach Belle kennen. Wir, Belle und ich, begegnen Judith zum ersten Mal in der vegetarischen Herberge »La Perla Negra«. Sie hat sich eine Auszeit von ihrem Job als Projektmanagerin in der Industrie genommen, wo sie kurz unterhalb der Vorstandsebene arbeitet. Für ihre Firma ist sie in jedem Fall eine Perle: aufrecht, loyal, jung genug, eine, der man Projekte zur Entwicklung anvertrauen kann, die verlässlich und strukturiert organisiert und immer zur Stelle ist, wenn etwas präsentiert werden muss. Sie bleibt gewiss korrekt und freundlich. Ich kann mir regelrecht vorstellen, wie sich Chefs auf sie verlassen: »Die Judith macht das schon!« Aber dann erlebt sie Verluste, viel Tod und viel Trauer in der Familie. Dennoch hält Judith die Position, im Beruf, im Privaten, begleitet Nahestehende, sogar im Hospiz, vergisst sich dabei selbst nicht. Sie sieht aber auch, dass das, was sie im Privaten erlebt, im Wirtschaftsleben und im Arbeitsalltag wenig Platz hat. Für die Trauer nach dem Tod eines unmittelbaren Familienangehörigen erhält man vielleicht zwei Tage Auszeit. Judith hat eine sensible, verletzliche Seele und für die will sie jetzt sorgen. Sie nimmt sich unbezahlten Urlaub und geht diesen Weg für sich. Sie möchte sich wieder neu ausrichten. Am Tag, als wir in Santiago de Compostela ankommen, feiert sie Geburtstag. Vor der Kathedrale wird sie zu ihrer Überraschung von über einem Dutzend Pilgernder empfangen, die sie mit einem Ständchen feiern und ihr ein Picknick mit Kuchen, Kerzen und reichlich Wein bereiten. Judith hat viele Herzen erreicht, gerade weil sie immer etwas zurückhaltend wirkt. Wahrscheinlich liegt es auch daran, dass sie ihre Mitmenschen bewusst anschaut und dabei ihr eigenes Gesicht nicht versteckt, sondern sich zeigt. Sie strahlt eine Schönheit aus, die tief in ihr gegründet ist. Es ist ein Geheimnis, ein wunderschönes.

Als wir uns am Abend ihres Geburtstags verabschieden, sagt sie mir, dass es für sie ein entscheidender Moment auf diesem Weg war, als sie mich eines Morgens in Leggings und Kilt gesehen hatte. Es war an dem Morgen, als ich noch einmal am Cruz de Ferro Halt machte, als ich unter dem Kilt noch die warmen Leggings trug, egal, wie eigenartig das ausgesehen haben muss. »Wenn der das einfach macht und sich um nichts schert, dann macht mir das Mut.« Sie hatte am Tag zuvor über Anpassungsfähigkeit nachgedacht und festgestellt, dass sie sich anderen oft anpasse, um deren Erwartungen und Vorstellungen zu entsprechen. Der Mann mit schwarzen Leggings unter dem Kilt verbildlichte den Gedanken: Es geht darum, sich an äußere Gegebenheiten anpassen zu können, ohne sich selbst dabei zu verlieren. Sie geht nun ihre Projekte an, direkt und risikobewusst. Nach der Rückkehr in die Heimat beginnt sie neben dem Job eine Fortbildung für eine neue berufliche Aufgabe. Sie macht ihr eigenes Ding.

Nach einem kurzen Atemholen beim Singen stimmt Nathen ein neues Lied an, das sich Jörg von ihm wünscht: das Medley aus »Somewhere over the rainbow« und »What a Wonderful World«, das dem Sänger Israel Kamakawiwoʻole einen Welterfolg bescherte. Als Jörg und seine Frau Steffi ihr Eheversprechen in einem kleinen Gottesdienst erneuerten, wurde dieses Lied gespielt. Aus der Setlist meines Lebens spielt Nathen Johnny Cashs »Hurt« und Elton John's »Don't Let The Sun Go Down on me«, Lieder, die weit in mein Leben zurückreichen. Mit und in diesen Liedern sind unsere Leben verwoben und Nathen ruft das mit einer glockenklaren Stimme ab. Von den Schmerzen, die er tagsüber bei jedem Schritt durchleidet, ist ihm in diesen Momenten nichts anzumerken.

Zuletzt frage ich ihn: Was ist eigentlich auf deiner Set-List? Er ist überrascht, dass ich frage, und singt dann eine Eigenkomposition, »to love«:

In this time and in this place
is the grace to love
with these hands and with this heart
I can start to love
to love – to love – to love
I've been bruised and I've been burned
still I yearn to love
so I'll forgive and I'll forget
pay my debt to love
to love – to love – to love
because love is all there is
ever was and will be
I may win and I may lose
still I'll choose to love

I may stand and I may fall
still I – I will give all to love
to love – to love – to love – to love
(Nathen Aswell »to love«, nachzuhören auf
https://m.soundcloud.com/nathen-aswell/to-love)

Am nächsten Tag gehen wir beschwingt und fröhlich weiter. Judith läuft heute mit. Ein junger Mann aus Aserbaidschan gesellt sich zu, der in Dresden studiert. Amir ist großgewachsen und strotzt vor Kraft. Unser Tempo wird ihm auf Dauer nicht ausreichen, aber wir haben genügend Zeit, um uns zu unterhalten. Wie Eugen aus Südkorea geht auch er den Jakobsweg, um sich für sein Studium noch einmal zu orientieren, etwas erfolgreich zu Ende zu bringen und Motivation zu erfahren. Er finanziert sein Leben mit Kellnern, hat aber Angst, dass er beim Kellnern hängen bleibt, weil es einfach verdientes Geld sei – im Unterschied zum fordernden Studium. Nun will er den Ausbildungsweg zu Ende bringen, damit seine Familie stolz auf ihn sein kann – denn die hat ihm den Weg nach Deutschland ermöglicht und ihre Hoffnung auf ihn gesetzt. Er kommt aus einer muslimischen Kultur und Familie. Der Jakobsweg ist für ihn eine wichtige Erfahrung, die ihn bereits jetzt mit Stolz erfüllen darf. Mit großen Augen ist er in allen Gesprächen dabei, aber es entgeht ihm auch kein Moment, um einen treffenden Witz zu machen. Und seinen Augen entgehen auch nicht die weiblichen Rundungen einer der beiden Frauen, die in der Herberge des nächsten Abends Bier zapft. Zu den Herausforderungen des Camino gehört eben auch die wochenlange Enthaltsamkeit, während die Welt um uns herum mit Reizen alles andere als geizt.

Wir überqueren bei Portomarín den gestauten Río Miño, dem allmählich das Wasser ausgeht. Vertrocknende Stauseen sind triste Pfützen. Umso schräger ist mir zumute, als ich im Reiseführer lese, dass die kleine, aber malerische Ortschaft Portomarin für dieses versickernde Rinnsal aus dem Tal 50 Meter in die Höhe versetzt wurde. Die imposante Wehrkirche San Nicolás – fast ein romanischer

Monolith – wurde Stein um Stein abgetragen und mitten im neuen Ort wiedererrichtet. Schade, dass sie geschlossen ist.

Am Abend finden wir ein paar Dörfer weiter Unterkunft in der kleinen rustikalen Herberge, in der die beiden Frauen ihren Tresendienst verrichten, die Amirs Hormone in Wallung bringen. Wir lernen Sabine aus Berlin kennen, die zur Gattung der Brotbeutel-Pilgerinnen gehört und gerade eben erst ihren Camino begonnen hat. Sie belehrt uns eines Besseren und korrigiert unsere Vorurteile den Kurzpilgern gegenüber. Als alleinerziehende Mutter kann sie ihre beiden Kinder nur für eine begrenzte Zeit alleinlassen oder besser beim Vater, der die Betreuung für diese Zeit übernimmt. Sie ist Journalistin und von Grund auf neugierig und offen. Sie bezeichnet sich nicht als religiös, ist aber gespannt auf das, was ihr auf dem Camino geschehen wird. Schon die ersten Etappen sind für sie eine große Anstrengung, obwohl sie sehr sportlich ist. Der Camino schenkt niemandem etwas.

Iroschottischer Tag – Tag 29 (Umweg über Vilar de Donas)

Seit Wochen erleben wir den ersten Tag, an dem es regnet. Obwohl: Regen ist eigentlich zu viel gesagt, denn es handelt sich lediglich um ein Nieseln. Nicht, dass es hier in Galicien nicht richtig schütten könnte – das werde ich am Tag vor meiner Abreise noch erleben Doch auch Nieselregen kann alles durchdringen. Keine Pelerine schützt wirklich. Bei diesem Wetter schaut es um uns herum wirklich aus, als wäre Galicien ein Landstrich von Schottland oder läge in Irland: grün, Schafe, kleine Steinhäuser.

Die Wege und ihr Anforderungsprofil wechseln in schneller Abfolge: mal Asphaltpassage, glatt, rutschig, geradeaus, dann wieder eine kurvig-steile Schotterpiste. Auf einen finsteren Hohlweg folgt eine steil absteigende und glitschige Natursteintreppe. Es kommt uns geradewegs so vor, als wären die letzten hundert Kilometer des Camino Francés von Trickspezialisten und Bühnenbauern Hollywoods gestaltet. Es ist eine Art Camino-Disneyland: Fünf Wochen sind zusammengestutzt auf vier, fünf Etappen, sodass die Brotbeutel-

Pilgernde keine der Erfahrungen auslassen, die Langzeitpilgernde gemacht haben, nur eben alles beschleunigt, verdichtet und konzentriert. Selbst der Regentag scheint der Trick-Kiste der Special-Effects-Produktion zu entstammen, damit auch die Kurzzeitpilgernden mal ihre Regenponchos anlegen können. Wahrscheinlich denken sich das die Fernpilgernden auch über uns, die wir mit Zügen und Fliegern nach Bayonne und Saint-Jean-Pied-de-Port gereist sind, um »nur« 800 Kilometer zu gehen. Die Blasen sind echt, bei allen, egal, wie lange sie gehen.

Jörg und ich brechen aus und weichen für einige Kilometer von der verdichteten Pilgerschnellstraße ab, einer Empfehlung folgend. Wir wandern auf einer einsamen Landstraße, vorbei an Pferden, stoisch im Nieselregen ausharrend. In der mystischen Nieselregenlandschaft erinnern sie an Fabelwesen, an Einhörner, nicht ganz von dieser Welt. Sie weisen uns den Weg zu einer romanischen Kirche aus dem 12. Jahrhundert. Wir denken zwar, wir hätten jetzt eigentlich schon genug von den alten Sakralbauten gesehen. Aber der Camino überrascht uns auch noch nach fünf Wochen.

Auf dem Märchenweg liegt mit einem Mal ein Frosch rücklings auf der Schotterstraße, tot leider, aber auch im Tod von edler Gestalt. Das eine Ärmchen zum Gruß erhoben, das andere an sein Herz gelegt, die Froschschenkel ausgestreckt: Eine Prinzessin muss wohl vor uns da gewesen sein. In der Hoffnung, der Frosch entpuppe sich als Prinz, hat sie ihn wohl geküsst. Als er sich dann doch als nichts anderes als ein Frosch entpuppte, muss sie ihn in einer unfreundlichen Geste auf die steinige Straße geknallt haben. Platt blieb er liegen, die eine Pfote mit den Schwimmhäuten am gebrochenen Herzen, die andere zum Lebewohl gereckt. Armer Kerl.

Endlich kommen wir im Weiler Vilar de Donas an. Eine kleine, recht normal scheinende romanische Kirche steht rechts am Straßenrand. Sie ist wie so viele verschlossen. Der Reiseführer schlägt vor, nach Jesús zu fragen (was in jeder Lebenslage eine gute Idee ist). Also klingeln wir an der Tür des Nachbarhauses und fühlen uns ein wenig wie Zeugen Jehovas: »¡Buenos dias! Kennen Sie Jesús?«

Da kommt ein drahtiger kleiner Spanier um die Ecke. Es ist Jesús, und er winkt mit dem dicken geschmiedeten Schlüssel. Er heißt uns unmissverständlich mit klarem Spanisch vor dem Kirchenportal zu warten, bis er von innen das Tor aufgesperrt hat.

91 Lenze zählt Jesús. Mit der Leidenschaft eines jungen Liebhabers sperrt er die Kirche auf und beginnt uns in der nächsten halben Stunde von jedem Detail zu erzählen, als wäre die Kirche die Schönheit Roxane und er der leidenschaftliche Cyrano de Bergerac. Von dieser Romanze erzählte der französische Dichter Edmond Rostand: Der schon alternde Feldherr Cyrano war unsterblich in die sehr viel jüngere Hofdame Roxane verliebt, aber weil er ihre Aufmerksamkeit nicht mit jugendlicher Attraktivität erregen konnte, besang er ihre Schönheit in langen Briefen und bilderreichen Gedichten. So erreichte er ihr Herz, das sie ihm schließlich schenken wollte. Doch dann war auch seine Lebenszeit vorbei. Immerhin, er hatte seine Lebenszeit der Schönheit gewidmet. Während ich Jesús lausche, muss ich an den schwärmerischen Cyrano denken. Vor 48 Jahren, so höre ich aus seinen vielen (wirklich vielen!) Worten heraus, starb seine Frau. Nun steht er Tag für Tag bereit, den Pilgerinnen und Pilgern auf Umwegen und auch den mit Taxi anreisenden Kunstinteressierten »seine« Kirche zu zeigen. Das inszeniert er grandios, ausschließlich auf Spanisch, ein nichtspanisches Wort kommt ihm nicht über die stolzen Lippen, und dennoch meint man, alles verstehen zu können. In der Hand hält er einen Teleskopzeiger, mit dem er auf einzelne Details deutet. Schritt um Schritt führt er uns vom Portal bis zur Apsis der Kirche. Wenn ein Mensch in diesem Alter so agil und voll des Eifers ist wie Jesús, dann muss etwas richtig gut gelaufen sein im Leben. Aber was er uns mit der Iglesia de San Salvador de Vilar de Donas zeigt, ist wieder eines dieser Camino-Wunder, mit denen man nicht rechnet.

Der Bau aus dem 12. Jahrhundert wurde auf vorromanischen Fundamenten errichtet. Hier an diesem Ort haben wohl schon die iroschottischen Mönche des 7. und 8. Jahrhunderts gelebt und gebetet. Ein Steinrelief am Eingang deutet auf Benediktinermönche hin, die hier Abendmahl feierten und missionierten, wie zu Hause in Deutschland. Später ging der Bau an den Orden der Jakobusritter und der Templer. Im Eingangsbereich stehen beeindruckende steinerne Sarkophage und Grabplatten von Rittern, zu deren Füßen sich die treuen Hunde niedergelegt haben. Die Kirche gehörte zu einem Nonnenkloster, weshalb der Ort den Titel »Donas« – Herrinnen – führt.

Irgendeine Verbindung besteht wohl auch zu Karl dem Großen, aber das, was Jesús dazu erzählt, übersteigt meine Spanischkenntnisse. Die Kirche stand immer etwas abseits, weshalb sie nie barockisiert, vergoldet und zwangsrestauriert wurde. Deshalb sind selbst die Fresken im Chorraum und im Gewölbe noch immer so, wie sie vor vielen Jahrhunderten dort hingemalt wurden: eine Sonne und ein Christus als Weltenherrscher in der Apsis, die Verkündigungsszene so gemalt, dass zwischen dem Erzengel Gabriel und der am Schreibpult meditierenden Maria ein realer Fensterschlitz das Licht des Ostens hereinleuchten lässt. Faszinierend, wie die Bilder über all die Zeiten noch immer Geschichten erzählen. Die Heilige Barbara haben die Maler so lebendig und lebensfroh gemalt, dass ich es mir als ein hübsches Motiv für ein Tattoo bei Ehemännern und -frauen von Barbaras jeglicher Zeit vorstellen könnte, oder bei Bergleuten und Mönchen, die der schönen Heiligen der Bergwerke ihr Herz schenken möchten.

War uns der Weg vorhin noch vorgekommen wie die Kulissen einer Disney-Version des Camino, vermittelt uns Jesús und seine Kirche in Vilar de Donas den Hauch des Echten, der Geschichte ganz Europas und eines Christentums, das den Glauben der Sehnsucht nach Seelenerfahrung in steinerne Mauern goss und dabei die gesamte bekannte Welt durchzog. Es ergibt Sinn, dass die Europäische Union den Erhalt dieser großen kleinen Kirche unterstützt, worüber eine Flagge im Eingangsbereich aufklärt. Übrigens mit 8000 Euro. Ich habe leider keine Null vergessen, es sind wirklich nur 8000 Euro, womit man auch in Spanien keine großen Sprünge machen kann.

Das allerschönste aber ist, dass diese Kirche in dem kleinen Nest noch immer genutzt wird. Sie lebt, sie atmet, sie ist ein sakraler, kein musealer Ort.

Ein Hauch von Wanne-Eickel – Tag 30 (und eine unangenehme Mittagspause)

Die Tage meiner, unserer Pilgerschaft neigen sich unweigerlich dem Ende zu. Heute fallen die 70er-, 60er- und 50er-Kilometermarken. Stefan, Jörg und ich gehen noch einmal etwa 30 Kilometer gemeinsam, viel bergauf, viel bergab. Alles fällt heute etwas schwerer, der Start und auch das Wandern selbst, teils körperlich, teils mental. Santiago, das Ziel, zieht schon, aber das nahende Ende des Abenteuers bremst. Die 750 Kilometer stecken in den Knochen und Muskeln, aber sie sind auch im Kopf zu spüren.

Noch einmal überrascht die Landschaft: Eine Voralpenlandschaft mit Milchkühen samt Glockengebimmel wird mehr und mehr von einem Duft nach frischem Atem durchzogen. Wir sind angekommen im Eukalyptusland. Bald schon wandern wir durch die plantagenartigen Wälder Galiciens, die mit den hohen, dünnen Stämmen an den »Steckerlwald« meiner fränkischen Heimat erinnert, Fichtenwälder in Reihe gepflanzt. Von den Stämmen platzt die Rinde in langen Bändern, an den Ästen hängt das grüne Laub der ölhaltigen Eukalyptusblätter. Es duftet angenehm, aber ich werde den Gedanken nicht los, dass diese Bäume brennen würden wie Zunder. Die Kultivierung ist sehr umstritten, wie wir aus Gesprächen und Internetforen erfahren, denn Eukalyptus verdrängt den hier einst florierenden Anbau von Korkeichen.

Mittags um halb eins machen wir Pause im Garten einer Raststätte für Pilgerinnen und Pilger. Ich picke nach den kulinarischen Orgien der letzten Abende an einem einfachen Salat herum. Man kann nicht immer nur Tortilla, Calamari oder Jambon-Bocadillo essen! Ein Weißwein-Deziliter dagegen geht schon, immerhin sind wir bereits einige Stunden unterwegs. Da plötzlich: unüberhörbar deutsche Stimmen! »Egbert, Renate, hierher! Kommt doch hierher, wir halten euch die Plätze jetzt schon so lange frei! Wenn ihr nicht gleich hierherkommt, dann reservieren wir euch künftig nichts mehr!!!«

Drei Frauen jenseits der 65 schlagen am Nachbarstisch auf, nachdem sie fast ihren ganzen Hausstand auf sämtliche Tische im Umkreis verteilt haben, um mittelfristig Eigentumsrechte geltend zu machen. Hätten sie Frotteestrandtücher zur Hand gehabt, hätten sie die Stühle damit belegt. Schließlich ist man das von der Woche auf Malle oder auf der Aida so gewohnt! Egbert und Renate und etwa 25 weitere Tagestouristen in Radlerhosen und ähnlich neonbunten Outfits mit Stirnbändern brechen nacheinander in die Gartenidylle ein und verwandeln die beschauliche Herberge in einen dröhnenden Kegelclub.

Lautstark lassen sie sich nieder. Die Kerle zücken ihre Spiegelreflexkameras, die Frauen zählen die Kalorien des spanischen Essens. Egbert übt noch einmal das neue spanische Wort des Tages: »Dö Na-Da«. Erna klärt ihn auf: »Das heißt ›Nicht dafür!‹, kannst du aber auch als »Bitte gern!« verwenden. De nada!«

Egbert würde gern einen kräftigen Serranoschinken essen, aber er muss mit Renate teilen und ist deshalb zu Tintenfischringen gezwungen, wie sie ihm lautstark vermittelt. Wahrscheinlich ist Egbert taub. »Nimm doch mal auch auf meine Bedürfnisse Rücksicht! Ich möchte gern Calamari!« »Ich hätte ja lieber Serrano, aber wenn du möchtest, ess' ich auch Calamari …« Später geht Egbert bei anderen aus der Gruppe Schinkenbetteln.

Es ist eine Gruppe aus Wanne-Eickel. Sie reisen mit dem Pilgerbüro, alles vorgebucht und immer im sicheren Pulk heimischer Gewohnheiten. Egbert wird heute Abend nach Schnitzel fragen, da bin ich mir sicher. Ohne Renate.

Ich stehe auf, um am Tresen noch einen Cafe Americano zu bestellen, da entdeckt mich, als ich zu meinem Tisch zurückkehre, Erna und kreischt mir entgegen, als würden wir uns aus ihrem Kegelclub kennen: »He, kannst du uns was auf deinem Dudelsack spielen?« »???« »Na, mit deinem Schottenrock hast du doch bestimmt auch einen Dudelsack dabei. Den spielt man doch hier!« Plärrendes Gelächter in der ganzen Truppe.

Zum zweiten Mal auf dem Camino reagiere ich nicht freundlich und frei von jeglicher Selbstironie: »Geht's noch?«, frage ich und wende mich ohne Lächeln um. Ich hasse Distanzlosigkeit und plumpe Lärmerei. Und ich weiß, dass ich nie eine Pilgertruppe aus Wanne-Eickel oder sonst woher im Pulk begleiten werde. Das ist ein Weg, den man allein gehen muss. Und bei dem man riskiert, die eigene Komfortzone zu verlassen, und zwar nicht nur, um der Frau zuliebe Calamari zu essen.

Es sind keine hehren Gefühle, die ich angesichts meiner Landsleute hege. Die inzwischen über vier Wochen andauernde Pilgerschaft haben also noch keinen gleichmütigen Lehrer allgütiger Weisheit aus mir werden lassen. Meine abschätzigen und eingestandenermaßen auch hochmütigen Gedanken decken die kleinen bösen Fantasien in mir auf. Darf ein Christenmensch so fühlen, noch dazu kurz vor der Überreichung des großen Dokuments am Ende der Reise? Ist das noch einmal ein emotionsgeladenes Aufwallen der Sünde, das mich nun letztendlich doch noch in die Knie zwingen und zur Buße bewegen soll?

Wie immer weiß die Bibel besser Bescheid, lustigerweise sogar im Zusammenhang des Pilgerns! Als Jesus die Gruppe seiner zwölf Jünger – wahrscheinlich waren es ja mehr, und auch ein paar Frauen waren dabei – in die Nachfolge gerufen hatte und sie schon eine Weile mit ihm durch die Lande gewandert waren, schickt er sie in Paaren auf den Weg. Das, was wir in Seminarsitzungen und Fortbildungsveranstaltungen aus didaktischen Gründen tun, bewährt sich schon hier: Arbeit in Kleingruppen! Er gibt ihnen klar verständliche Regeln für die Zusammenarbeit und Arbeitsaufgaben mit: »Geht aber und predigt und sprecht: Das Himmelreich ist nahe herbeigekommen. Macht Kranke gesund, weckt Tote auf, macht Aussätzige rein, treibt Dämonen aus. Umsonst habt ihr's empfangen, umsonst gebt es auch.« Das alles klingt wie ein Arbeitsprogramm, das auch für einige der Pilgerfreundinnen und -freunde gelten könnte. Ich denke nur an den Akupunkturheiler aus Südkorea oder den Rollstuhlschieber aus Neuseeland. Man kann das mit dem Aussatz und dem Exorzismus ja auch übertragen, symbolisch für allerlei Ballast an Leib und Seele verstehen. Bislang also alles recht positiv. »Ihr sollt weder Gold noch Silber noch Kupfer in euren Gürteln haben, auch keine Tasche für den Weg, auch nicht zwei Hemden, keine Schuhe, auch keinen Stecken. Denn ein Arbeiter ist seiner Speise wert.« Auch hier noch: alles gut, in allem Bestandteil der ungeschriebenen Pilgerregeln, die vor allem Bademantel-Bob besonders befolgt. Wir anderen haben Gold, Silber oder Kupfer weitgehend gegen Kreditkarten ausgetauscht, von denen wir aber auch nicht so viel Gebrauch machen müssen. Dann spricht Jesus von den Gastgebern vor Ort, die man gut nach ihrem Leumund aussuchen soll (da helfen Google-Wertungen und Hinweise im Reiseführer). Ihnen sollen die Jünger und wir Pilgernden mit Freundlichkeit begegnen. Aha, jetzt kriege ich's Schwarz auf Weiß: »Wenn ihr aber in ein Haus geht, so grüßt es [tun wir, immer: ¡Buen Camino!]; und wenn es das Haus wert ist, kehre euer Friede dort ein.« Aber Jesus weist – sicher nicht ohne eigene Erfahrung – darauf hin, wie man sich bei Menschen verhalten soll, die einem nicht positiv entgegenkommen. Er drückt es sogar noch härter aus: »Ist es aber nicht wert, so wende sich euer Friede wieder zu euch. Und wenn euch jemand nicht aufnehmen und eure Rede nicht hören wird, so geht heraus aus diesem Hause oder dieser Stadt und schüttelt den Staub von euren Füßen.« Die Gruppe aus Wanne-Eickel sollte mich oder auch andere zwar nicht als Gäste aufnehmen, aber sie sollten sich auch nicht wie Platzhirsche verhalten, die mit ihrem Röhren und Brüllen andere vertreiben. Ich schüttle den Staub von den Füßen und verlasse in heiligem Zorn den Ort. Nur nachgeschoben sei, dass Jesus (glaubt man Matthäus) offensichtlich die Gewaltfantasien seiner

Jünger nicht fremd waren. Warum sollte er sonst am Ende seiner Rede sagen: »Wahrlich, ich sage euch: Dem Land von Sodom und Gomorra wird es erträglicher ergehen am Tage des Gerichts als dieser Stadt«? (Alle Zitate stammen aus der Aussendungsrede Jesu, wie sie der Evangelist Matthäus in seinem 10. Kapitel berichtet.) Wie so oft fühle ich mich von der Bibel gut verstanden.

Am Abend in Melide erfreuen wir uns noch einmal an den guten Gastgeberqualitäten der Einheimischen. In sämtlichen Reiseführern und Pilgertagebüchern, also auch hier, wird auf die Tradition des Pulpo hingewiesen, den man in Melide am besten und ursprünglichsten essen kann. Es handelt sich um eine sehr pure Zubereitungsweise von Kraken, die – zugeschnitten in mundgerechte Stücke – gekocht und dann mit Paprika, Salz und Öl gewürzt mit Brot und Wein serviert werden. Eine Spezialität, die satt macht, deftig ist und uns daran erinnert, dass wir uns mit jedem Schritt dem Meer nähern. In der hügeligen und inzwischen waldigen Landschaft könnte man das fast vergessen. Nathen, Stefan, Jörg und ich finden Platz in einer einfachen Gaststube, die mit ihrem beigen Kachelboden und den schmucklosen langen Holztischen anmutet wie der Speisesaal eines israelischen Kibbuz der 1960er-Jahre. Mittelpunkt ist ein offener Kamin mit riesigem Grillrost. Der Pulpo ist perfekt. Ganz im Sinne Jesu verlassen wir nach dem gelungenen Mahl den Ort mit einem herzlichen Gruß und dem innigen Wunsch, dass den Gastgebern auf Dauer Friede und Wohlstand blühe.

Ist die Bibel ein Pilgertagebuch? – Tag 31 (kurz vor Santiago)

Die vorletzte Etappe! Allmählich gewöhne ich mich an den Gedanken, dass das Abenteuer nun zu Ende geht. Ich freue mich auf zu Hause, auf daheim. Das ist ja kein Ort, das ist ein Mensch, der eine Mensch, der mich hat gehen lassen – er hat mich vielmehr sogar geschickt – und es sind die Freunde und die Familie. Ich freue mich auf daheim.

Aber heute gibt es noch ein paar Schritte zu gehen. Sehr zügig sogar, am Ende werden es 26 Tageskilometer sein. Wir gehen lange Strecken still und schweigend nebeneinander her, versunken in Gedanken und dem Nachklingen vieler Gespräche, gerade auch der letzten Abende. Ein Gedanke kommt mir noch einmal ins Bewusstsein, der sich durch die Gespräche mit Jörg und mit Stefan allmählich in meinem Kopf gebildet hat. Einmal hatte einer der beiden mich als Theologen gefragt, wie die Bibel zu verstehen sei. Das ist eine dieser Fragen, die ich immer fürchte. Denn wie kann ich das, was ich seit der Oberstufe im Religionsunterricht und dann intensiv im Universitätsstudium selbst zu verstehen suche, in eine Antwort bringen, die nicht wie ein Lehrvortrag klingt? Und wäre das, was ich unter Hinweis auf exegetische Methoden, historische Kritik und kontextuelle Zugänge zu biblischen Texten sagen wollte, überhaupt eine Antwort auf die Frage: »Wie ist die Bibel zu verstehen?« Ich denke darüber nach, wie *ich* die Bibel verstehe. Nicht im Studium, nicht als Prediger oder als Theologe in der Tradition Martin Luthers, sondern jetzt. Hier. Als Pilger. Was bedeutet all das, was ich, was wir zusammen erleben, für das, wie ich biblische Texte verstehe? Hat sich durch den Camino etwas verändert? Lese ich biblische Texte jetzt anders, höre ich biblische Worte anders als vorher?

Es ist nicht so, dass meine Pilgerfreunde und ich am Abend zusammensäßen und Bibel lesen würden. Die Bibel als Heiliges Buch ist sogar sehr wenig sichtbar auf diesem Camino, ganz anders als bei Pilgerreisen ins Heilige Land, wo man ja auf keinen Stein tritt, an dem sich nicht schon der Fuß einer biblischen Figur gestoßen haben könnte. Dort könnte man eine App öffnen, die die GPS-Position ortet und bibelkundliche Lesehinweise gibt. Hier auf dem Jakobsweg würde die App orientierungslos abstürzen. Ganz anders als die Heiligen zum Beispiel, die überall sind, die sich ständig ins Sichtfeld drücken. Marienfiguren sowieso (nicht, dass ich mit Marienbildern Probleme hätte!). Und auch Bilder und Figuren des Namenspatrons Jakobus. Ob der Jakobsweg-Jakobus allerdings, mit Verlaub, mit dem Jakobus des Neuen Testaments viel zu tun hat, bezweifle ich im Verlauf der Pilgerschaft mehr und mehr. Vielleicht sind es nur noch die paar Knochen, die als Reliquien dienen, aber die bebilderte und erzählte Biografie passt irgendwie kaum mit dem Wenigen überein, was ich aus der Bibel von ihm weiß. Da ist nichts zu lesen von einem, der Volksgruppen oder Glaubensgemeinschaften gemetzelt haben könnte!

Die Bibel als Buch begegnet in den Pilgermessen, aber da sie dort mit wenigen Ausnahmen nur auf Spanisch vorgelesen und hochliturgisch beweihräuchert wird, bleibt sie fern und geheimnisvoll: ein Buch, das man verehren, nicht aber verstehen soll. Für einen Protestanten reicht das nicht.

Gerade deshalb geht mir die Frage meiner Freunde nicht aus dem Kopf: Wie verstehe ich die Bibel, seitdem ich sie als Pilger lese? Mein Züricher Theologenkollege und, ich glaube, das so schreiben zu dürfen, Freund Ralph Kunz formuliert die Erfahrung in seinem eindrücklich nachdenklichen Buch »Pilgern«. Nach seinen Worten entsteht eine Resonanz zwischen biblischen Texten (er denkt vor allem an die Psalmen) und pilgernden Leserinnen und Leser: »Es ist ein Hin und Her. Ich lese den Psalm und der Psalm liest mich – *tolle lege!*«[11] Ich lese die Texte und versuche, sie für mich zu deuten, aber gleichzeitig kommt hinzu, dass die Texte auch mich lesen und mich deuten. Das Bibellesen wird so geradezu eine Win-win-Situation!

Immer wieder hielt ich auf den letzten, bald 800 Kilometern erstaunt inne und rieb mir die Augen: Was passiert hier? Warum löst dieses Gehen auf einem uralten Weg so tiefgehende innere Prozesse in mir aus? Warum kriegen scheinbar hartgesottene Männer feuchte Augen, obwohl sie sonst nicht nah am Wasser gebaut sind? Es wurde unter uns zu einem geflügelten Wort, wenn wir stehen blieben und uns fragten: »Was macht dieser Weg mit uns?« Es geschahen Dinge, die ich als Wunder bezeichnen würde, als Camino-Wunder. Es gab tatsächlich Heilungswunder, denn manche Wunde kam ans Licht oder lag schon offen, physisch und seelisch und auch im sozial-familiären Bereich. Nicht alles, aber Vieles wurde geheilt oder zumindest auf einen Weg der Heilung gebracht, weil jemand, oft eine fremde Person, daran rührte, sich Zeit nahm, nicht zurückzuckte. Oft geschah das in ganz kurzen Begegnungen, auf einem kleinen gemeinsamen Stück des Weges, bei dem man in kurzer Zeit Vertrauen fasste. Oder in einer Herberge, wenn wir uns über unsere Erfahrungen und Anliegen austauschten. Es gab offene Gespräche, ohne Angst davor, dass jemand die Offenheit missbrauchen oder sich lustig machen könnte.

Ich erlebte so etwas am eigenen Leib, als mich der Akupunktur-Pilger aus Südkorea ansah und mit seinen feinen Nadeln in eine lebenslang wunde Stelle stach. Er war erst auf mein ausgesprochenes Anliegen, meine Schulterschmerzen zu behandeln, eingegangen. Dann aber sah er mich an, fragte nach dem Augenlid, das seit meiner Geburt schon ein hängendes ist, und rührte an eine fast vergessene seelische Wunde. Das Wunder ist nicht, dass mein Augenlid plötzlich seine Lähmung verloren hätte. Das Wunder ist, dass ich mich gesehen, geradezu erkannt fühlte. Durch den wachen und einfühlsamen Blick eines anderen ist ein heilsamer innerer Prozess in mir angestoßen worden. Ähnlich erging es mir, als der ehrenamtliche Physiotherapeut in Villafranca del Bierzo Verhärtungen lockerte, die ich schon gar nicht mehr gespürt hatte. Damit hatte er mich für den fordernden Wegabschnitt des folgenden Tages fit gemacht. Wundersam empfand ich auch die Nachwirkungen des Kreuzes am Cruz de Ferro als Ende meines persönlichen Trauerwegs, die mir erst zwei Tage später klar wurden. Der etwas müffelnde Mann, der auf dem Weg aus unermesslichem Schmerz zurück ins Leben gekommen ist, mir seine Wunde zeigte und sich berühren ließ, ist eine Begegnung, die mich in positivem Sinn erschüttert hat. In seinem Blick meinte ich, den Blick Jesu Christi erkannt zu haben. Ich erlebte das heilsame Wunder im Teilen der Abendmahlshostie eines jungen Franzosen mit einer tief verletzten Frau aus einem anderen Land. Manchmal löst sich ein über Jahre verhärteter Knoten ganz einfach, weil durch eine Begegnung oder ein Gespräch die Lösung klar wie das Jesuswort vor Augen steht: »Steh auf, nimm dein Bett und geh hin!« Das sagt Jesus zu einem Mann, der seit 38 Jahren krank ist (die Geschichte steht im 5. Kapitel des Johannesevangeliums). In heutiger Sprache: »Nimm dein Problem in die Hand, geh es aktiv an! Du bist geheilt! Und jetzt mach dich an dein Leben!«

Aus der Ferne und im distanzierten Rückblick betrachtet, gibt es für all die wundersamen Erfahrungen auf dem Camino einfache, rationale und psychologische Erklärungen. Aber das ändert nichts daran, dass diejenigen, die sie mit eigenen Augen sahen, staunten, sich entsetzten oder sie eben als Wunder empfanden. Nicht viel anders ist es mit den biblischen Wundergeschichten. Vielen Menschen scheint unglaubwürdig, was dort an Wundern erzählt wird: Manna aus dem Himmel, Fluten, die sich teilen und Menschen vor dem Verderben bewahren, Blinde, die sehend werden, alte Schulden, die vergeben werden, Totgeglaubte, die wieder leben, Wasser, das sich in Wein verwandelt. Man versucht die Wunder unter Rückgriff auf die Leitwissenschaften der jeweiligen Zeit zu erklären und zu deuten: naturwissenschaftlich, astronomisch, psychologisch oder sozialpsychologisch. Bibelwissenschaftler vergleichen sie mit Erzählungen aus anderen Kulturen und Nachbarvölkern des alten Israels, oder sie verweisen auf den Symbolgehalt.

Vielleicht genügt es ja, so lerne ich nach meinen Erfahrungen als Pilger, diese Erzählungen als Geschichten von Menschen auf dem Weg zu verstehen. Die etwas erleben, das sie erzählen müssen und nur so, als etwas ganz und gar Staunenswertes, erzählen können. Denn die Wunderheilungen Jesu und später auch der Apostel ereignen sich allesamt auf dem Weg. Oftmals ist Jesus auf seinem Pilgerweg unterwegs und begegnet irgendwo an einem Ort oder zwischen zwei Stationen einem wildfremden Menschen, sieht ihn oder sie, lässt sich berühren oder berührt den anderen oder die andere und lässt sie verändert, geheilt zurück. Ganz oft sieht Jesus nicht nur die Wunde oder den Heilungsbedarf, er erkennt auch die Kraft, die in diesem Menschen steckt und von der er selbst gar keine Ahnung mehr hat.

So ist es zum Beispiel in der wunderbaren, aber auch erschütternden Geschichte, die der Evangelist Markus in seinem 5. Kapitel erzählt. Jesus wandert durch ein Gebiet, das man »die Zehn Städte« nannte, also wahrscheinlich so etwas wie zehn Dörfer in der Meseta. Viele Menschen sind um ihn herum, eine andere, sehr dramatische Geschichte – die Lebensrettung eines 12-jährigen Mädchens – spielt sich gerade ab, Jesus ist also völlig absorbiert von seinem Tagesgeschäft. Da nähert sich ihm eine verzweifelte Frau, die unter einer unaussprechlichen Krankheit leidet, die es leider bis heute gibt und die bis heute nicht gut behandelt werden kann: unstillbarer Blutfluss – Menstruationsstörungen, äußerst schmerzhaft und mit der Nebenfolge, dass eine Frau als nicht heiratsfähig galt. Die Frau ist traumatisiert, denn sie leidet seit zwölf Jahren an dieser Krankheit und hat ihr gesamtes Vermögen bei Ärzten und Quacksalbern verloren. Diese Frau streckt die Hand aus und berührt Jesus, besser gesagt: das Textil, das er trägt. »Jesus spürte sogleich an sich selbst, dass eine Kraft von ihm ausgegangen war, wandte sich um in der Menge und sprach: Wer hat meine Kleider berührt?« Man kann es spüren, wenn ein Mensch in Not und Verzweiflung die Begegnung sucht, aber den letzten Schritt nicht von selbst schafft. Jesus »sah sich um nach der, die das getan hatte. Die Frau aber fürchtete sich und zitterte, denn sie wusste, was an ihr geschehen war; sie kam und fiel vor ihm nieder und sagte ihm die ganze Wahrheit.« Wenn die richtige Frage gestellt wird oder es einfach der richtige Moment ist – jetzt oder nie! –, dann gibt es kein Zurück, die Geschichte wird erzählt mit aller Not, aber auch mit der Kraft der Verzweiflung. Das eigentliche Wunder aber ist, dass Jesus keinen Hokuspokus macht, sondern sagt: »Meine Tochter, dein Glaube hat dich gesund gemacht; geh hin in Frieden und sei gesund von deiner Plage!« Und wenn die Frau auch weiterhin vielleicht immer wieder von ihrer Krankheit geplagt wurde, dann dürfte doch schon dieser Zuspruch ein Wunder für sie gewesen sein. Der Mann nennt sie »Tochter« und macht sie, die ewig Kinderlose, damit zu seiner Familie. Und er erkennt, wie stark sie ist, denn Glaube ist Stärke, und der lebt gerade in denen am stärksten, die es gar nicht von sich wissen.

> Zuletzt erklärt Jesus sie für gesund. Heil. Ganz. Gesundheit ist nicht die Abwesenheit von Krankheit, sondern ein Zustand des Wohlbefindens, der alle Bereiche des Lebens umfasst. Wenn das kein Wunder ist, dann weiß ich auch nicht!

Manchmal ist Jesus in einem Haus und Verwundete oder Gelähmte und Ausgestoßene werden zu ihm gebracht, also Menschen, die ihrerseits auf dem Weg sind. Immer ist jemand in Bewegung, immer kommt es zu einer Begegnung. Und jedes Mal verändert sich etwas Grundlegendes. Alle Umstehenden, die es mitkriegen, fragen sich, mal leise, mal laut: »Hey! Was läuft denn hier ab?« Im biblischen Sprachgebrauch heißt es dann: »Sie verwunderten sich alle.« Ich glaube sogar, dass eine Geschichte wie die, als Jesus trockenen Fußes über den See Genezareth geht, um zu seinen Jüngern zu gelangen, die im Boot sitzen und Angst haben vor dem aufziehenden Sturm, auf eine solche Erfahrung zurückgeht. Sie sind auf dem Weg, in Bewegung und verunsichert. Und mit einem Mal, wie aus dem Nichts, ist er da, steht an ihrem Boot: »Hey, was läuft denn hier ab?«, fragen sie sich, und die Aufgeregtheit aller legt sich. Es ist gut!

All diese Wundergeschichten sind Pilgergeschichten, geht mir jetzt, kurz vor Santiago auf. Es sind Erzählungen von Jesus, der unterwegs ist. Es sind Geschichten von Menschen, die sich aufgemacht haben. Wie Psalm 23 ja auch nicht von einer still vor sich hin grasenden Schafherde handelt, sondern von einem Wandern durch ein dunkles Tal. Man wird geführt, versorgt und behütet. Beim Pilgern erlebt man auch solche Geschichten oder lauscht, wie sie andere mit großen Augen erzählen. Man kann sie dramatisch aufbauschen, eine Art Pilgerlatein sozusagen. Egal, im Kern ist etwas Wunderbares passiert.

Auch die Essensgeschichten der Bibel sind Pilger-Grunderfahrungen, merke ich. Man teilt ein bisschen Brot (oder eine spanische Tortilla) und Fisch (oder eine leckere Chorizo) und Wein (da gibt es kein Oder), kocht zusammen irgendwo in einer Herberge und mit einem Mal beschleicht einen das Gefühl, dass etwas Tiefes, Heiliges passiert ist. So ein Emmaus-Gefühl hatten wir drei Kerle eines Mittags. Oder man sitzt zusammen, einander völlig fremde Leute, ist im Haus eines guten Menschen zu Gast, gibt eine geringe Spende und isst, was die Leute am Vorabend mit ihrem Obolus möglich gemacht haben. Freude und Gelassenheit stellen sich ein. Ich muss mich nicht um das Morgen sorgen, denn andere haben schon für mich gesorgt. Alle werden satt und es bleibt immer noch etwas für den nächsten Tag. Oder man sitzt in einer überfüllten Bar, isst Tapas und der Wein wird von Mal zu Mal besser. Jedes Essen findet statt an einem anderen Tisch, immer wieder an einem neuen Ort auf der Reise, wie das Essen und Trinken von Jesus und seinen Jüngerinnen und Jüngern. Nach diesem Weg, den ich für eine asketische Bußwallfahrt hielt, kann ich verstehen, warum Jesus im Ruf stand, ein Säufer und Fresser zu sein. Immerhin wusste er das und hat es, vielleicht sogar mit einiger Ironie, ausgesprochen? »Der Menschensohn ist gekommen, isst und trinkt; so sagen sie: Siehe, was ist dieser Mensch für ein Fresser und Weinsäufer, ein Freund der Zöllner und Sünder! Und doch ist die Weisheit gerechtfertigt worden aus ihren Werken.« (Ein wenig rätselhaft ist schon, was da im Matthäusevangelium, im 11. Kapitel, aus Jesu Mund kommt.) Jesus ist jedenfalls als Pilger kein Asket, sondern er zecht und schlemmt, spricht mit Fremden, interessiert sich für sie, setzt sich zu ihnen an den Tisch.

Ralph Kunz hat das, was ich zu denken beginne, schon formuliert. Er nennt die biblischen Geschichten – und dabei meint er nicht nur die Evangelien, die von Jesu Weg ans Kreuz in Jerusalem erzählen – »biblische Roadstorys«. Er vergleicht es mit den Sehgewohnheiten des Online-Streaming: »Im literarischen Netflix der Bibel wandern Bilder von Staffel zu Staffel und verändern sich.«[12] Motive und Bilder tauchen immer wieder auf, leicht variiert, aufeinander verweisend.

Wenn ich schon dabei bin: Selbst die Reden und Lehrstunden, die Jesus hielt, mal in einer Synagoge, mal auf einem Berg, mal auf einem Feld, sind eigentlich nur Pausenmomente auf seiner Wanderschaft. Ich male es mir richtig aus, wie er beim Wandern die Augen aufgemacht, die Felder und Blumen, die Feigenbäume und die Vögel unter dem Himmel studiert hat. Dann hat er sie zum Stoff seiner nächsten Rede gemacht. Mit weit geöffneten Sinnen, sodass er davon erfüllt vom Himmelreich erzählen kann. Oder er sieht die Bauern bei der Aussaat und die Frau in der Stadt, der eine Perlenkette reißt oder eine Münze unter die Diele rutscht. Alltagsszenen, wie sie in Kafarnaum, Nazaret, Jericho oder Wanne-Eickel und Münster täglich passieren. Das beobachtet er, entdeckt den tieferen, den symbolischen Sinn darin und teilt es bei der nächsten Rast seinen Wegabschnittsgefährten voller Begeisterung mit. »So müsst ihr euch das Himmelreich Gottes vorstellen«, sagt er dann und malt es ihnen mit Bildern und Erlebnissen aus, die allen vom Wandern her noch lebendig vor Augen sind. Selbst wir, Stadtmenschen oder Landmenschen einer technisierten und globalisierten Welt, kapieren den Sinn dieser Bildwelten. Der Stoff, aus dem Gleichnisse und biblische Reden sind, sind die Erlebnisse des Pilgers Jesus. Christus sei der erste Pilger, sagt Ralph Kunz, und er hat Recht. Aber das ist keineswegs euphorisch zu verstehen, als jubilierender Begeisterungsschrei eines Wanderers, der seine eigene Erfahrung nun über den Vergleich mit Jesus spiritualisieren und überhöhen möchte. Denn das Ziel der Pilgerschaft Jesu ist Jerusalem. Und dort räumt er erst einmal mit allem auf, was ihn nervt: Er reinigt den Tempel als Haus Gottes von den Händlern und aller Art religiöser Geschäftemacherei. Und die religiösen und weltlichen Autoritäten rächen sich entsprechend an ihm und räumen ihn aus dem Weg, indem sie ihn umbringen. Und dennoch erreicht Jesus in Jerusalem sein Ziel und erfährt die allumfassende Transformation. Am Ziel geschieht die Auferstehung zum Leben, wird Jesus als Christus erkannt. Den Hoheitstitel als »Gesalbter« erhält er, als er am Ende seines Wegs ankommt. So ist in Christus als erstem Pilger schon eine Kritik allen Pilgerns angelegt, ein Aufruf zur steten Selbstreflexion, ob man bei der Wallfahrt nach Santiago einer religiös verbrämten Geschäftemacherei aufsitzt oder ob man sich in einen Prozess begibt, der eine Transformation mit sich bringt.

Ralph Kunz macht darauf aufmerksam, dass es nach den Evangelien eine zweite Folge der Geschichten Jesu gibt: »Die Apostelgeschichte und die Briefe sind eine neue Staffel der Serie, die den Weg der Botschaft vom kommenden Reich Gottes erzählt.«[13] Aber sie kehren den bisherigen Weg Jesu nach Jerusalem um: Die Missionsreisen und die Briefe des Völkerapostels gehen hinaus in die Welt, so wie die Pilgernden der vielen Jakobswege nach erreichtem Ziel wieder hinausgehen. Das Pilgern ist nicht länger auf das Ziel konzentriert. Nach Ende meines Camino Francés geht es ja weiter in meinem Leben, das wird mir zunehmend klar. In jedem Fall wird es anders weitergehen als bisher. Das Pilgern hört nicht auf, die Transformation ist längst nicht abgeschlossen. Auch das habe ich erfahren, als ich einem Pilger auf dem Rückweg begegnete und in ihm Christus erkannt habe, der die Idee der Feindesliebe hinausträgt in die Welt.

Die Bibel ist voll von Geschichten vom Pilgern. Ich werde durch die Erfahrung der eigenen Pilgerschaft viele Geschichten aus dem Alten Testament und dem Neuen Testament neu lesen und als Texte von Leuten verstehen, die sich wie wir gefragt haben: Was geht denn hier ab? Was macht dieser Gott mit uns?

Die Bibel ist ein Pilgertagebuch, ein himmlisch-menschlicher Pilgerblog. Und das schon seit Jahrtausenden.

PILGERSCHWESTER **Belle – die handfeste Schöne aus Kanada**
Belle heißt eigentlich anders, aber zu ihr ist ein Vertrauen entstanden, das mich die tiefe Schönheit schauen ließ, die diese Frau aus Kanada hat und ist.

Die erste Begegnung haben wir in einer weniger bemerkenswerten Herberge in Puente la Reina beim gemeinsamen Pilgeressen, mitten in einer Gruppe von Australierinnen und Kanadiern. Es geht sehr derb zu, handfester Humor von Down Under, wir lachen viel. Schließlich setzt das lesbische Paar mir gegenüber zum Frontalangriff an und wirft die Frage in die bierselige Runde, was das allerallerschlimmste und definitiv unaussprechlichste Schimpfwort in unserer jeweiligen Herkunftssprache sei. Belle mit lockigem, engelsblondem Haar kontert, ohne rot zu werden, und steuert zudem die zotigsten Erzählungen bei. Sie hat

30 Jahre unter harten Kerlen gearbeitet. Das sind Lehrjahre in Schenkelschlag-Humor. Als die Tischrunde allmählich zum Ende kommt und das Bier ausgetrunken ist, oute ich mich (ohne zuvor das schlimmste deutsche Schimpfwort ausgesprochen zu haben, aber ansonsten auch nicht sonderlich verlegen um Lacher und Beiträge) als Pfarrer, stehe auf, lasse die Runde mit offenen Mündern zurück und gehe beschwingt ins Bett. Immerhin nehme ich eine weitere Erfahrung mit in die Nacht: Der Jakobsweg wird nicht nur von sanftmütigen und schöngeistigen Wesen begangen. Belle zwinkert mich noch verschmitzt an, als ich aufstehe.

Zwei Tage später treffe ich Belle in einer meiner Lieblingsherbergen, »La Perla Negra« wieder, vegetarisches, gemeinsames Essen, bei dem auch Judith dabei ist. »Du hast bestimmt einen Grund, warum du das hier machst …«, fange ich am Abend ein Gespräch an, das uns Tage lang begleiten wird. Denn Belle fragt dasselbe auch mich und ist die Erste auf dem Weg, die meine Stimme zum Brechen bringt. Belle bringt meine Seele zum Schwingen.

Sie ist – wahrscheinlich wiederhole ich mich – eines der jüngsten von zwölf Kindern aus einem strengen puritanischen Pfarrhaushalt mit rigiden moralischen Regeln. Weil über Sex und Verhütung im elterlichen Haus nie geredet werden durfte, wird sie gänzlich unaufgeklärt mit 17 Jahren Mutter und erzieht ihre Tochter – das Zentrum ihres Lebens bis heute – allein. Sie absolviert ein Soziologiestudium in der Nähe von Toronto mit Erfolg, aber weil für studierte Soziologinnen wenig Jobs da sind, bewirbt sie sich in der Schwerindustrie in einer anderen Provinz Kanadas und wird die erste Schweißerin in einem großen Betrieb der Verkehrsindustrie. Narben auf ihren Armen beweisen, dass sie sich in der Männerwelt zu behaupten wusste und – trotz ihres zierlichen Körperbaus – alles schweißte, was in ihrer Reichweite war: Eisenbahnen und gepanzerte Fahrzeuge. Nach 30 Jahren Maloche geht sie mit 59 Jahren in den Ruhestand. Jetzt ergreift sie die Chance, außer Radfahren mit dem Wandern eine weitere Sportart zu pflegen. Ihr Mann Pete, den sie bei der Arbeit kennenlernte, lässt sie für gut zwei Monate ziehen, die am Anfang ihres neuen Lebensabschnitts Ruhestand stehen. Körperlich ist sie fit und im Fach Sozialkompetenz ist sie Weltmeisterin. Aber ihrer Seele ist von erklärten und überzeugten Christen viel Druck und Gewalt angetan worden. Gerade die Frommen, die immer wissen, was Gott denkt und sagt, und die es für die einzig mögliche Art von Frömmigkeit halten, dass man seine Sündhaftigkeit wie auf einem T-Shirt vor sich hertragen muss, damit Jesus dafür gestorben sein kann, gerade diese Superchristen treiben denkenden, authentischen und zweifelnden Menschen den Glauben gründlich aus. Vor allem dann, wenn sie mit falscher Saccharin-Süßlichkeit Textnachrichten schreiben: »Ich bete für dich, dass du umkehrst und zu dem Jesus zurückfindest, den wir für dich vorgesehen haben.« In Belles Familie gibt es noch genügend von diesen Leuten, die ihr das Gefühl geben, sie sei deplatziert, nicht richtig.

Belle empfindet tief, fragt viel, zweifelt an sich und trägt noch immer Bildreste vom strafenden Gott mit sich herum. Das Leid eines anderen Menschen, um den sie sich sorgt, trägt sie mit der Kraft einer Stahlarbeiterin mit sich und zerbricht doch beinahe daran. Dabei weiß sie Dinge aus Liebe zu tun, die fromme Redner zum Schweigen bringen könnten. Zweimal ließ sie sich ihre blonden Christkindl-Haare abschneiden und trug Glatze. Das erste Mal, um ihre Stahlarbeiterkollegen samt Chefetage aus dem Schlaf der Erschlaffung aufzuwecken: »Wenn ihr 60 reelle Verbesserungsvorschläge für unser Unternehmen zusammenbringt, lass' ich mir eine Glatze scheren.« Das schrieb sie auf und hängte es in der Firma ans schwarze Brett. Das konnten die Kerle nicht glauben und reichten die gewünschte Anzahl an Vorschlägen ein. Belle hielt Wort und lies sich die Haare abschneiden. Das andere Mal trug sie Glatze, als eine Freundin Brustkrebs hatte. Belle sammelte 4000 Dollar durch eine »Glatze aus Solidarität«. Sie ist eine Frau der Tat, ein Kerl aus Liebe. Eines Abends lässt sie sich von mir segnen, und sie vertraut einem Evangelium, das leidenschaftliches Mitgefühl, Liebe und Freiheit verkünden will.

Am letzten Abend, den sie in Spanien verbringt und der mich noch von Santiago trennt, setzt sie sich in ein Taxi und fährt mir entgegen. Sie ist mir ab Sahagún weit vorausgelaufen, war mittlerweile schon in Santiago und sogar in Finisterre, während ich von Santiago immer noch eine Etappe entfernt bin. Morgens kurz nach sechs wird ihr Flieger gehen, aber sie will sich verabschieden. Und da segnet sie mich. Ihr Segen ist mehr wert als der von Papst Franziskus (und von dem würde ich mich wahrlich gern segnen lassen).

Das Himmelreich ist nahe herbeigekommen! – Tag 32 (ankommen in Santiago de Compostela)

An die letzten Kilometer auf unserem Weg – Jörg und ich treffen uns noch im Morgengrauen mit Stefan – kann ich mich kaum mehr erinnern. Der Weg ist natürlich voller als zuvor. Spanische Schulklassen scheinen ebenfalls unterwegs zu sein, sodass wir zusehen, uns vom Tross abzusetzen. Wir umrunden den Flughafen, von dem Belle inzwischen abgeflogen sein dürfte. Bald stoßen wir auf Nathen und Dave und gehen mit ihnen Richtung Monte do Gozo, einem Berg, von dem aus man bei guter Witterung die Kathedrale von Santiago sehen kann. Die Pilgernden soll hier ein großes Glücksgefühl erfassen. Ich kann das nicht wirklich spüren. Wir betrachten mit wenig Verständnis das monumentale Denkmal, das zum Besuch von Papst Johannes Paul II. errichtet wurde. Mehr begeistern mich die Steinmetzarbeiten gegenüber, die wie ein Skulpturenpark christliche, aber auch mythische und erotische Darstellungen präsentieren. Aber die Gedanken sind längst weiter, sind längst in Santiago, eilen uns voraus und wir folgen ihnen fast hetzend nach.

Die letzten Kilometer durch die Stadt hin zur Praza do Obradoiro, dem Platz vor der berühmten Barockfassade der Kathedrale von Santiago, ziehen sich. Ein eigenartiges Gefühl beschleicht mich, denn mit jedem Meter komme ich nicht nur dem Ziel meines Camino näher, sondern auch dem Ende einer inzwischen zum Alltag gewordenen Tätigkeit, dem täglichen Wandern. Damit ich nicht zu wehmütig werde, schickt mir Amir, der hünenhafte Goldjunge aus Aserbaidschan, der in Dresden studiert, SMS. Er hat in Windeseile das Ziel Santiago schon am Vortag erreicht und wartet nun mit Judith auf uns. Gleich in der Frühe hat er Wartenummern für uns fünf Nachzügler gezogen, die er uns vor der Kathedrale übergeben will. Aber er und Judith sind ungeduldig, denn sie wollen mit dem Bus nach Finisterre fahren. Amir wird von dort aus zurückwandern, Judith wird schon am Folgeabend wieder zurück in Santiago sein, um ihren Geburtstag zu feiern. Also sputen wir uns, denn Amir und Judith haben die Nummern, ganz ohne zu fragen, einfach für uns gezogen, sonst hätten wir keine Chance, heute noch die Compostela ausgestellt zu bekommen! Vor dem Pilgerbüro in Santiago müssen die Pilgernden anstehen und erhalten der Reihe nach eine Eingangsnummer. Wer am Schalter der Ausstellungsbehörde keine solche Nummer vorweisen kann, hat auch keine Chance, die Urkunde ausgestellt zu bekommen.

Die letzten Schritte zur Praza eilen wir fast im Dauerlauf, umrunden die Kathedrale von hinten her und fallen schließlich Judith und Amir in die Arme, die direkt zum Busbahnhof loslaufen. Jetzt haben wir Zeit, denn mittels einer App kann man die Nummer auf dem Ticket eingeben und nachsehen, wie lange man noch warten muss. Wir haben die Nummern 747 bis 751. Beim Ankommen ist der Zählerstand bei 350.100 Nummern sollen pro Stunde durchkommen, wir haben also knappe vier Stunden. Genügend Zeit, um den Wohnungsschlüssel für die Ferienwohnung abzuholen, die Stefan, Jörg und ich gemeinsam gemietet haben. Herbergszeiten sind jetzt passé. Wir haben eine Etagenwohnung in der Altstadt gefunden, wo wir duschen können, uns frische Kleidung an- und den Rucksack ablegen können. Dann geht es zum Pilgerbüro. Dort steht schon Stefania aus Mexiko, mit der ich zu Beginn auf dem Pyrenäenpass die Geier gesehen hatte. Auch wir fallen uns in die Arme: Wir haben es geschafft!

An einem Dutzend Schalter müssen die Pilgernden nun ihre Pilgerausweise vorlegen, die mit Datum über den ganzen Weg, zuletzt mindestens zweimal täglich, gestempelt sein müssen. Das klingt nicht nur nach Bürokratie, das ist es auch! Die Compostela ist eine lateinische Urkunde, die bestätigt, von wo aus man wie viele Kilometer zurückgelegt hat. Mit dieser Urkunde kann man in Pilgerbüros oder sonstigen Verwaltungen nachweisen, dass man es geschafft hat. Für Pilgernde, die angeben, aus religiösen Gründen

den Weg gegangen zu sein, gibt es eine zweite Urkunde, die aber auch keine Eintrittskarte ins Himmelreich ist, sondern nur ein zweites Dokument. Sie bedeutet auch keinen Sündenerlass! Sie ist einfach ein zweites Blatt Papier, damit man sich ein wenig besser fühlt als die anderen. Kann man bewerten oder auch nicht. Wenn man am Ende so eine Urkunde erhält, dann freut man sich doch, man kann sie einrahmen und an die Wand neben das Konfirmationskreuz hängen oder – zum Beispiel – die Promotionsurkunde oder andere Lorbeerkränze, die man im Leben so erworben hat. Und: Man wird schon wieder gefragt, ob man aus religiösen, aus spirituellen und/oder aus sportlichen Gründen gepilgert ist – oder gar nur aus kulturellen. Die Pilgerbürokratie erwartet also am Ende noch eine Bekenntnisstunde, als ob die abgelaufenen Sohlen nicht Bekenntnis genug wären.

Egal! Wenn ich den Camino bis Santiago gehen wollte, dann muss ich das hier auch durchziehen. Aber die Bürokratie hat ihre Schattenseiten. Am Nachmittag des übernächsten Tages, während eines anhaltenden Wolkenbruchs, kommt eine Mutter, die den Jakobsweg mit ihren zwei kleinen Söhnen gegangen ist. Sie kommt genau in dem Augenblick zur Ticketausgabe, als für diesen Tag keine Nummern mehr vergeben werden. Am folgenden Morgen können sie nicht mehr zum Pilgerbüro kommen, weil sie dann bereits im Bus sitzen müssen. Der Sicherheitsbeamte verwehrt ihnen eisenhart den Zutritt, trotz der Fürsprache aller Heiligen (damit meine ich die anwesenden »erfolgreichen« Pilgerinnen und Pilger). Die tapferen Jungs und ihre Mama müssen ohne Urkunde abziehen, das eiserne Tor bleibt verschlossen. Was das für eine pädagogische Botschaft sein soll, ist mir rätselhaft. Religiös oder spirituell lässt sich das nicht rechtfertigen.

Aber das alles weiß ich noch nicht, als ich meine Compostela in den Händen halte. Zusammen mit den vier Freunden und Stefania ziehe ich also fröhlich zurück zur Praza do Obradoiro. Wir setzen uns auf das Steinpflaster, genießen den Anblick der frisch renovierten, strahlenden Fassade der Kathedrale. Die Kathedrale selbst ist wegen Renovierungsarbeiten nur eingeschränkt geöffnet,

Gottesdienste finden nicht statt. Das wussten wir schon seit einigen Wochen, sodass wir nicht enttäuscht sind. Das, was auf dem weiten Platz zu sehen ist, lässt sich kaum überbieten. Es sind große, überwältigende Emotionen, die wir selbst durchleben und deren Zeugen wir bei den endlos herbeiströmenden Pilgernden werden.

Zweieinhalb Tage habe ich Zeit in Santiago de Compostela, genauso wie Jörg und Stefan. Jeder von uns hat seinen Rückweg schon gebucht, jeder reist anders ab – Jörg mit dem Flieger direkt nach Hause, Stefan mit einem Bus bis zu einem anderen Flughafen. Ich werde zwei Tage mit dem Zug zurückreisen und eine Nacht in Hendaye an der spanisch-französischen Grenze bleiben. In den Tagen bis dahin treffen wir uns immer wieder auf dem Platz vor der Kathedrale, der mich wie ein Magnet anzieht.

Dieser Platz ist tatsächlich die Krönung des Jakobswegs für mich. Das ist er nicht wegen der – wirklich schönen – Architektur, sondern weil sich hier bewegende Szenen abspielen. Hier kommen Pilgerinnen und Pilger an, die immer wieder von anderen erwartet werden. Es hat eine geradezu paradiesische Dimension, wie am Ende der Zeiten, dem Herbeiströmen der Wallfahrenden aus aller Welt zuzusehen. Junge, alte, gebrechliche und gesunde Frauen und Männer kommen an, lassen sich nieder, werden von Gefühlen überwältigt, springen vor Freude in die Luft, harren schweigend im Gebet aus oder stimmen in einen jubelnden Gesang ein.

Das Schönste an diesem Platz aber ist, dass man einander wiedertrifft, auch diejenigen, denen man nur einmal, manchmal ganz zu Beginn des Weges begegnet ist. Alle sind etwa zur gleichen Zeit losgegangen oder irgendwann dazugestoßen, dann ging jede und jeder das eigene Tempo, manche sind längst nach Finisterre und wieder zurück, andere haben sich mühsam durchgeschleppt. Jetzt im Zeitraum von drei Tagen laufen alle ein. Deshalb kommt man mehrfach hierher, weil man bestimmt jemanden empfangen kann. Ein großes und freudiges Wiedersehen. Ich stelle mir so den Eingang ins Paradies vor. Im Angesicht Gottes, der uns diesen Platz schenkt, mit wundgelaufenen Füßen oder schmerzenden Gliedern nach einem langen oder kurzen Lebensweg, je nachdem. Aber alle kommen mit Freudentränen und stellen den Neuankommenden die Fragen: »Wie war dein Weg? Wie ist es dir ergangen im Leben? Aber jetzt bist du da. Glückwunsch, du hast es geschafft.«

Abgeholt werden von denen, die schon da sind. Am Ende ist niemand, wirklich niemand allein.

Eppi, mein Pilgerfreund zum Beispiel, dem ich in der Herberge von Sahagún begegnete. Die längsten Strecken des Jakobsweges geht er allein, verpasst oft die Zeiten, zu denen die anderen Gäste kochen. Er will eigentlich gar nicht allein sein, findet aber über lange Tage nicht aus der halb gewählten, halb erlittenen Isolation heraus. Irgendwann fasst er den Entschluss, das Angebot eines Ehepaars anzunehmen, mit ihnen zu gehen. Sie fangen ihn in seinen dunklen Gedanken immer wieder auf, bis er mit ihnen gemeinsam in Santiago eintrifft. Auf den letzten Schritten sehen wir uns, zwei Dreiergruppen, nehmen uns in die Arme und feiern am letzten Abend noch einmal zusammen in einem launigen Restaurant. Keiner bleibt allein.

Einer Bäuerin aus Österreich stehen auf dem Platz plötzlich ihre Schwägerin und ihre Schwester gegenüber, die insgeheim aus Österreich angereist sind. Welch eine Wertschätzung und Würdigung des Pilgerwegs, den sie hinter sich hat!

Auf eine junge Pilgerin fährt ein Mopedfahrer zu, nimmt seinen Helm ab und nimmt sie unter heftigen Küssen in die Arme. Er ist mit dem kleinen Zweirad ohne Pause aus Deutschland angereist, um seine Freundin am Ziel ihrer Pilgerreise zu empfangen. Es hätte nur noch gefehlt, dass er ihr einen Heiratsantrag macht.

Es ist wie im Rausch. Wir besuchen zwei Pilgermessen, die eine ist trotz ihres Titels wenig an den Pilgernden interessiert, die andere (bei den Franziskanern) ist ein Fest der Freude, bei der Laien die Predigt halten dürfen und Menschen mit Beeinträchtigung von ihren Erfahrungen erzählen. Auch hier bleibt keiner allein. Alles an diesen Tagen geschieht im Vorhof des Heiligsten, unter den Augen des Gottes, der Liebe ist.

Als Jesus mit seinen Jüngerinnen und Jüngern seinen Pilgerweg nach Jerusalem gerade erst beginnt, wird er einmal von religiös Eifernden kritisiert, weil er und seine kleine Schar so gar nicht in Sack und Asche gehen, sondern ausgelassen zu sein scheinen. Jesus antwortet: »Wie können die Hochzeitsgäste fasten, während der Bräutigam bei ihnen ist? Solange der Bräutigam bei ihnen ist, können sie nicht fasten. Es werden aber Tage kommen, da der Bräutigam von ihnen genommen ist; dann werden sie fasten, an jenem Tage« (aus dem 2 Kapitel des Markusevangeliums). Das Hochzeitsfest – das Fest zur hohen Zeit – lässt etwas aufscheinen von dem, was am Ende der Zeit wartet, wenn die Zeit der irdischen Leiden, Plagen und Anstrengungen vorbei ist. Es ist ein Ausnahmezustand, eine Erfahrung eines allumfassenden Glücks. Und das Zentrum ist, dass Christus dabei ist, der Christus, der sagt, er sei der Weg, die Wahrheit und das Leben. Mit Wahrheiten haben die Pilgernden sich konfrontiert, sie haben viel über das Geschenk des Lebens gelernt und sie haben sich auf diesen Weg begeben. Jetzt sind sie da und er ist mitten unter ihnen. Jetzt wird gefeiert. Dieser Augenblick wird vorübergehen, denn alle werden wieder zurück in ihren Alltag gehen, werden vermutlich die Gewissheit verlieren, dass Gott ihnen so nahe ist. Die Zeit des Fastens wird kommen. Aber jetzt noch nicht.

In der Theologie bezeichnet man den Gottesdienst als Unterbrechung: Der Alltag wird vom Sonntag unterbrochen, an wichtigen Wendepunkten des Lebens finden Festgottesdienste statt, wie die Hochzeit, die Einschulung der Kinder oder der Schulabschluss. Die Unterbrechung ist ein Fest, mit Vorbereitung, mit Musik und Essen und bisweilen sogar mit ekstatischen Erfahrungen. Danach geht es wieder in den Alltag zurück, aber auch dieser ist durch die Unterbrechung verwandelt, mal weniger, mal mehr. Von solchen berauschenden, ekstatischen Erfahrungen berichten die Pilgernden, die den Gottesdienst in der Kathedrale miterleben, wenn der »Botafumeiro«, das große Weihrauchfass, geschwenkt wird. Wir erleben das nicht, aber dennoch sind die Tage ein Fest. Ich entscheide mich, in Santiago zu bleiben, das war mein Ziel. Andere wie Nathen, Judith oder Amir gehen oder fahren weiter bis Finisterre und finden dort mit dem Blick über den Atlantik zu ihrem Abschluss der Pilgerfahrt. Es gibt kein Falsch oder Richtig, jeder geht den eigenen Weg. Meiner endet hier.

Zwei Tage im Rausch

Natürlich gibt es noch anderes, das sich in den vollen Tagen ereignet. Stefan beschließt, wie schon berichtet, kurzentschlossen, sich eine Jakobsmuschel auf die Brust, über sein Herz stechen zu lassen. Wir genießen die Zeit in unserem Ferienappartement, kochen miteinander, schlafen aus (bis 9 Uhr!). Als wir uns in einer Bar niederlassen, um einen Kaffee zu trinken, kommt Eugen, der Südkoreaner aus Seoul, dazu. Ein paar Tage, bevor er in Santiago ankam, stand er nachts um zwei auf und ging 70 Kilometer am Stück! Das wären für mich drei Tagestouren gewesen. Als wir in Santiago ankamen, war er schon in Finisterre und Muxía. Am nächsten Tag bricht er zu einer Spanien- und Italienreise auf und wird dann auch noch Pilgerfreunde in Kroatien und anderen Ländern besuchen. Er hat sich nun komplett neu eingekleidet, denn in Wanderklamotten kann sich so ein junger Kerl nicht sehen lassen, findet er. Ich erkenne ihn fast nicht wieder: Halbschuhe aus blauem Leder, eine Stoffhose mit modischem Schnitt, ein gestreiftes Hemd und ein hellgrauer, halblanger Mantel. Er strahlt und grinst bis über beide Ohren. Nun ist es Zeit, Abschied zu nehmen, mit einem Segen.

Dann gehe ich mit Jörg und Stefan in eine Pilgermesse. Danach zum Kathedralplatz zurück, wo die Tuna, eine Musiker- und Sängertruppe ihr nächtliches Ständchen bringt. »Ayayayeiii!«

Die Kathedrale leuchtet, der Mond nimmt zu und der Rausch des Angekommenseins beginnt.

Wir ziehen los, treffen uns mit den jungen Pilgern, mit Stefania und Debbie und Alvin. Die Jungen waren in den letzten Wochen fast immer auf gleicher Höhe wie wir Alten, sie haben uns die hohe Kunst des Pilgerns mit zwanzig demonstriert: nicht weniger Kilometer, nicht weniger Prozesse im Kopf, aber erheblich mehr Fiesta und viel weniger Schlaf. »Beer'o'Clock« gehört zu dem, was wir durch sie kennenlernen, aber selbst nicht praktizieren. Das kann auch mal um 9 Uhr früh sein, wenn man schon zehn Kilometer gegangen ist. Debbie und Alvin sind inzwischen ein Camino-Paar. Jetzt, hier in Santiago hat Alvin eine Punkbar aufgetan, in der wir laut und lange feiern, bis der Wirt sich irgendwann bei Stefan über unseren Lärm beschwert, weil andere, spanische Gäste sich gestört fühlen könnten! In einer Punkbar, das muss man erstmal schaffen. In der Bar sind dann auch noch Bathrobe Bob mit seinem Gefolge und Itai, einer von zwei jungen israelischen Pilgern, denn auch Juden und Moslems sind inzwischen auf dem Jakobsweg unterwegs. Auch der zweite Abend geht bis spät in die Nacht und endet in einer Schwulendisco, weil die gesamte Truppe sich darin einig ist, dass Schwule und Lesben einfach besser Party machen.

Vielleicht feiern wir alle so fröhlich, weil wir gezeigt, gesehen und erlebt haben, welche Brocken wir am Cruz de Ferro abgelegt haben oder wie verletzlich jede und jeder in Wirklichkeit ist. Wer miteinander weinen kann, kann auch miteinander lachen. Und tanzen.

Das morgendliche Frühstücken zelebrieren wir drei Männer. Im Café essen wir Churros, ein spanisches Gebäck aus Brandteig, mit heißer Schokolade, um unseren Gewichtsverlust allmählich wieder auszugleichen. Wir setzen den Spaziergang durch die quirlige Universitätsstadt fort, bummeln durch die Markthallen, nehmen an einer Weißweinverkostung teil. Santiago ist nicht nur kulturell und spirituell sehenswert, sondern auch eine kulinarische Metropole.

Am Nachmittag des zweiten Tags geht jeder von uns noch einmal seiner Wege. Ich besuche das modern gestaltete Museum an der Kathedrale mit Steinmetzkunst des 12. Jahrhunderts, die filigran und ausdrucksstark ist. Es handelt sich um eine Ausstellung über Baumeister Maestro Mateo, der den spektakulären »Pórtico de la Gloria« geschaffen hat, das dreiteilige Hauptportal der Kathedrale. Wegen der Renovierungsmaßnahmen kann der Pórtico nicht im Ganzen besichtigt werden, nur Teile werden im Museum präsentiert. Was ich sehe, ist eine weitere Reise wert, wenn das Gotteshaus wieder geöffnet ist. Ich bin sehr beeindruckt und auch ein wenig dankbar für die Augenblicke der Stille im Museum.

Schließlich besuche ich noch die Kathedrale selbst. Trotz der Sanierung des Kirchenraums wird ein schmaler Zugang zum Hauptaltar gewährt, wo die Statue des heiligen Jakobus steht, den Pilger am Ende der Reise umarmen sollen. Natürlich hat sich eine endlos lange Schlange gebildet, Pilgernde, Tagestouristen und Sonntagsausflügler, die plaudern und plappern und einen Heidenlärm verursachen. Es dauert knapp eine Stunde, bis ich in der Schlange bis zum Altar komme. Das ist mir dann aber doch zu viel. Ein wenig protestantischer Widerstand regt sich, ich muss keine Statue umarmen, um meinen Dank auszudrücken. Stattdessen schere ich kurz vor Erlangen der Statue aus und gehe kurzerhand in die Krypta, wo die Reliquien des Heiligen in einem Sarkophag ruhen. Es scheint sich kaum jemand dafür zu interessieren, sodass ich, ohne anstehen zu müssen, vor dem Grab innehalten und in aller Ruhe ein Vaterunser beten kann. Es tut gut, zu danken für meine gesunde und wohlbehaltene Ankunft und noch vieles mehr. Dann verlasse ich die Kathedrale.

Nun bin ich also wirklich angekommen.

Am Ende dieses Abends werden wir sogar noch Lebensretter. Wir sind gerade auf dem Weg zur Punkbar – zum zweiten Mal schon –, es ist kurz nach neun, als wir auf der Straße einen Mann liegen sehen, regungslos, Mitte 50. Jörg prüft die Vitalmarker. Er atmet, aber reagiert nicht. Er riecht nicht nach Alkohol und hat sich nicht erbrochen. K.-o.-Tropfen, meint Stefan, der Milieus kennt, von denen ich keine Ahnung habe. Wir rufen Hilfe herbei. Eine portugiesische Familie und ein spanisches Paar sprechen mit dem Notruf. Keine Reflexe, keine Reaktion, aber Atmen. »In zehn Minuten ist der Sani da!« Ich nehme mir vor, niemals in Spanien einen Herzinfarkt oder Schlaganfall zu erleiden, denn aus den zehn angekündigten

Minuten werden zwanzig. Jörg bringt den Mann in stabile Seitenlage. Irgendwann kommt der Rettungswagen, Sanitäter testen den Puls und die nicht vorhandene Reaktionsfähigkeit, heben den Mann auf die Pritsche und fahren weg. Sie stellen keine Fragen, niemand nimmt Personendaten auf, sie fahren ab und wir hoffen, der Mann wird am nächsten Tag aufwachen und wissen, wer er ist. Einen Ausweis oder ein Portemonnaie hatte er nicht – mehr? – bei sich. Wir reiben uns die Augen und fragen uns, ob wir das wirklich erlebt haben.

Die Tage in Santiago bleiben eine sehr eigentümliche Art von Rausch. Ganz am Ende, an unserem letzten gemeinsamen Abend, sitzen wir in einem einfachen Lokal, bestellen und werfen unsere Ersparnisse zusammen. Es reicht für alle. Noch einmal blicke ich in die Runde, sehe die Frauen und Männer, die ich auf dem Camino kennenlernen durfte. Von vielen habe ich schon erzählt, aber einem bin ich ganz besonders dankbar, weil er mich die Kraft dieses alten Weges gelehrt hat. Die Kraft, die eben gerade in denjenigen zu spüren ist, die nicht schon aus frommer Überzeugung losgehen.

PILGERBRUDER **Stefan, der Ritter**

Eine echte Begegnung wie in Jesu Zeiten führt uns zusammen. Stefan sitzt frühmorgens im Dunkeln am Brunnen von Azofra, er hat schon acht Kilometer in den Beinen und raucht erstmal eine Zigarette. Ich irre in der nächtlichen Stunde noch etwas umher, will meinen Wasserbeutel füllen, trinke und zapfe aus dem falschen Hahn mit ungenießbarem Wasser. Der Fremde weist mich auf das Warnschild hin und schickt mich zur Rückseite des Brunnens, wo das Trinkwasser sprudelt. Ab da sind wir ziemlich unzertrennliche Freunde.

Mein erster Eindruck: Der geht aber mit Druck! Jeder Schritt eine Willensentscheidung. Er hält nicht lange damit zurück, dass er sich mehr erwartet habe vom Jakobsweg, vor allem das Mentale, da merke er noch nichts. Wir reden und reden, über lange Strecken, vor allem in der Meseta. Aber die ganz entscheidenden Strecken geht er allein, diejenigen, wofür es diesen Weg überhaupt gibt. Ich glaube, von all meinen Brüdern und Schwestern – einschließlich meiner Wenigkeit – hat Stefan diesen Camino am besten verstanden und geschafft. Mit und dank Stefan erfahre ich, dass und warum und wofür ich Pfarrer bin. Jörg prägt dafür später den Begriff »You do your Traugott-thing« – und das stimmt auch.

Ich lerne einen Mann kennen, dem ich sonst nie begegnet wäre, obwohl uns nur vier Jahre trennen. Er ist Chemiker, hat in der Lackindustrie gearbeitet und war überall in der Welt zu beruflichen Zwecken unterwegs. Er kann, weil er Excel-Tabellen liebt (ich kann das noch nicht mal richtig buchstabieren), »aufzählen, wie oft er im Jahr geflogen ist und wie viele Autokilometer er abgesessen hat und deshalb zu wenig Bewegung hatte«. Er kann auch genau die Prioritäten in seinem Leben aufzählen: seine Familie, sein Motorradclub (der besteht seit 32 Jahren, eigentlich nur aus Harley Davidson-Fahrern und nur aus Männern), sein Basketballverein, der erste Bundesliga spielt und wohl aktuell auch Meister ist.

Mit Kirche hat er nichts am Hut. Und ich werde da auch nicht versuchen, ihn eines anderen zu belehren. Weil er eigentlich ein Ritter ist, und das meine ich mit vollem Ernst. In seiner Welt der Biker hält er sich an den Ehrencodex und kennt ihre strengen Regeln. Er lehnt alle kriminellen Rockerclubs ab, aber, weiß Gott, er kennt sich da aus. Stefan schleppt manches Kilo an seiner Rüstung. Es knirscht hin und wieder – und seine Füße plagen ihn in der zweiten und dritten Woche heftig. Die Blasenpflaster-Hersteller richten ihm eine Flatrate ein, als er an beiden Fesseln üble Blasen entwickelt, die bluten und scheuern. Aber er wirft weder seine Schuhe in den Müll, noch bricht er den Camino ab. Nachdem wir ein paar Tage gemeinsam gelaufen sind, sagt er, er werde in León aufhören, er wolle heim zu seiner Familie. Der Flug sei bereits gebucht. Ich sage nichts, bin aber doch traurig. Zwei Tage später: »Scheiße, ich will das zu Ende bringen. Endlich etwas im ersten Anlauf zu Ende bringen, keine Sondertouren, sondern durchziehen. Ich will das schaffen.« Ich sage nichts, aber ich freue mich, dass wir weiter zusammengehen können.

Er entwickelt mit jedem Tag mehr die Kräfte eines Stieres. Dabei hat er schon einen Schlaganfall hinter sich und ist auf Medikamente angewiesen. Wie ein Ritter gürtet er sich, zieht den Gürtel enger, weil sein Bauch allmählich weicht, startet richtig durch und erhält von uns den Namen »Blitzpilger«, wenn er wieder einmal einen Hang hinaufspurtet. Er war schließlich vier Jahre lang Berufssoldat in einem höheren Rang. Mitten auf der Strecke, beim Mittagessen, schenkt er, der Nichtkirchenmensch, Jörg ein Kreuz. Und in Santiago lässt er sich das Templerkreuz samt Muscheln auf das Herz stechen. Das ist mehr als ein Aufnäher auf der Rockerweste. Und das ist schon sehr viel, wie ich lerne.

Ich bin mir sicher, dass jeder in seiner Vereins- und Arbeitswelt weiß, was für ein Charakter Stefan ist. Wohltätigkeits- und Ehrenamtsarbeiten sind seine Leidenschaft, manchmal auch zu seinem Leidwesen, weil er eben allen hilft, wenn sie rufen. Mir sagt er, ohne mich hätte er den Weg nicht zu Ende gemacht. Ich wiederum hätte ohne Stefan nicht verstanden, wozu der Camino fähig ist.

Als er am Cruz de Ferro ankommt, zieht es ihm den Boden unter den Füßen weg. Er wirft nicht nur einen Stein, sondern, wie er sagt, einen ganz Brockenhaufen hin und hat keine Scheu, uns das so mitzuteilen. Welche Brocken das sind, deutet er in unseren Gesprächen an. Sie haben sich angesammelt in langen Jahren der Kind- und Schulzeit, der beruflichen Herausforderungen. Steine und Brocken, die ihm in die Wiege gelegt oder vor die Füße geworfen wurden, aber auch solche, mit denen er um sich schlägt und die er sich selbst um den Hals bindet. Es ist wie ein Joch, das auf ihm lastet und das ihn vorantreibt, allerlei Karren ziehend und zerrend, bis ihn die Kräfte verlassen und er aufgeben will oder muss. Aber jetzt kann er vieles ablegen, von sich werfen. Und ab da ist das Getriebene, auf Willenskraft Gebaute weg und er läuft ohne Blasen den Weg bis zuletzt. Zu Hause hat er ein One-Woman-Support-Team, das für ihn arbeitet und Zimmer bucht: Seine Tochter hält beständig Kontakt und bietet ihm Unterstützung. Seine gesamte heimische Welt verfolgt seine Postings im Internet. Er staunt, wie viele Menschen hinter ihm stehen und sich freuen über jedes Ziel, das er erreicht. Fünf Kilometer vor dem Ziel schicken sie: »Wir sind stolz auf dich!« Endlich fühlt er sich nicht mehr vor fremde oder eigene Karren gespannt, endlich spürt er sich gestärkt und getragen.

Im Lauf des Camino hat Stefan alles Mentale durchschritten, was der Camino fordert. Er weiß schließlich, was er von seinem Leben will. Er will am Ende nur ein Kieselstein sein, neben seiner Frau (einem Diamanten, glänzend und gelegentlich auch hart), sodass sie sich im Fluss des Lebens reiben und schleifen können. Auf dem Camino fasst er den Entschluss, seiner Ehefrau noch einmal einen Heiratsantrag zu machen. »Was soll das?«, wird sie fragen: »Wir sind doch schon verheiratet?« »Ja, aber jetzt richtig.« Stefan hat auf dem Weg nach Santiago sein Lebensziel gefunden. Ein Kieselstein sein. So einen habe ich am Cruz de Ferro ans Kreuz gelegt. Das fällt mir später wieder ein. Unter dem Kreuz Jesu stand ein römischer Soldat, ein Hauptmann, also ein römischer Ritter. Er hatte mit dem Glauben nicht viel am Hut. Aber am Ende des langen Prozesses – und unter dem Kreuz – findet er seine Wahrheit und spricht sein Bekenntnis aus: »Wahrlich, dieser ist Gottes Sohn.« Ob Stefan das sagen würde, weiß ich nicht, aber er ist so aufrecht und ehrlich, dass er im Angesicht von Schmerz und Leid sein Leben neu ausrichtet, weil er der Wahrheit nicht ausweichen wird. Wer so einen Mann zum Freund hat, kann sich glücklich schätzen.

Heimweg – Zeit, ein doppeltes Fazit zu ziehen

Am dritten Tag in Santiago ist es Zeit, Abschied voneinander zu nehmen. Es schüttet wie aus Kübeln. Stefan nimmt den Bus zu einem kleinen Provinzflughafen. Jörg fliegt ab Santiago und ich sitze schließlich im Zug und trete meine zweitägige Heimreise an. Der Interregiozug, zwei Abteile nur, aber mit einer kleinen Kaffeebar, ist mit einigen Pilgern und Einheimischen besetzt. Weite Strecken des Zuges führen durch Dörfer, Städte und Landschaften entlang des Jakobswegs. Es kommt mir vor wie früher, wenn mein Vater einen Super-8-Film zurückspulte. Lange blicke ich aus dem Fenster. Irgendwann beginne ich auf dem Smartphone zu tippen, wie ich es jeden Tag gemacht habe, um mein Reisetagebuch in Form eines Blogs zu führen. Es ist Zeit, die Gedanken und Eindrücke zu ordnen, Zeit für ein erstes Fazit. Die Bilanz ist ambivalent und führt mich unmittelbar zum Anfang zurück. Noch keinen Schritt war ich gegangen, da war mir – wie berichtet – im Pilgerbüro diese Frage gestellt worden: »Aus welchem Motiv gehen Sie den Camino?« Man erhält drei Antworten zur Auswahl. Es ist wie bei der Quizshow für Kinder, dich ich schon aus den 1970er-Jahren kenne – damals mit Michael Schanze: »1, 2 oder 3 … Du musst dich entscheiden …« »Religiös«, »spirituell« oder »anderes«. Am Ende fragen sie das noch einmal, also hat man zwischendrin zwischen 28 und 32 (oder mehr) Tagen Zeit, sich Gedanken zu machen. Die Unterscheidung zwischen »spirituell« und »religiös« finde ich ja sowieso fraglich, aus professionell-theologischen Gründen (immerhin wurde meine Habilitation unter dem Titel »Spiritual Care« veröffentlicht und »spirituell« wird darin nicht als Gegenbegriff zu »religiös« verwendet), aber ich weiß schon, dass damit aus römisch-katholischer Sicht »kirchlich orientiert« und »eher esoterisch/selbstfindungsorientiert« gemeint ist.

Das nehme ich nun ernst und ziehe ein (selbst-)kritisches Fazit. Ich fange mit dem Problematischen an, lasse aber das für mich Rundumpositive am Ende nicht aus. Das folgende Bild ist eigentlich mein Gesamteindruck: ein Kreuz am Weg, vor einem Sonnenblumenfeld,

das auf die Ernte wartet. In der Meseta, dem mentalen Abschnitt des Weges. Das Kreuz war wohl kaum als solches geplant, es hat sich eher ergeben, aber nun ist es da, etwas derangiert, schief und rostanfällig. Hier beginnen sich die Anstrengungen des physischen Weges und der mentalen Prozesse mit den spirituellen Erfahrungen zu kreuzen.

Bilanz Teil 1 – Irrweg Jakobsweg

Bei aller Begeisterung für den Weg, gerade auch als Weg des friedlichen Miteinanders von Pilgernden aus allen Ländern und Kontinenten, kann ich die Schattenseiten nicht ignorieren. Das hat unter anderem mit der Verehrung des Apostels Jakobus dem Älteren selbst zu tun, vor dessen Reliquienschrein in der Krypta der Kathedrale in Santiago ich stand.

Dass Jakobus als einer der ersten Jünger Jesu Spanien besucht haben soll und das Evangelium predigte, gefällt mir als Vorstellung. Der »Legenda aurea«, der Sammlung von Heiligenlegenden aus dem 13. Jahrhundert, zufolge war der Erfolg der Verkündigungsarbeit des Apostels allerdings bescheiden. Man konnte die kleine Schar Menschen, die sich für das Bekenntnis zu Jesus Christus gewinnen ließ, offenbar leicht zählen, mögen es auch ein paar mehr gewesen sein als Finger an einer Hand. Jakob kehrte zurück nach Samaria und Jerusalem, wo er vielfach Heilungswunder vollbrachte und den Zorn der Herrschenden auf sich zog. König Herodes Agrippa ließ ihn enthaupten, aber noch auf dem Weg zur Hinrichtung heilte er einen Lahmen, ermöglichte ihm also das Gehen und Wandern … Seine Jünger hatten Sorge, dass sein Leichnam in die Hände von Feinden geraten könnte, und brachten ihn auf ein mannschaftsloses Schiff, das Gott überlassen auf dem offenen Meer treiben sollte. Die mittelalterlichen Legenden denken bei den Feinden leider pauschal an »die Juden« und verstärken damit fatale antijüdische Tendenzen des Christentums. Der Leichnam ging in Galicien an Land. Um den Korpus bis zu seiner Bestattung ranken sich weitere Wunderlegenden: Jakobus scheint in Spanien als Toter mehr Missionserfolg gehabt zu haben als zu Lebzeiten. Von einer frommen Königin bekommt er sogar sein Grab zugewiesen, an dem bald darauf eine Kirche gebaut wurde. Das ist Compostela, das bald nach ihm benannt wird: Santiago de Compostela, der Ort des heiligen Jakob. Die Wunder aber hörten nicht auf: Von einem Mann wird berichtet, dem ein Bischof die Vergebung seiner allseits bekannten Sünden verweigert. Er schreibt seine Sünden auf einen Zettel und legt sie am Fest des Heiligen auf den Altar in Santiago. Als er den Zettel schließlich wieder öffnet, ist alle Schrift gelöscht, ein papierenes Dokument der getilgten Sünden. Dieses Wunder macht sofort die Runde. Europaweit, später weltweit. All das – mit Ausnahme der antijüdischen Stoßrichtung – sind Legenden, denen ich einen Sinn abgewinnen kann. Heilungen, Befreiung von Belastendem, das Sich-göttlicher-Führung-Überlassen – das ist auf die eine oder andere Weise bis heute auf dem Jakobsweg lebendig.

Aber wie Jakobus, der die Bergpredigt mit eigenen Ohren gehört haben soll, für religions-, staatspolitische und militärische Zwecke missbraucht wurde, ist für mich immer noch empörend. Reicht der biblische Beiname »Donnersöhne«, der ihm und seinem Bruder Johannes verliehen wird, dazu, ihn zu einem Gewalttäter zu machen? Der Zentrallegende nach, die einem vielgestaltig auf Bildern und als Statue erzählt wird, soll Jakobus im Jahr 844 in der Schlacht von Clavijo auf der Seite der Christen gegen die Mauren eingegriffen haben. Auf einem weißen Schlachtross soll er erschienen sein und die Mauren, also die muslimischen Truppen, niedergemetzelt haben. Die Legende wurde besonders im 11. und 12. Jahrhundert eingesetzt und ließ sich auch in der Zeit der Reconquista bestens weiter nutzen. Das kam den Herrschaftsinteressen einer machtbewussten Kirche sicher zugute.

Dass die Schlacht von Clavijo nie stattfand und die killermaschinenhafte Erscheinung des Apostels schlicht Propaganda war, sollte in den heutigen Zeiten alternativer Fakten, des Antisemitismus und der Islamophobie mehr zu denken geben, als dies auf dem Weg von den Pilgeroffiziellen betrieben wird. Immerhin bin ich auf meinem Jakobsweg auch Juden und Muslimen begegnet. Die Geschichte des Jakobsweges muss besonders heute kritisch aufgearbeitet werden, und zwar öffentlich für die heutigen Pilgernden erkennbar. Aber stattdessen stoße ich beim Lesen des Informationshefts des Pilgertouristenbüros auf Zeilen, in denen im Duktus der Rechthaberei die Zeit der Reformation als bedrohliche Krise des Pilgerwesens beschrieben wird. Diejenigen, die das Pilgerwesen in einem kritischen Diskurs hinterfragen, sind den kirchlichen Eigeninteressen noch immer ein Dorn im Auge.

Für einen Protestanten wie mich ist es eine sehr eigene Erfahrung, zu erleben, dass »religiös« implizit, aber spürbar gleichbedeutend für »römisch-katholisch« gebraucht wird. Ökumene ist auf dem Jakobsweg nur sporadisch angedeutet. Anders verhält es sich nur bei den Initiatoren der neueren Herbergsbewegung, die inklusiv denken und einladend sind. Sie sind immer klar profiliert, bekennen sich zu ihrem Orden oder ihrer Konfessionszugehörigkeit, laden als gute Gastgebende aber auch andere ein, um sie zu stärken, zu trösten (wo nötig), ihre Freude zu teilen (wo möglich) und ihre Wunden zu versorgen (wo nötig) und ihren Hunger zu stillen (wo möglich). Sie handeln im Geist der Bergpredigt und im Geist der Gemeinschaft von Taizé. Aber Ökumene kann man nicht einfach erwarten, man muss auch etwas dafür tun. Ich habe wahrscheinlich nicht genug hingesehen, aber die Präsenz der weltweiten Konfessionsfamilie habe ich nicht entdeckt. Das würde ich kritisch an meine eigene protestantische Konfessionsfamilie richten. Aber, wie gesagt, ich habe wahrscheinlich nicht genügend hingeschaut (vermute aber, dass das vielen anderen Pilgernden ebenso geht). Wenn man von den Pilgernden her denkt, wäre ein ökumenisches, konfessionsverbindendes Angebot sinnvoll und würde gewiss dankbar angenommen.

Bilanz Teil 2 – wenig gesucht, viel gefunden

Man sagt, wer nach Rom pilgere, mache sich auf den Weg zum Papst. Wer nach Jerusalem pilgere, mache sich auf den Weg zu Jesus. Wer aber nach Santiago de Compostela pilgere, begebe sich auf den Weg zu sich selbst.

Da ist schon etwas dran. Aber es ist nicht alles. Es stimmt, dass man viel lernt über das Leistungsvermögen und die Leistungsgrenzen des eigenen Körpers. Manchmal schmerzen Muskeln und Gelenke, derer man sich sonst gar nicht bewusst ist. Man lernt die eigenen Füße, Hüften und Schultern zu respektieren und zu achten, denn sie tragen viel und freuen sich über das Wellnessprogramm von Eincremen bis Massieren.

Ich war auch gespannt, welche Themen, welche Stolpersteine, welche Brocken mich beschäftigen würden. Aber es gab nichts, woran ich hätte arbeiten müssen. Bei aller protestantischen Beforschung des eigenen Innenlebens, der Seelenbeschau: Ich fand keine Brocken, von denen ich vorher nichts gewusst hatte. Auch die viele Trauer in meinem Leben hat mich nicht mehr als belastende Trauer eingeholt, sondern als Teil meines Lebens ohne Aufgabenstellung. Das war gut zu spüren. Tod und Verluste sind nicht mehr (be-)herrschend, auch, oder vielleicht weil ich sie auch zu einem Teil meines beruflichen Lebens habe werden lassen. Der Tod ist nicht länger mein Lebensthema.

Das Leben ist viel wichtiger. Das heißt aber auch: ein Leben ohne täglichen – wenn nicht stündlichen – E-Mail-Check, ohne Arbeitsanrufe und ständige Erreichbarkeit. Meine beherzte Münsteraner Mitarbeiterin hat mir die ganzen Wochen den Rücken freigehalten und vor allem vorab gezeigt, wie ich den Abwesenheitsassistenten in meinem Mailprogramm einstellen musste. Nur wenn es einen dringenden Fall gab – wie die Bestätigung einer Examensnote für eine Studentin – hat sie mir das altmodisch per SMS mitgeteilt. Das hat funktioniert. Einmal nur, am Ende der ersten Woche, hatte ich das Bedürfnis, nach E-Mails zu schauen. Danach habe ich gelernt, dass es auch ohne geht. Kurz danach hat das Ohrenklingeln nachgelassen. Ich weiß, dass ich das aus einer privilegierten Position schreibe, weil ich ein Back-up-Team zu Hause habe. Aber wenn ich an meine Weggefährtinnen und Pilgerfreunde denke, hatten die durch ihre Familien oder Kollegen ähnliche Unterstützung.

Zu meinem neu wertgeschätzten Leben gehört die Freude. Katha, meine Patentochter, hat mir in der vierten Woche eine SMS geschickt, die mir zu denken gab und mir ein in den Jahren der Lebensmitte vielleicht verschüttgegangenes Gefühl spiegelte und wieder ins Bewusstsein brachte. Sie hatte meinen Pilgerblog Tag für Tag aufmerksam gelesen. Dann schrieb sie: »… durch das Lesen von deinem Blog und die Bilder von dir auf deiner Reise, auf denen du genauso lächelst, wie ich dich als Kind in Erinnerung hab, das lässt mich lächeln …«

Ich habe beim Pilgern eine geradezu kindliche Lust und Freude am Entdecken, Gedanken-Austauschen, Staunen und Genießen gespürt, wie lange nicht. Jeden Morgen aus den Federn meines Daunenschlafsack aufzustehen, in den Sternenhimmel zu gucken, Sternschnuppen zu sehen und von Ufos und Leben auf fremden Planeten zu fantasieren, sich am Sonnenaufgang nicht sattsehen zu können, vor dem ersten Kaffee schon 10000 Schritte zu gehen: All das war jeden Morgen neu und jeden Tag eine ausreichende Motivation.

Ich hatte Lust dazu, keine Erwartungen erfüllen zu müssen – auch nicht die eigenen –, frei von Rollen und Titeln mit ihren Klischees und Ansprüchen, anderen Menschen zu begegnen. Ob Akademiker oder nicht, Berufssoldatin, Immobilienverwalter, Frührentner, Studentin, Controller, Krankenpfleger, Rezeptionist, Physiotherapeutin, Ingenieur, Bäuerin, Lehrer … Das alles war nicht wichtig – man begegnet sich mit dem Vornamen und dem Pilgergruß: »¡Buen Camino!« – »Guten Weg!« Man begegnet Menschen, die aktuell Ähnliches tun und Ähnliches erfahren. Sie folgen anderen, die das schon vor ihnen getan haben und deren Weg sie nachahmen. Dafür gibt es den wunderbaren Begriff der »Mimesis«. Man übernimmt etwas von anderen, folgt ihnen nach, aber tut es als etwas Eigenes. Damit kann man an den Erfahrungen und Empfindungen anderer teilhaben, lässt sie aber zu eigenen werden. Es ist ein gegenseitiger Prozess, denn auch andere ahmen das nach, was man selbst mitteilt. All das geschieht im Pilgern, im Wechsel von Gehen, Haltmachen und Weitergehen. Dabei ist man nicht, wie in einer Stadt beim sonntäglichen Schlendern ein Flaneur, man ist auch kein Wanderer, der zielgerichtet ausschreitet. »Pilger üben ein wegbewusstes

Gehen in der Hoffnung auf geistige Erbauung«, schreibt Ralph Kunz.[14] Diese geistige Erbauung geschieht für mich vor allem dank der Begegnungen mit Menschen, die ich als Personen kennenlernte, mit allem Gebrochenen, Gelebten, Gelungenen und Gescheiterten. Dazu gehören auch die Erzählungen aus dem Berufsleben, dem Familienleben und dem Liebesleben. All das, was unsere sozialen Rollen und unser Funktionieren in der Gesellschaft mit sich bringt an Schönem und Gelungenem, Schwerem und Gescheitertem. Aber das definiert uns nicht, es ist Teil der erzählbaren Geschichte. Beim Kennenlernen auf dem Weg des Pilgerns erlebe ich, dass jeder Mensch Würde besitzt und jeder Mensch Ebenbild des Schöpfers ist. Deswegen kann ich in meinen Aufzeichnungen nicht ohne die Porträts der Pilgerschwestern und Pilgerbrüder auskommen, auch nicht ohne die der Camino-Originale, denn sie sind unverzichtbarer Bestandteil des Jakobsweges. Jede und jeder Pilgernde lernt eigene kennen. Kein Camino gleicht dem anderen, aber sie können ihre Gemeinsamkeiten feiern – über die Jahrhunderte hinweg.

So habe ich auch gefunden, was Hape Kerkeling suchte: Gott. Genauer: Jesus. Die Begegnung bei Kilometer 410 mit Wolfhard aus Düsseldorf kommt mir sicher nicht mehr abhanden. Ein Mensch, der Gewalt und Verlust erleidet und mir mit dem Blick der Vergebung begegnet. Es mag klingen wie religiös verblendete Romantik, aber – hey! – das meiste, was Paulus geschrieben hat, liest sich doch auch so!

Völlig unverhofft habe ich nebenbei doch zu mir selbst gefunden. Ich habe begriffen, dass ich das Glück habe, zu meinem Beruf wirklich berufen zu sein. Wenn mir, dem Pilger im Kilt, einige meiner Mitpilgernden sagten, die Begegnungen hätten sie berührt, oder, wie Jörg sagte »You do your Traugott-thing«, dann weiß ich, dass Pfarrer zu sein mein Beruf ist. Weil ich Menschen begegnen darf und manchmal etwas in ihnen sehe, was sie selbst noch nicht über sich denken können. Weil ich dank guter Lehrerinnen und Lehrer in Seelsorge und Beratung gelernt habe, mit allen Sinnen zu hören, zu sehen, zu spüren und keine Scheu zu haben, Fragen zu stellen. Diese paar gemeinsamen Schritte, die Aufmerksamkeit und Achtsamkeit, die Liebe, die im Gehen miteinander entsteht, das ist es, was seelsorgliche Beziehungen ausmacht. Es ist das allergrößte Glück, das erfahren zu dürfen. Und nichts will ich meine Studentinnen und Studenten lieber lehren als das: »Habt ein offenes Herz, urteilt nicht über jemanden, sorgt euch nicht, vertraut einfach. Nennt es Nachfolge, Nachahmung oder was ihr wollt. Aber bleibt in Bewegung.«

Wer den Camino nach Santiago de Compostela geht, findet dort nicht nur sich selbst, er findet sich in der Beziehung zu anderen Menschen. Er findet zum »Du«, das ein »Ich« voraussetzt. Und darin findet er sich im Gegenüber zum »Du« Gottes.

Das ist der Heilige Gral. Hinter all dem religiösen Prunk. Das gemeinsame Trinken aus einer einfachen Schale, deren Sinn es ist, dass man teilt, Freud und Leid … Und das bei einem guten Tropfen Wein.

Nun bin ich am Ende. Das Fazit ist geschrieben, die Bilanz gezogen. Aber der Camino geht weiter.

Wenn sich jemand durch meine Zeilen ermutigt fühlen sollte, sich selbst aufzumachen und einen der vielen alten Pilgerwege zu gehen, dann wäre ich der glücklichste Mensch. Lassen Sie es mich wissen.

Anmerkungen

1 Kunz, Ralph (2019): Pilgern. Glauben auf dem Weg. ThLZ.F 36. Leipzig.
2 Braune-Krickau, Tobias (2018): Lebenswenden und Schicksalswege. Pilgerbilder im Film. Bilder vom Pilgern, Loccumer Protokolle, 64, 33–49.
3 Jensen, Roger (2018): Weit offene Augen. Pilgern gestern und heute. Göttingen.
4 Der Jakobsweg. Ein Pilgerführer aus dem 12. Jahrhundert. Übersetzt und kommentiert von Klaus Herbers (2008). Stuttgart.
5 Kunz 2019, S. 263.
6 Der Jakobsweg 2008, S. 54.
7 Lienau, Detlef (2009): Sich erlaufen. Pilgern als Identitätsstärkung. International Journal of Practical Theology, 13 (1), 62–89.
8 Der Jakobsweg 2008, S. 69.
9 Der Jakobsweg 2008, S. 145 f.
10 Der Jakobsweg 2008, S. 56.
11 Kunz 2019, S. 74.
12 Kunz 2019, S. 75.
13 Kunz 2019, S. 77.
14 Kunz 2019, S. 70.

Danke

Gewidmet ist dieses Buch – neben meinen Pilgergeschwistern – den Maristenpriestern in Sahagún. Sie leben das jesuanische Motto von Glaube, Hoffnung und Liebe. Sie schaffen Raum für Begegnungen und Reflexion. Sie waren die erste Herberge nach meinem Kilometer 410. Hier konnte ich aussprechen, was ich erfahren hatte.

Danke sage ich all den Menschen, von denen ich in diesem Buch erzähle, aber auch denen, die mich von zu Hause aus unterstützten, mein Backup-Team in der Uni, Claudia Rüdiger, Katrin Burja und Lynn Schroeter, die das Manuskript durchsahen, Hans-Peter Großhans, der mich als Studiendekan bei den Studierenden vertrat. Meine Schwägerinnen Maria und Christine und meine Nichten Katharina, Pia, Justina und Santina sandten immer wieder einmal einen elektronischen Gruß, mit meiner Mutter konnte ich täglich telefonieren und sie teilhaben lassen. Dem Pilgerbruder Detlef, der den entscheidenden Anstoß gegeben hat. Er hat mir klargemacht, dass der Camino kein Modeding ist, sondern ein innerer Weg, der den körperlichen braucht. Ralph Kunz und Arndt Büssing danke ich, dass sie das Pilgern auch als wissenschaftlich lohnendes Thema betrachten. Jana Harle und dem Verlag Vandenhoeck & Ruprecht bin ich sehr dankbar, dass sie meinen Pilgerbericht in ihr Programm aufnahmen und den Schreib- und Bearbeitungsprozess zu einem gemeinsamen Weg werden ließen. Meinem väterlichen Kollegen Karl-Wilhelm Dahm und seiner Lebensgefährtin Mechthild Beyer sowie der kritisch-interessierten Journalistin Irene Daenzer-Vanotti verdanke ich die Vermeidung vieler sprachlicher Klischees. Letzterer danke ich vor allem für ihre zögerliche Antwort auf meine bange Frage: »Braucht die Welt noch ein Buch vom Jakobsweg?« Und zuletzt und doch vor allen gilt mein Dank meinem Mann Daniel, der mich geschickt hatte: »Geh den Jakobsweg allein!« Als ich nach Hause zurückkehrte, war unser Wohnzimmer renoviert.

Das Schlusswort gilt aber den Frauen und Männern in Nordspanien, die den Pilgerscharen seit Jahren mit Freundlichkeit, Gastlichkeit, einer einzigartigen Infrastruktur und einer jahrhundertealten Willkommenskultur begegnen. Viele von ihnen leben vom Camino und sind angewiesen auf die 6 Euro für ein Pilgerbett oder die 1,50 Euro für ein Glas Wein. Während ich dieses Buch schreibe, leiden sie wie viele Menschen weltweit unter den Folgen der Corona-Pandemie. Aus den Nachrichten, aber auch aus Telefonaten und E-Mails erfahre ich, wie das Virus in Spanien grassiert und wie die Menschen die Pilgerinnen und Pilger vermissen. Es ist eine schwere Zeit, von der wir nicht wissen, wann sie vorbei sein wird. Möge es ihnen bald, sehr bald so ergehen wie den Pilgerinnen und Pilgern am Ende der 800 langen Kilometer: ein Fest des Glücks und der Dankbarkeit.

Landkarte – der Camino Francés

CAMINO FRANCÉS

Camino de Santiago

Bei Fragen zur Produktsicherheit wenden Sie sich bitte an:
If you have any questions regarding product safety, please contact:

Brill Deutschland GmbH
Robert-Bosch-Breite 10
37079 Göttingen
info@v-r.de